Davide Enia
Schiffbruch vor Lampedusa

DAVIDE ENIA

SCHIFFBRUCH *vor* LAMPEDUSA

Aus dem Italienischen von
Susanne Van Volxem und
Olaf Matthias Roth

Mit einem Nachwort von
Albert Ostermaier

WALLSTEIN VERLAG

Für Silvia, meinen Hafen

Auf Lampedusa sagte ein Fischer zu mir: »Weißt du, was für Fische wir hier neuerdings wieder haben? Seebarsche.« Er zündete sich eine Zigarette an und verfiel in ein tiefes Schweigen. »Und weißt du, warum die Seebarsche zurückgekommen sind? Weißt du, wovon sie sich ernähren? Genau.«

Er drückte seine Zigarette aus und ging.

Es gab nichts, aber auch wirklich nichts hinzuzufügen.

Von Lampedusa sind mir die Schwielen an den Händen der Fischer in Erinnerung geblieben, ihre Berichte von den Toten, die sie bei jeder Fahrt aufs Meer hinaus mit dem Netz aus dem Wasser zogen – »Was soll das heißen: ›bei jeder Fahrt‹?« – »Bist wohl schwer von Begriff, was? Bei jeder Fahrt eben« –, ein paar rostige Kutter in der Sonne, vielleicht die letzten Zeugen jener historischen Ereignisse – Rost, Staub, Korrosion –, die Zweifel der Inselbewohner über den Sinn des Ganzen und das Wort »Anlandung«, das schon seit Jahren falsch verwendet wird, denn mittlerweile waren es regelrechte Bergungsmanöver, wenn die Boote in den Hafen geschleppt und die armen Teufel ins Aufnahmelager gebracht wurden und die Lampeduser ihnen ihre abgelegten Kleider überließen, als Akt der Barmherzigkeit, ohne viel Aufhebens, denn schließlich war es kalt und die Leute brauchten etwas Warmes zum Anziehen.

Es war so nebelig, dass man kaum etwas sehen konnte.

Die Horizontlinie zitterte.

Zum x-ten Mal staunte ich darüber, wie sehr Lampedusa seinen verunsicherten Gästen ihre Fremdheit vor Augen führen kann. Der Himmel so nah, dass er jeden Moment über dir einzustürzen scheint. Das Heulen des Windes an jeder Ecke. Allzeit blendendes Licht. Und überall das Meer, das unausweichliche, Quell der Freude und des Leids. Auf dieser Insel bist du ständig den vier Elementen ausgesetzt, nichts schützt dich davor. Es gibt keinen Zufluchtsort. Die Natur überwältigt dich, Licht und Wind dringen vor bis in dein Innerstes. Die absolute Wehrlosigkeit.

Es war ein sehr langer Tag.

Ich hörte meinen Vater rufen, während der Scirocco meine Gedanken durcheinanderwirbelte.

Ich hatte mich mit dem Taucher in der Wohnung eines Freundes verabredet.

Nur wir beide.

Der erste Eindruck: Was für ein Riese!

Zur Begrüßung sagte er:

»Keine Tonaufzeichnungen!«

Er hatte sich ans gegenüberliegende Tischende gesetzt, die Arme vor der Brust verschränkt.

Die ganze Zeit über blieb er in dieser Haltung sitzen.

»Über den 3. Oktober sage ich kein einziges Wort mehr«, fügte er hinzu.

Sein harscher Tonfall ließ keinen Platz für Fragen.

Die Stimme selbst war leise und unaufgeregt und bildete einen starken Kontrast zu seiner imposanten Statur. Manchmal schlichen sich in seinen Bericht, der vom Dialekt seiner Heimat gefärbt war – er stammte aus einem Bergdorf im Norden, wo man vom Meer lediglich den Hauch einer Ahnung hat –, Einsprengsel aus dem Sizilianischen ein, meinem Dialekt. Die zehn Jahre, die er aus beruflichen Gründen in Sizilien verbracht hatte, waren nicht ohne Spuren an ihm vorübergegangen. Für einen Moment bemächtigte sich die Sprache des Südens seines massigen Körpers und beherrschte ihn. Dann erschöpften sich seine Worte, und er starrte mich schweigend an, mit dem ganzen majestätischen Gestus der Alpen.

Er war eher durch Zufall Rettungstaucher geworden, ein Jobangebot, das ihm gleich nach dem Militärdienst zugeflogen war.

»Wir Rettungstaucher sind an den Tod gewöhnt. Von Anfang an wirst du damit konfrontiert, wie mit einer Tatsache. Am ersten Tag schon trichtern sie dir ein: ›Im Meer wird gestorben.‹ Und das stimmt. Ein Fehler beim Tauchen, egal wie winzig, und du bist tot. Und wenn du zu viel von dir verlangst, bist du auch tot. Der Tod ist dein ständiger Begleiter unter Wasser.«

Er war als Rescue Diver nach Lampedusa gekommen, als einer von denen, die sich bei Rettungseinsätzen in ihren orangefarbenen Taucheranzug zwängen und ins Meer stürzen.

Er beschrieb mir die Taucherausbildung, ihre Härte und Brutalität. Besonders ausführlich widmete er sich der rätselhaften Schönheit am Meeresgrund, wo kein Licht hin dringt und alles dunkel ist und still. Seit seiner Ankunft auf der Insel absolvierte er ein spezielles Trainingsprogramm, um für seine neue Aufgabe gewappnet zu sein.

Er sagte:

»Ich bin kein Linker, im Gegenteil, ich bin von der anderen Seite.«

Seine Familie, die erst der Monarchie nahestand, war

später zu den Faschisten übergewechselt. Auch er fühlte sich dieser Ideologie verbunden.

Er fügte hinzu:

»Hier retten wir Leben. Auf See ist jedes Leben heilig. Wenn jemand Hilfe braucht, retten wir ihn. Hautfarbe, Rasse, Religion – völlig egal. Das ist das Gesetz des Meeres.«

Plötzlich fixierte er mich wieder mit seinem Blick.

Er war auch im Sitzen ein Riese.

»Und wenn du mitten auf dem Meer ein Kind rettest und es in deinen Armen hältst …«

Er fing an zu weinen, lautlos.

Seine Arme blieben über der Brust verschränkt.

Ich fragte mich, was er gesehen haben musste, was er erlebt hatte, mit wie viel Sterben dieser Riese vor mir konfrontiert worden war.

Nach einem langen Moment des Schweigens kehrten die Worte ins Zimmer zurück. Er sagte, diese Leute hätten ihr Land nicht verlassen sollen. Und dass die Flüchtlingspolitik in Italien ein Desaster sei, nichts als Missmanagement und Geldverschwendung. Dann kam er noch einmal auf seine anfänglichen Worte zurück:

»Auf See gibt es kein Abwägen von Alternativen, jedes Leben ist heilig. Und wer Hilfe braucht, dem wird geholfen. Basta.«

Dieser Satz war mehr als ein Mantra. Es war die reine Hingabe.

Die Worte kamen ihm nur langsam über die Lippen, als bewegten sie sich entlang eines Steilhangs in den Alpen.

»Je näher du den Booten kommst, umso gefährlicher wird es. Man muss höllisch aufpassen, dass man nicht plötzlich zwischendrin ist. Bei hohem Seegang passieren schnell Zusammenstöße – und zack! wirst du zerquetscht. Ein einziges Mal, bei Windstärke acht, habe ich wirklich mein Leben riskiert: Ich war im Wasser, hinter mir ein vollbesetztes Schlauchboot und vor mir unser Patrouillenboot, das von einer sieben Meter hohen Welle genau auf mich zu getrieben wurde. Mit einer Art Fallrückzieher, den nicht mal ich selbst mir zugetraut hätte, habe ich mich zur Seite geworfen. Die beiden Boote sind voll aufeinandergeprallt. Prompt gingen ein paar Leute über Bord, und ich bin natürlich sofort losgeschwommen, um sie zu retten. Später, als ich wieder an Land war, hatte ich immer noch das Patrouillenboot vor Augen, das genau auf mich zuraste. Ich bin minutenlang am Anleger sitzen geblieben, alleine, um damit klarzukommen, dass ich dem Tod in letzter Sekunde von der Schippe gesprungen bin.«

Er erklärte mir, dass die Einsatzkräfte bei jedem eingehenden Notruf eine andere Situation auf See vorfinden.

»Manchmal läuft alles total glatt, die Schiffbrüchigen verhalten sich ruhig, das Meer auch, und innerhalb von kürzester Zeit können wir sie an Bord holen. Manchmal sind sie aber so panisch und hibbelig, dass der Rettungskreuzer kurz vorm Kentern ist. Wir müssen dann erst mal alles daran setzen, sie zu beruhigen. Das hat oberste Priorität. Manchmal kommen wir auch just in dem Moment an, wenn ihr Boot gerade gekentert ist und sie überall im Wasser verteilt sind. Weil Afrikaner nur wenig Körperfett haben, gehen sie schneller unter als andere. Wir müssen also extrem fix sein. Es gibt keinen vorgeschriebenen Ablauf, man trifft seine Entscheidungen von Fall zu Fall. Wir können zum Beispiel mit einem Tau einen Kreis um eine Gruppe ziehen und sie auf diese Weise alle zusammen aus dem Wasser holen. Manchmal ist das Meer aber zu stürmisch, und sie gehen vor unseren Augen unter. In so einem Fall kannst du nur versuchen, so viele wie möglich zu erwischen.«

Wieder folgte eine lange, lange Pause. Sein Blick verharrte nicht mehr an der Wand hinter mir. Er ging weiter, bis zu einem Punkt im Mittelmeer, den er nicht vergessen konnte.

»Wenn du drei Leute vor dir hast, die untergehen, und fünf Meter weiter ertrinkt eine Mutter mit ihrem Kind – was machst du dann? Wohin schwimmst du? Wen rettest du zuerst? Die drei direkt vor dir oder die Mutter mit dem Neugeborenen ein paar Meter weiter?«

Es war, als wäre die Zeit zurückgedreht und er befände sich wieder dort, in demselben gnadenlosen Dilemma.

Die Schreie der Vergangenheit waren nicht verhallt.

Er war ein Riese, der Taucher.

Er wirkte unverwüstlich.

Und doch musste er in seiner Seele ein Heiliger Sebastian sein, von fürchterlichen Zerreißproben gequält.

»Das Baby ist winzig, die Mutter selbst noch ein halbes Kind. Sie sind da, fünf Meter von mir entfernt. Und direkt vor mir gehen drei Mann gleichzeitig unter. Wen soll ich also retten? Zu wem soll ich hin? Was tun? Rechnen – das ist alles, was man in so einer Situation tun kann. Mathematik. Drei sind mehr als zwei. Drei Leben sind ein Leben mehr.«

Er hörte auf zu sprechen.

Draußen der Himmel war bedeckt, der Wind kam von Südost, das Meer wogte. Ich dachte darüber nach, dass ich bei jeder Begegnung hier auf der Insel, jedes verdammte Mal, das Gefühl hatte, mit einem Menschen zu sprechen, dessen Seele ein einziger Friedhof war.

* * *

Ich versuchte meinen Onkel Beppe zu erreichen, den Bruder meines Vaters. Wir telefonieren ziemlich häufig miteinander. Oft fragt er mich: »Warum ruft mein Bruder nie an?« Und ich antworte: »Er ruft nicht mal mich an, seinen ältesten Sohn. Beppuzzo, so ist er eben.«

Über eine Minute lang klingelte es ins Leere.

Ich drückte auf Aus, steckte mein Handy in die Tasche und ging zurück ins Haus.

Wir aßen Thunfisch mit eingelegten Zwiebeln und einem Salat aus Fenchel, Orangen und geräuchertem Hering.

Wir waren zu viert am Tisch: Paola, Melo, mein Vater und ich.

Wir waren in Cala Pisana, einer kleinen Bucht im Westen der Insel, bei Paola, einer befreundeten Anwältin, die nicht mehr praktiziert und seit Jahren schon auf Lampedusa wohnt, wo sie mit Melo, ihrem Lebensgefährten, ein Bed & Breakfast hat – mein übliches Domizil bei meinen Rechercheaufenthalten auf der Insel.

Ich erzählte von meinen Erlebnissen während dieses langen Tages und tauschte mich mit Paola darüber aus. Melo nickte ab und zu und gab kurze zustimmende Laute von sich, maximal ein einsilbiges Wort. Mein Vater schwieg die ganze Zeit. Er war der schweigsame Tischgast. In über vierzig Berufsjahren als Kardiologe hatte er eine beeindruckende Fähigkeit entwickelt, zuhören zu können. Allein durch seine ruhige Haltung und den fest auf sein Gegenüber gerichteten Blick lud er zum Reden ein.

Ich ließ die anderen an meinen Überlegungen teilhaben, dass das aktuelle Geschehen auf Lampedusa eine viel größere Dimension habe als das Drama um die Schiffbrüche und das Zählen der Überlebenden und der Toten.

»Das ist etwas Größeres als die bloße Tatsache, dass hier Millionen von Menschen die Wüste durchlaufen und mit dem Schlauchboot das Mittelmeer überquert haben. Dieser Haufen Felsen hier mitten im Meer ist zu einem Symbol geworden. Ein starkes Symbol, das aber nicht wirklich greifbar ist, wie die unterschiedliche Art der Berichterstattung zeigt: Einerseits gibt es Reportagen, Analysen und Dokumentarfilme und auf der anderen Seite fiktive Erzählungen, Spielfilme oder auch Biografien, postkoloniale Studien und ethnologische Forschungen. Der Begriff ›Lampedusa‹ ist ein Container-Wort geworden, das alles Mögliche enthält: Migration, Grenzzäune, Schiffbrüche, Solidarität, Tourismus, Feriensaison, Randlage, Wunder, Heldentum, Verzweiflung, Qual, Tod, Wiedergeburt, Befreiung – alle diese Bedeutungen in einem einzigen Wort, ein Sammelsurium, das weder richtig interpretiert werden kann, noch eine erkennbare Form hat.«

Papà hatte die ganze Zeit geschwiegen. Seine blauen Augen waren ein stiller Brunnen. Keine Wertung war in ihnen zu lesen.

Paola hatte sich Kaffee eingegossen.

»Lampedusa, ein Container-Wort«, sagte sie leise, mehr zu sich selbst als zu mir.

Sie gab Zucker in den Kaffee und setzte ihre Überlegungen fort.

»Stimmt, in einen Container kann man wirklich alles reinpacken.«

Ihre Stimme wurde zunehmend lauter, während ihre Sätze einen immer gehetzteren Duktus annahmen.

»Und im ›Container Lampedusa‹ befindet sich tatsächlich alles und nichts. Denk an das Aufnahmezentrum, zu dem sie die Leute bringen. Weißt du noch? Du hast es gesehen, als du in dem Jahr nach dem Arabischen Frühling hier warst.«

Im Sommer 2012 hatte ich ein paar Kinder, die ich am Strand traf, gefragt, ob sie manchmal zum Aufnahmezentrum gehen würden. In meiner Fantasie war jener Ort, an dem alle in Lampedusa Gestrandeten untergebracht wurden, von höchster Anziehungskraft für sie. »Was sollen wir denn da?«, hatten die Kinder erwidert. Ich war völlig perplex. Bis zu dem Moment hatte ich geglaubt, diese fremde Präsenz würde eine ungeheure Neugier auslösen und Thema Nummer eins in den Gesprächen der Inselbewohner sein. Und auch die Kinder würden die Ereignisse in ihre Spiele und Abenteuer mit einbeziehen. Ein Quell der Epik sozusagen.

»Kommt ihr mit dorthin?«, hatte ich zaghaft gefragt, weil ich ihre Antwort schon ahnte.

»Im Leben nicht!«

Das Aufnahmezentrum interessierte sie nicht, hatte sie nie interessiert. Erst nachdem ich es dann selbst gesehen hatte, wurde mir klar, dass ich einen Riesenfehler gemacht hatte: Meine Erwartungshaltung den Kindern gegenüber war die an Erwachsene. Der Weg, der zum Aufnahmezentrum führte, war gesäumt von Geröll, Gestrüpp und halb verfallenen Häusern mit »Zu verkaufen«-Schildern. Das einzige Zeichen von Leben war das Zirpen der Zikaden. Ansonsten die reine Ödnis. Kein Wunder, dass die Kinder nie dort hingingen, da war nichts zum Spielen. Und wo nichts ist, sind auch keine Geheimnisse.

Das Aufnahmezentrum war auf dem Gelände einer ehemaligen Kaserne hochgezogen worden. Ein paar

Wohnsilos, ein größerer asphaltierter Platz und ein Zaun drumherum. Alles in allem sah es wie ein Gefängnis aus.

»Hat sich in letzter Zeit beim Aufnahmezentrum was getan?«, fragte ich Paola.

»Der Name. Erst hieß es ›Flüchtlingsaufnahmezentrum‹, dann ›Identifizierungszentrum‹, und jetzt ist es ein ›Hot Spot‹ – was auch immer das bedeuten mag. Sie tauschen die Regierungen aus, ändern die Namen, aber von der Sache her bleibt alles gleich: Konzipiert ist es für 250 Personen, bei Bedarf können aber bis zu 381 Schlafplätze hergerichtet werden. Von zusätzlichen sanitären Anlagen oder selbst Betten keine Rede. 2011 haben sie über zweitausend Leute da reingepfercht, tagelang, ohne ihnen zu sagen, was mit ihnen passieren wird. Die Welt hat den Arabischen Frühling gefeiert und seine Akteure eingesperrt. Ist das alles, was wir zu bieten haben? Und weißt du, was dabei herauskommt, wenn man zu viele Leute in einen engen Raum sperrt? Genau, Wut. Aus Menschen werden Tiere. Und tatsächlich hat die Revolte nicht lange auf sich warten lassen: Matratzen wurden in Brand gesteckt, ein ganzer Seitenflügel ging in Flammen auf.«

Mein Vater lauschte ihren Worten mit unbewegter Miene. Trotz seiner fehlenden Reaktion war klar, dass er sich Gedanken machte. Melo kaute auf seiner Unterlippe, und Paola, die immer noch in ihre Espressotasse starrte, fuhr fort zu reden.

»Ein Aufnahmezentrum sollte, zumindest auf dem Papier, ein Ort der Zuflucht sein – oder nicht? In dem Zaun, der das Gelände umgibt, befindet sich ein Loch. Ich glaube, es stammt noch aus dem Jahr 2011, aber vielleicht war es auch schon vorher da. Jedenfalls ist es ein ziemlich großes Loch, das wie eine Art Ventil funktioniert und den Leuten erlaubt, das Aufnahmezentrum zu verlassen, sich draußen umzusehen und ins Dorf zu kommen, um per Internet Kontakt zu ihren Familien aufzunehmen – mithilfe der Dorfbewohner, versteht sich. Was willst du machen, wenn dich so ein junger Mann bittet, ihn mit seiner Mutter skypen zu lassen, um ihr zu sagen, dass er noch lebt: Den lässt du doch an deinen Computer!«

Sie rührte mit dem Löffel in der Espressotasse. Das klingelnde Geräusch von Edelstahl gegen Keramik untermalte ihre Worte wie eine Rhythmuslinie, die gebraucht wurde, um den Faden nicht zu verlieren, um Seele und Körper nicht den Schreien der Ertrinkenden zu überlassen.

»Glaub mir, Davide, es ist gut, dass das Loch da ist. Ohne diese Tür, diesen Fluchtweg, würden sie sich wirklich wie Tiere im Käfig fühlen. Du musst wissen, das Aufnahmezentrum wird von der Polizei überwacht, ohne offizielle Genehmigung hat niemand Zutritt. Nicht mal der Pfarrer. Die Fassade ist perfekt hergerichtet. Doch das Loch im Zaun, das gibt's schon lange. Alle wissen das, und keiner ändert was daran. Zum Glück ändert keiner was daran! Ein perfektes Beispiel dafür, wie friedlich hier Not und Heuchelei, Solidarität und Bürokratie, gesunder Menschenverstand und Scheinheiligkeit nebeneinander existieren. Ein Hort der Gegensätze, wie er im Buche steht.«

Durch das offene Fenster war das Rauschen des Meeres zu hören, die kommenden und gehenden Wassermassen, das Wellenbrechen am Strand, ein endloses Vor und Zurück, bis in alle Ewigkeit. Melo, der am Kopf des Tisches saß, war endgültig verstummt, wie mein Vater. Auch Melo war ein wortkarger Typ, er sagte lediglich ein paar

Sätze am Tag und die manchmal auch nur schleppend, denn Reden bedeutete Anstrengung, und Anstrengung war nicht sein Ding.

Paola trank ihren Espresso in kleinen Schlucken und begann erst wieder zu sprechen, als sie ausgetrunken hatte.

»Das ist Geschichte, was hier gerade passiert, Davide! Eine Epoche, die sehr komplex ist, lauter kleine Mosaiksteinchen, manche ähneln einander, andere überhaupt nicht, aber sie sind alle notwendig, um ein Bild entstehen zu lassen. Nein, warte, das stimmt nicht ganz: Die Geschichte passiert nicht erst im Moment. Seit über zwanzig Jahren läuft das schon so.«

Sie zündete sich eine Zigarette an, die dritte innerhalb einer halben Stunde.

»Wie du heute Morgen am eigenen Leib erfahren hast, versteht man sofort, wie so eine Anlandung funktioniert. Aber selbst wenn jemand das nie miterlebt: Was kümmert sich die Geschichte um deine, meine, unsere Wahrnehmung? Die Geschichte bestimmt den Lauf der Dinge, sie gestaltet die Zukunft, indem sie die Gegenwart strukturell verändert. Das ist etwas Unaufhaltsames. Diesmal schickt sie uns eben Menschen aus Fleisch und Blut, egal welchen Alters. Sie verlassen ihre Heimat, überqueren das Meer, landen in irgendeinem Hafen. Lampedusa ist keine Endstation, es ist nur eine Etappe auf ihrem Weg.«

Sie drückte ihre Zigarette aus, während Melo die letzten Schlucke Bier trank. Durch das offene Fenster drang lauwarme Herbstluft ins Zimmer, die nach Sand und Salzwasser roch.

Unmittelbar nach dem Arabischen Frühling hatte Lampedusa wahre Massenanstürme erlebt. Piera, eine Inselbewohnerin, hatte sich in der Rolle der Koordinatorin der Polizeieinsätze in Porto Nuovo wiedergefunden.

»Ich weiß es noch wie heute – eine völlig absurde Situation! Es waren so viele Leute am Hafen, dass man überhaupt nicht durchkam. Sie waren überall. Der Landungssteg war total überfüllt, ein Boot nach dem anderen fuhr ein. Geradezu eine Prozession! Die Menschen kamen zu Tausenden. Wir wollten helfen, aber natürlich waren wir nicht auf diese Massen eingestellt. Ein Carabiniere erklärte den Neuankömmlingen auf Französisch, sie sollten sich auf den kleinen Hügel zurückziehen, um Platz für die nächsten zu machen, während übers Meer weitere Boote herannahten, alle völlig überladen, und überhaupt keine Zeit blieb, die Leute gezielt irgendwo hinzuschicken, weil schon wieder Neue kamen. Keine Ahnung, zu wie viel Tausenden sie an dem Nachmittag waren, es war unmöglich, sie zu zählen, siebentausend, achttausend, neuntausend – es gibt keine gesicherten Zahlen. Wie hätte man sie auch zählen sollen? Es waren mehr, als Lampedusa Einwohner hat, so viel ist sicher. Die auf dem Hügel rannten gleich wieder runter zum Hafen, wenn sie auf den einfahrenden Booten ihre Liebsten erkannten – ihre Frauen, Männer oder Kinder –, um mit ihnen zusammenzusein. Ein absolutes Chaos! Die Polizei versuchte, die Leute voneinander zu trennen, und wir, die wir mittendrin waren, wurden von einer Seite zur anderen getrieben. Man hat überhaupt nichts mehr verstanden. Und vom Meer kamen immer mehr Boote, unzählige, eins nach dem anderen. Eine regelrechte Flotte! So etwas habe ich noch nicht erlebt: Da war ein Mann mit einem Falken auf dem Arm. Auf einem anderen Boot befand sich ein junger Tunesier, der sein Schaf mitgebracht hatte. Und was für ein Schaf! Eine Rasse, die ich noch nie gesehen habe, wirklich außergewöhnlich. Ein ganz dichtes, lockiges Fell. Bildhübsch. Am Ende haben wir das Schaf trotzdem geschlachtet. Es ging einfach nicht anders.«

Die Fremden waren viel zahlreicher als die Einheimischen, mehr als zehntausend Zugereiste gegenüber fünftausend Inselbewohnern. Es waren Tage voller Angst und Neugier, voller Misstrauen und Barmherzigkeit, die Türen blieben verschlossen oder wurden geöffnet, um Pullover und Schuhe auszuteilen, Ladegeräte für Handys zu verleihen, Wassergläser zu reichen. Stühle zum Ausruhen wurden auf die Straße gestellt oder ein Platz am Esstisch angeboten, um gemeinsam eine Mahlzeit einzunehmen. Das waren Menschen aus Fleisch und Blut, die man da plötzlich vor Augen hatte, keine statistischen Werte mehr aus der Zeitung oder Zahlen, die der Nachrichtensprecher herunterleierte. Plastikplanen wurden besorgt, die vor dem strömenden Regen schützen sollten, und es wurde kiloweise Pasta ausgegeben, denn die Leute hatten seit Tagen nichts gegessen.

Sie waren völlig auf sich gestellt.

Im Jahr darauf heftete sich die Regierung das Etikett »Keine Anlandungen mehr in Lampedusa« wie eine Ehrenmedaille an die Brust.

»Das ist tatsächlich so«, hatte mir Paola in jenem Sommer 2012 bestätigt. »Kein Boot nimmt mehr Kurs auf Lampedusa. Nicht mal im Frühling wurden welche gesichtet. Und weißt du, warum? Die Boote werden abgefangen und nach Sizilien umgeleitet, wo sie fern der öffentlichen Aufmerksamkeit einlaufen. Von daher: ›Keine Anlandungen mehr in Lampedusa.‹ De facto die

Wahrheit. Und dennoch – spürst du es? Die ganze Insel ist terrorisiert, alle haben sie Angst, die Presse ist überall, die Widersprüchlichkeiten häufen sich. Die Leute machen kaum noch den Mund auf, und wenn sie es doch tun, dann nur, um sich über konkrete Dinge zu beschweren, wie das Fehlen eines Krankenhauses zum Beispiel oder die Benzinpreise, die auf dem Festland längst nicht so hoch sind. Die Klagen sind durchaus bitter; oft genug heißt es, die ganze Aufmerksamkeit gilt denen, die übers Meer kommen, während die Probleme der Inselbewohner niemanden außer uns selbst interessieren.«

Die Urlaubssaison hatte gerade begonnen, der Tourismus als Wirtschaftsmotor musste wieder angekurbelt werden.

Hin und wieder schaute jemand hinüber zum Horizont.

»Früher oder später geht's an unseren Stränden wieder los«, hatte einer der Fischer mir gesagt.

Diese Vorahnung, die alle Inselbewohner teilten, bewahrheitete sich ein Jahr später, am 3. Oktober 2013. Ein Alptraum war nichts dagegen. Kaum eine Seemeile vor der Inselküste ereignete sich das Schiffsunglück, hunderte von Leichen trieben im Wasser, Fernsehteams überfluteten die Insel, ganze Hallen standen voller Särge. Tatsächlich hatte sich nur oberflächlich etwas verändert. So wurden die Leichen, die sich in den Fischernetzen verfingen, einfach wieder zurück ins Meer geworfen, damit die Fischerei nicht verboten wurde. Die Meldungen von angeblichen Schiffsunglücken – »angeblich«, weil sie lediglich auf den Aussagen anderer Flüchtlinge beruhten, deren Boot nicht untergegangen war – bildeten nur Randnotizen in den Nachrichten. Umso besser, wenn es keine Leichen gab, wenn der Tod verbannt blieb an Orten, die man lieber nicht genau erkundete. Trotzdem wurde in den Monaten nach der Tragödie die Sahara weiterhin durchquert, es wurden die Rettungseinsätze der Küstenwache fortgesetzt, es wurden immer noch Frauen in libyschen Gefängnissen vergewaltigt und nach wie vor Kutter und Schlauchboote auf hoher See abgefangen oder von den Fluten verschlungen.

Der Lauf der Geschichte war keinesfalls gestoppt.

»Seit wann wohnt ihr schon in diesem Haus?«, fragte mein Vater Paola und Melo, um das Schweigen zu brechen, das sich im Zimmer ausgebreitet hatte.

Abrupt drehte ich mich zu ihm um. Ein Schauder lief mir über den Rücken. Auf den ersten Blick hatte sich seine Haltung nicht verändert; er saß noch immer mit verschränkten Armen und übereinandergeschlagenen Beinen auf seinem Stuhl, die Stirn glatt wie ein Kinderpopo. Doch unter dem Tisch konnte ich spüren, wie sein Fuß wippte; kaum merklich vibrierte sein Hosenbein auf Höhe des Knöchels, aber schon am Knie war das Beben nicht mehr festzustellen. Ich kannte diesen lautlosen Trommelwirbel gut, den sein Fuß da ausführte. Sehr gut sogar: Auch mein Fuß verselbstständigte sich gelegentlich auf diese Weise, nämlich immer dann, wenn mir eine Erkenntnis dämmerte.

Ich nahm dann sozusagen Anlauf.

Je weiter die Erkenntnis voranschritt, umso schneller wurde der Trommelwirbel.

Ich sah meinen Vater an.

Waren wir einander so ähnlich, er und ich?

Sprachen unsere Körper eine und dieselbe Sprache?

Vielleicht spürte auch er, wenn die Angst ihn überkam, wie sein Atem sich zwischen den Rippen verfing.

Paola hatte sich ihre vierte Zigarette angezündet und setzte zu einer Antwort an.

»Das älteste Zeugnis von diesem Haus ist ein Foto von 1957, auf dem es genauso aussieht wie heute: eine alte Eisfabrik, die außer Betrieb ist. Das Foto hat mein Vater gemacht, in der Zeit, als er sich in Cala Pisana verliebte. Papà ist durch Zufall auf Lampedusa gelandet, denn eigentlich hatte er sich unsterblich in einen Ort in Libyen verliebt, wo er in der Nähe der Ausgrabungsstätte Sabrata arbeitete. Er redete ständig von dem wunderschönen Strand mit den Palmen, die bis runter zum Meer reichten, und wollte unbedingt ein Haus dort kaufen. Seine Freunde rieten ihm sofort davon ab: ›Kauf bloß nichts in Libyen, die politischen Verhältnisse sind zu instabil, es gibt keinerlei Sicherheit, du riskierst, dass alles verstaatlicht wird, dann bist du enteignet. Noch dazu setzt du dich und deine Familie unkalkulierbaren Risiken aus. Geh lieber nach Lampedusa, wenn dir diese Vegetation so gut gefällt.‹«

Keine Ahnung, warum ich Paola noch nie nach ihrer Familie gefragt hatte.

Es passiert oft, dass man, statt das Naheliegende zu sehen, in der Ferne nach Erkenntnis sucht.

Paola nahm einen Zug von ihrer Zigarette und fuhr fort.

»Damals wusste mein Vater nicht einmal, dass Lampedusa zu Italien gehört, die Insel war ihm völlig unbekannt. Jedenfalls fuhr er hin und verliebte sich Hals über Kopf. Am 8. März 1966, im Rahmen einer Zwangsversteigerung, kaufte mein Vater das ehemalige Fabrikgelände, ein Jahr vor meiner Geburt. Seit diesem ersten Foto von 1957 bis zum Kaufjahr, also über neun Jahre lang, war er immer wieder auf die Insel zurückgekehrt, manchmal alleine, manchmal zusammen mit meiner Mutter. Dieses Haus hier ist tatsächlich das erste, das ein Fremder auf Lampedusa errichtet hat. Die Bauarbeiten wurden 1973 beendet. Seitdem wohnen wir hier, allerdings waren wir in den Jahren davor auch immer wieder hier – Papà, Mama, mein Bruder und ich. Wir haben in Fischerhäusern übernachtet oder in einem der wenigen Hotels, die es damals gab. Wir kannten schon die ganze Insel wie unsere Westentasche, bevor wir zum ersten Mal in unserem eigenen Haus geschlafen haben.«

Melo drehte sich eine Zigarette, die er jedoch nicht anzündete, sondern auf der Tischkante liegen ließ. Der Teil mit dem Filter schwebte in der Luft, der mit dem Tabak lag auf dem Tisch. Mein Vater wippte weiter mit dem Fuß, im selben Rhythmus wie zuvor.

Paola, die mit dem Rücken zum Meer saß, nahm ihre Erzählung wieder auf.

»Im Sommer gingen wir abends ins Dorf, die Erwachsenen tranken Wein in irgendeiner Kneipe, während mein Bruder und ich auf der Straße mit den Steinen spielten, die wir uns von der Baustelle in der Via Roma geholt hatten. Der Schotter lag überall herum, die Straßen waren nicht asphaltiert, also bauten wir auch unser Haus aus diesen schwarzen Steinen. Es entstand praktisch aus der Insel heraus. Den Sommer verbrachten wir fast ausschließlich mit den anderen Kindern zusammen, alles Lampeduser, denn während die Erwachsenen lieber an den Strand von Guitgia gingen, waren wir Kinder immer in Cala Pisana. Oder bei den Felsen von Testa del Polpo, direkt gegenüber von unserem Haus. Aus dieser Zeit kenne ich einen meiner besten Freunde, Simone, weil wir immer zusammen vom Felsen gesprungen sind.«

Simone war ein fester Bestandteil im Leben von Paola und Melo. Sie hatten unglaublich viel Zeit miteinander verbracht.

Simone selbst hatte mir ihr Verhältnis folgendermaßen beschrieben:

»Für mich war Paola am Anfang *Paolo*. Und zwar nicht, weil sie irgendwie männlich wirkte, sondern weil sie alle unsere Jungensspiele mitmachte. Wir sprangen kopfüber von den Felsen runter, sie stürzte sich kopfüber hinterher. Wir kabbelten, rauften und schubsten uns, und sie war mittendrin. Ich habe erst kapiert, dass sie ein Mädchen ist, als sie mit ungefähr zehn Jahren anfing, weibliche Formen zu entwickeln. Unsere Freundschaft besteht schon ein Leben lang. Ich weiß noch, als Melo und sie gerade ein Paar geworden waren und ich die beiden zum ersten Mal in Palermo besuchte: Melo hat so was wie ›Was will der denn hier?‹ gesagt. Für mich war er fast wie ein Eindringling, so eng und intensiv war die Freundschaft zwischen Paola und mir.«

Simone hatte mir auch von den Initiationsriten der Kinder auf Lampedusa erzählt. Eines dieser Rituale fand immer in Cala Pisana statt und bestand aus einem Kopfsprung vom Testa del Polpo. Das Alter der Adepten: sechs Jahre. Die Höhe des Felsens: gut sieben Meter. Die zweite Mutprobe fand am Strand von Guitgia statt. Dort musste man tauchen. In der rechten Hälfte der Bucht befindet sich eine Algenbank, die mit Poseidon-Gras bewachsen ist und zu der man hinschwimmen musste, die ganze Strecke unter Wasser. Wer die Algenbank ohne aufzutauchen erreichte, galt als »groß«. Ungefähr mit neun Jahren fingen die Kinder an, es zu versuchen. Die Entfernung vom Ufer bis zur Algenbank liegt bei etwa sechzig Metern.

»Die Kinder von Lampedusa sind keine Kinder, sondern Fische«, hatte Simone lachend gesagt.

Was in seinem Fall sogar stimmt: Er ist Berufstaucher geworden. In den letzten Sommern hat er Paola und Melo so gut wie nie gesehen. Als Tauchlehrer war er ständig mit dem Motorboot unterwegs, jeden Morgen und jeden Nachmittag. Doch obwohl sie sich nicht so häufig sahen, wie sie gewollt hätten, war Simone im Haus meiner Freunde spürbar präsent und immer wieder Gegenstand von Erzählungen.

Paola nahm einen langen Zug von ihrer Zigarette und stieß fast schon aufreizend langsam den Rauch aus. Dann sprach sie weiter.

»1993 ging mein Vater in Rente und verlegte seinen Wohnsitz ganz nach Lampedusa, auch offiziell. Sein Leben lief auf diese Weise ab: Im Sommer empfing er seine Freunde hier, im Winter machte er das Haus dicht und reiste quer durch Italien, von einem Freund zum anderen. Triest, Madonna di Campiglio, Cinque Terre. Mein Vater starb im August 2002, nach langer Krankheit. Ich war die ganze Zeit bei ihm in Palermo. Im September sind Melo und ich dann zusammen auf die Insel zurückgekehrt. Unser Plan war, nach Lampedusa zu ziehen und ein Bed & Breakfast aufzumachen, um Geld zu verdienen. Ich hatte überhaupt keine Lust mehr auf meinen Job als Anwältin in Palermo. Direkt nach unserer Ankunft – ich weiß es noch wie heute – sind wir zur Bar dell'Amicizia frühstücken gegangen. Und wer empfing uns da? Mein alter Freund Simone. Er hatte zwei junge Pärchen im Schlepptau und fragte uns als Allerserstes: ›Hört mal, die Jungs und Mädels hier suchen einen Schlafplatz. Wollt ihr sie nicht mit zu euch nehmen?‹ Melo und ich willigten ein. Das war unser erstes B&B-Erlebnis, Simone sei Dank. Wir haben pro Nacht und Zimmer 10000 Lire verlangt. Das Haus war allerdings ziemlich abgewohnt, als wir ankamen. Nach diesem Sommer kehrten wir erst wieder an Weihnachten zurück. Ganz nach Lampedusa zu ziehen hätte bedeutet, alles andere zurückzulassen. Wir haben tagelang hin und her überlegt. Dann passierte eines schönen Morgens Folgendes – und ich schwöre dir, die Geschichte ist wahr: Ich saß auf dem Klo und dachte: Ich möchte endlich eine Entscheidung treffen, aber ich brauche ein Zeichen, irgendetwas, das mir sagt: ›Zieh nach Lampedusa!‹ Und plötzlich löste sich die Handbrause vom Bidet und ein Schwall Wasser durchnässte mich bis auf die Knochen. Ich triefte nur so. Ich hatte nicht mal genug Zeit, nach Melo zu rufen, weil der Strahl so heftig war. Okay, das war also das ersehnte Zeichen, dachte ich, das Haus sprach zu mir und sagte: ›Komm nach Lampedusa und bring mich wieder in Schuss, ich bin eine einzige Baustelle.‹ Triefnass verließ ich also das Badezimmer und sagte zu Melo: ›Hör zu, die Handbrause vom Bidet ist kaputt, wir ziehen nach Lampedusa.‹ Ich bin alleine nach Palermo zurückgekehrt, während Melo hier blieb, um das Haus zu renovieren.«

Als er seinen Namen hörte, konnte Melo nicht anders, als auch seine Version der Geschichte zum Besten zu geben. Er nahm ein paar tiefe Atemzüge, als wollte er seine Batterien aufladen. Für manche Palermitaner scheint Sprechen eine solche Anstrengung zu bedeuten, dass sie sich erst mal in Fahrt bringen müssen: Lungen füllen, Brustkorb weiten, Atemwege lockern. Dann fing Melo an zu erzählen, so leise, dass wir ihn kaum verstehen konnten, aber immerhin gab er sich Mühe, nicht zu nuscheln.

»Ich bin ohne groß zu überlegen nach Lampedusa gezogen, ich wollte einfach nur mit Paola zusammen sein. Für mich hatte die Insel keinen besonderen Reiz. Seit jenem ersten Weihnachten 2002 waren anderthalb Jahre vergangen, in denen ich Lampedusa nicht verlassen hatte. Das Haus war vollkommen runtergekommen, wir mussten es unbedingt sanieren. Vor Ort gute Handwerker zu finden war schlicht unmöglich, abgesehen davon hätte es unser Budget um ein Zehnfaches gesprengt. Also blieb ich und legte los. Irgendwie hat es sich ergeben, dass das ganze Baumaterial aus dem Meer kam, vor allem das Holz. Der Träger über der Haustür zum Beispiel ist einer von den Holzbalken, an denen die Lastwagenreifen im Hafenbecken befestigt werden, um die Schiffe beim Anlegemanöver zu schützen. Ein paar besonders schöne Dielen, die vom Meer angeschwemmt wurden, haben wir für die Renovierung der Küche benutzt.«

Er schien erschöpft, der gute Melo. Er hatte gesprochen, und nun brauchte er dringend einen Kaffee. Paola erahnte seinen Zustand, stand auf, machte den Herd an und stellte unsere zweite Espressokanne des Abends auf die Gasflamme. Runde zwei war eingeläutet. Papà schien das zu schätzen, ein kaum merkliches Lächeln umspielte seinen linken Mundwinkel. Melo sammelte noch einmal alle Kräfte und zündete sich endlich die Zigarette an, die er die ganze Zeit im Schwebezustand auf der Tischkante hatte liegen lassen.

Jahre später, an einem Nachmittag vor dem auf Leise gestellten Fernseher im Esszimmer, erzählte Melo mir ein paar Episoden aus seinem Leben *vor* Paola. Von seinen vielen Berufen – Koch, Werftarbeiter, Restaurator – war der des Skippers sein liebster und am längsten ausgeübter. Im Sommer 1984, genauer: im September 1984, wollte er zusammen mit zwei Freunden seine eigene Segelyacht von den Äolischen Inseln nach Capri bringen. Irgendwann kam ein fürchterlicher Sturm auf, das Boot lief voll Wasser, und sie begannen zu sinken. Sein Motorrad befand sich auch an Bord, es liegt noch heute irgendwo am Meeresgrund. Melo und seinen Freunden blieb nichts anderes übrig, als von Bord zu springen, wobei sie alles mitnahmen, was sie mitnehmen konnten: das Schlauchboot natürlich, eine Decke, die sie als Segel einsetzten, die Schwimmwesten, ein paar Thunfischkonserven und jede Menge Dosenbier, das sie tranken, während die Yacht unterging. In seiner Panik hatte Melo auch den Motorradschlüssel mitgenommen.

»Ehrlich gesagt habe ich den Schlüssel mit einer Packung Zigaretten verwechselt«, erzählte er lachend. »Es war das totale Chaos: Das Wasser kam von oben und unten, von rechts und links, das Boot sank immer weiter – und ich konnte doch nicht tagelang ohne Zigaretten bleiben …«

Nach zwei Tagen auf offener See erreichten sie endlich Festland. Nichts als Felsen und Gestrüpp. Sie ließen das Schlauchboot am Ufer liegen und machten sich auf den Weg ins Landesinnere. Es war Abend, der Wind blies, sie hatten kaum etwas an und waren nass und verfroren. Nach einer Stunde Fußweg sahen sie Licht: ein Hotel. Sie rannten los und hämmerten gegen die Eingangstür. Für den Portier muss es ein seltsamer Anblick gewesen sein: drei vor Kälte schlotternde Männer in Unterhose und Schwimmweste. »Entschuldigung, wo sind wir hier?«, fragten die drei Schiffbrüchigen im Chor. »In Settefrati«, sagte der Mann. Settefrati! Die Strömung hatte sie in die Provinz von Palermo getrieben, kilometerweit gegen ihre Zielrichtung.

»Das war unsere letzte Begegnung in der Dreierkonstellation: auf einem Schlauchboot im Mittelmeer umhertreibend. Seitdem haben wir uns nicht mehr zu dritt getroffen«, beendete Melo seinen Bericht, als wäre ihm diese Tatsache erst in dem Moment bewusst geworden.

Ich weiß noch, wir haben viel gelacht, während er erzählte.

Paola hatte die Espressokanne vom Herd genommen und schenkte den Kaffee in die angeschlagenen blauen Tässchen. Die Zuckerdose stand auf dem Esstisch. Paola und Melo süßten ihren Kaffee, mein Vater und ich nicht. In der abendlichen Stille konnte man das Rauschen des Meeres hören und hin und wieder das Kreischen der Möwen. Paola zündete sich ihre fünfte Zigarette an und rauchte sie bis zum Ende. Melo nahm die Tassen, spülte sie aus und kehrte an den Tisch zurück. Paola schaute aus dem Fenster auf die Bucht. Auch Melo wandte den Blick in Richtung Meer. Beide schienen sie einen bestimmten Punkt relativ nahe am Ufer zu fixieren, keine zwanzig Meter vom Fenster entfernt.

Mein Fuß begann zu wippen.

»Wonach haltet ihr Ausschau?«, fragte ich.

Es war wirklich so, als wäre meine Frage von dort unten gekommen, von meinem Fuß, der auf den Boden eintrommelte. Auch der Fuß meines Vaters hatte sein Tempo gesteigert. Wir spielten in derselben Liga und waren uns dessen bewusst. Wir hielten beide den Rhythmus, hatten ein gemeinsames Ziel: zu hören, was Paola und Melo uns gleich sagen würden. Genau darauf hatte die anfängliche Frage meines Vaters abgezielt; er hatte das Terrain bereiten, ihren Schutzwall niederreißen, ihre Stimmen ölen wollen, indem er Bezug auf die Vergangenheit nahm.

Paola wandte den Blick vom Meer ab, nahm sich eine weitere Zigarette, zündete sie an und starrte auf ihre Hand, als würde sie im Qualm nach Worten suchen: Rauchkringel, die sich immer mehr in die Länge zogen, bis sie schließlich vergingen.

»Ich kann die Szene einfach nicht vergessen. Es war Abend, ich saß vor dem Fernseher und schaute *Dschungelcamp*. Melo hockte an seinem Schreibtisch und tippte irgendwas in den Computer. Es regnete. Plötzlich hörten wir Stimmen. Viele Stimmen. Ich stehe auf, gehe raus in den Regen und sehe eine riesige Menschenmenge, unglaublich viele Leute, die aus dem Wasser kommen. Sofort sage ich zu Melo: ›Da muss ein Boot untergegangen sein.‹ Wir schauen uns in die Augen und sagen: ›Los, wir schließen alle Türen und Fenster.‹ Doch im nächsten Moment sage ich bereits: ›Scheiße, was reden wir da? Wir müssen ihnen helfen!‹ Also sind wir raus.«

Sie drückt ihre Zigarette im Aschenbecher aus. Schaut auf ihre Hände, als befände sich die Vergangenheit dort in ihren Fingern, als hätten sich ihre Nägel in ihr verkrallt, um sie nicht verschwinden und in Vergessenheit geraten zu lassen.

Melo ergriff das Wort.

»Es war stockdunkel, unsere Taschenlampen gaben nicht genug Licht, also setzte ich mich ins Auto und fuhr so nah wie möglich ans Ufer heran, damit die Scheinwerfer den Strand beleuchteten und die Leute besser sehen konnten. Das Schlauchboot hatte sich auf einer Sandbank festgefahren, und sie sprangen ins Wasser, um an Land zu kommen. Paola hat viel besser reagiert als ich, absolut geistesgegenwärtig: Während ich den Leuten beim Aussteigen aus dem Boot half, ist sie zu einem Jungen hin, der mit dem Gesicht nach unten in der Brandung trieb. Ich werde diesen Anblick nie vergessen: Paola, die zur rechten Seite der Bucht rennt, den Jungen packt und ihn aus dem Wasser zieht. Ich glaube, sie hat ihm wirklich das Leben gerettet.«

Melos Tonfall war unverändert geblieben. Er redete so, als wollte er uns den Kurs beschreiben, um von Palermo nach Ustica zu segeln.

»Damals haben die Schiffbrüchigen etwas sehr Merkwürdiges getan, was sie inzwischen nicht mehr tun: Wenn sie mit ihren eigenen Booten die Überfahrt angetreten hatten, montierten sie bei ihrer Ankunft auf Lampedusa sofort den Außenbordmotor ab – was ganz schnell geht, man muss nur ein paar Flügelschrauben aufdrehen – und warfen ihn ins Meer, um ihn untauglich zu machen. Sie würden das aus Angst davor tun, dass jemand sie dorthin zurückschicken wollte, wo sie herkamen, erzählten sie mir später. In jener Nacht habe ich sie genau das tun sehen. Mich hat das sehr beeindruckt – niemand hätte von ihnen verlangt zurückzugehen, vor allem nicht in dem Zustand. Sie waren wirklich panisch. Kaum war der Motor unter Wasser, fingen sie an, auf dem Boden des Schlauchboots nach irgendetwas zu suchen, vielleicht nach ihren Papieren, vielleicht nach Geld, keine Ahnung, es gab kein Licht, man sah fast nichts, und alles war sehr hektisch. Zurück an Land, stellte ich fest, dass einige sich sofort umgezogen hatten. An ältere Leute kann ich mich nicht erinnern, nur an Kinder, Jugendliche und junge Erwachsene. Auch ein Baby gab es. Es lag in einer improvisierten Wiege, die wir aus dem Schlauchboot mitgebracht hatten.«

Melo zeigte auf die vordere Terrasse, zu der Papà und ich mit dem Rücken saßen.

»Niemand von ihnen wollte ins Haus kommen. Trotz unserer Aufforderung blieben sie alle draußen. Es war nicht kalt, ob man draußen oder drinnen war, machte keinen Unterschied. Wir haben unsere Speisekammer leergeräumt, weil sie so ausgehungert waren. Vor allem hatten sie fürchterlichen Durst. Wir haben ihnen auch Klamotten gegeben, hauptsächlich Jacken. Und Decken und Handtücher, um sich abzutrocknen.«

Paola löste den Blick von ihren Händen und den Bildern, die sie darin sah. Auch sie schaute nun zur Terrasse. Sie knüpfte dort an, wo Melo aufgehört hatte.

»Sie wollten nicht ins Haus kommen, weil sie nass und schmutzig waren. Sie wollten uns keine Unannehmlichkeiten bereiten. Während sie sich abtrockneten und aßen und tranken, habe ich den Hafenmeister angerufen, um ihn zu informieren. Es waren ungefähr vierzig Personen … 44, 45 … Die übliche Anzahl von Leuten, die sich damals mit dem Schlauchboot auf den Weg übers Meer machten. Es hat vielleicht eine halbe oder ganze Stunde gedauert, dann kamen sie, um sie abzuholen. Das war's.«

Die Geschichte schien zu Ende zu sein, und doch hatte Paola noch immer nicht den Blick von der Terrasse gelöst.

»Ich habe sie nie wiedergesehen.«

Ihre ineinander verschränkten Hände lagen jetzt auf dem Tisch, als würden sie ihr Halt geben.

»Habt ihr in Erfahrung bringen können, was mit ihnen passiert ist?«, fragte mein Vater. Sein Fuß war jetzt ganz ruhig.

Melo beantwortete seine Frage.

»Wir haben Dinge in Erfahrung gebracht, die wir auch selbst hätten feststellen können.«

Er hatte wieder angefangen, geräuschvoll ein- und auszuatmen, ein Zeichen, dass seine Worte bald versiegen würden.

»Es war nicht zu übersehen, was da gerade passierte. Aber bis zu dem Zeitpunkt waren die Boote noch alle im Hafen eingelaufen, was etwas völlig anderes war. Ganz zu schweigen davon, dass das Anlanden für Boote, die aus dem Westen kommen, im Hafen viel einfacher ist als an den Stränden im Osten der Insel. Wir hier befinden uns an der Ostküste, und vor unserem Haus ist das offene Meer. Erst nach 650 Kilometern ungefähr kommt Zypern, aber dazwischen ist nichts. Wenn jemand also von Westen kommt, denkt man doch, er fährt zur Westküste. Wir hier sind völlig ab vom Schuss; wenn hier jemand anlegt, ist das eine echte Ausnahme. Ist zwar schon vorgekommen in den letzten Jahren, aber trotzdem.«

Er nahm sich eine Zigarette aus Paolas Päckchen und steckte sie zwischen seine Lippen, ohne sie anzuzünden.

»Also, ich hätte wirklich nicht gedacht, dass sie an unserem Strand an Land gehen würden. Ich habe es rein technisch nicht verstanden: Warum kommen sie zu uns, wenn sie bereits Stunden vorher an einem der Weststrände hätten anlanden können?«

Er näherte das Feuerzeug seinem Mund.

»Letztendlich bin ich Seemann, Seenotrettung ist Seenotrettung, egal ob hier am Strand oder draußen auf dem Meer.«

Er machte das Feuerzeug an, hielt die Zigarette an die Flamme, nahm einen tiefen Zug, legte das Feuerzeug zur Seite, stieß den Rauch aus.

»Tut mir leid, dass ich nicht mehr dazu sagen kann.«

Selbst wenn er mehr gewusst hätte, wäre von ihm nicht mehr zu erfahren gewesen.

Paola löste ihre Hände voneinander und schaute abwechselnd mir und meinem Vater in die Augen.

Sie war noch nicht am Ende angelangt.

»Ich glaube, das Schlimmste war die Tatsache, dass wir Angst hatten. Diese Angst hat ein Gefühl von Schuld in mir ausgelöst, auch wenn ich mir später sagen konnte: Okay, das ist völlig normal, dass man in einem solchen Moment Angst hat, das ist absolut menschlich, Hauptsache, man überwindet sie irgendwann. Aber wir haben uns geschämt, Melo und ich, weil diese Angst *da* war. Sie hat nur einen winzigen Augenblick angedauert, wirklich nicht länger. Aber unsere erste instinktive Reaktion war: Komm, wir schließen uns ein. Das werde ich niemals vergessen. Alles, was ich immer gesagt und gedacht hatte, kam mir in dem Moment in den Sinn. Aber ich habe nicht danach gehandelt.«

Sie brach in ein heiseres Lachen aus.

»Ich habe immer das Gute gepredigt, aber in dem Moment kam das Schlechte in mir hervor. Schon vorher hatte ich mir als anständige linke Intellektuelle so meine Gedanken gemacht: Man muss sie aufnehmen, man darf keine Angst vor ihnen haben. Aber in dem Moment, als ich mich in der konkreten Situation befand – verdammte Scheiße …«

Ihr Lachen war wie eine Befreiung für sie.

»Ich habe eine Freundin, Loredana, aus Cantù. Irgendwann kam sie zum ersten Mal nach Lampedusa und verliebte sich prompt in die Insel. Sie ist mehrmals zurückgekehrt, um hier zu arbeiten. Auch sie war vom Typ her weltoffen und voller linker Ideale. Sie hatte einen Job als Hostess auf einer dieser Riesenyachten, und abends, wenn das Boot im Hafen lag, übernachtete sie dort, alleine. Eines Morgens, es war noch vor Sonnenaufgang, hörte sie plötzlich seltsame Geräusche über sich an Deck. Es klang wie Schritte. Als sie vorsichtig durch die Luke schaute, sah sie lauter Beine. Schwarze Beine. Viele Beine. Was war passiert? Ein Kutter mit Flüchtlingen hatte den Hafen erreicht und direkt neben der Yacht festgemacht. Und weil der Kai zu hoch war, hatten die Bootsinsassen, um an Land zu kommen, die Yacht als Übergang benutzt. Loredana erzählte mir, ihr erster Impuls sei gewesen, sich in der Kajüte einzuschließen. Nach einer Weile sagte sie sich jedoch: Wie bin ich denn drauf? Also schloss sie die Kajüttür wieder auf, ging nach draußen und half den Leuten, an Land zu klettern. Als sie mir die Geschichte erzählte, erkannte ich denselben Impuls, der auch mich ergriffen hatte. Es gibt zwei Instinkte, nur dass einer vor dem anderen erfolgt: Der eine ist, sich selbst in Sicherheit zu bringen, und der zweite, anderen Menschen zu helfen, denn auch Helfen ist ein Instinkt. Die Angst vor dem Fremden, vor dem Unbekannten, was auch immer das ist – Mensch, Tier, Naturereignis –, ist völlig normal. Und hast du sie einmal überwunden, wird sie dich wahrscheinlich nicht ein zweites Mal überkommen.

Zumindest wirst du sie jedes Mal schneller überwinden. Immer, wenn Loredana von diesem Erlebnis spricht, erkenne ich mich in ihr wieder: die gleichen Worte, die gleichen Bilder, das gleiche widersprüchliche Gefühl von Scham und Befreiung, die gleiche Neigung, sich selbst zu verurteilen.«

Paola stand auf. Sie hatte genug gesagt. Doch ein Puzzleteil fehlte noch. Und zwar ein großes. Melo hatte sich bereits ins Schlafzimmer zurückgezogen, es war nach elf, und dieses ganze Gerede hatte ihn so ermüdet, dass er allein sein musste.

»Wann war das, dass sie gekommen sind?«, fragte ich.

Meine Freundin, die normalerweise so wach und präzise ist, teilte uns mit, dass sie sich nicht erinnern könne.

»Normalerweise habe ich ein sehr gutes Gedächtnis und kann alles Mögliche behalten. Aber das nicht. Ich kann mich einfach nicht erinnern.«

Sie ließ ihre Blicke umherschweifen.

»Wahrscheinlich war es vor 2005, denn um ihre Stimmen von draußen hören zu können, müssen sich im Haus noch die alten Türen und Fenster befunden haben. Die neuen sind nämlich schalldicht. Also war es entweder 2003 oder 2004 …«

Sie schien ihrer Sache vollkommen sicher zu sein, doch plötzlich hielt sie inne und legte den Rückwärtsgang ein.

»Nein, warte … Es muss 2004 gewesen sein, denn der Umzug war im Juni 2003 … Aber ich saß auf dem Sofa vor dem Fernseher, also …«

Sie kämpfte mit einer veritablen Erinnerungsblockade.

Manch ein Trauma beschäftigt uns Jahrzehnte, bevor wir es überwinden.

»Ich kann mich wirklich nicht an das Jahr erinnern. Dafür könnte ich dir eins zu eins beschreiben, was für Bewegungen ich ausgeführt habe, als Melo und ich im Wohnzimmer aufeinandertrafen und wir uns anschauten und ›Los, wir machen alle Fenster und Türen zu‹ sagten …«

Sie fing an, die Szene nachzustellen: Melos und ihre Gesten, ihre Positionen im Raum, die Entfernung zwischen ihren Körpern, die mal größer, mal kleiner wurde, während das Bewusstsein über das, was keine zwanzig Meter von ihnen entfernt auf dem Meer geschah, sich als unabwendbare Gewissheit in ihnen festigte. Nur das Wann fehlte noch zur Vollständigkeit.

Paola setzte sich wieder auf ihren Stuhl, schenkte sich von dem kalt gewordenen Espresso ein, tat Zucker hinein und trank ihn mit langsamen Schlucken aus. Sie wirkte erschöpft von dieser Erinnerung, auch ihre Stimme klang matt und tonlos.

»Die ganze Nacht hatte ich Angst, am nächsten Morgen aufzuwachen und im hellen Licht der Sonne plötzlich auf Tote zu stoßen. In der Dunkelheit war alles noch in der Schwebe geblieben. Das war schon immer mein Alptraum: Wie würde sich mein Verhältnis zu diesem Ort, dem Meer, dem Haus und der Landschaft verändern, wenn eines Tages … Das Meer bringt jede Menge überraschende Dinge hervor … Zum Beispiel jetzt mit dem Levante sind zwei wunderschöne Holzteile an den Strand gespült worden, die wir noch reinholen müssen. Aber wenn da mal eine … Ich weiß nicht … ich weiß nicht … Ich habe noch nie einen Toten gesehen. Noch nie. Und ich würde mir wirklich nicht wünschen, ausgerechnet hier einem zu begegnen.«

Sie stand auf, sagte uns Gute Nacht und folgte Melo ins Schlafzimmer.

Papà und ich verabschiedeten uns mit zwei Wangenküssen und gingen ebenfalls auf unsere Zimmer.

Mein Handy zeigte an, dass ich eine SMS bekommen hatte.

Sie war von Onkel Beppe.

Er hatte geschrieben: »Entschuldige, ich konnte nicht drangehen, ich war zu müde.«

Es war zu spät, um ihn zurückzurufen.

Ich legte mich ins Bett und schlief sofort ein.

* * *

»Deine erste Anlandung vergisst du nie«, sagten die, die schon viele erlebt hatten, in einer Mischung aus Ernst und Spaß.

Wie Recht sie hatten.

Es war November, und es war früh am Morgen.

Das Essen, bei dem Paola und Melo uns von den Booten in ihrer Bucht erzählten, fand am Abend desselben Tages statt.

Mein Vater und ich waren gerade erst auf Lampedusa angekommen.

Unsere Augen waren noch unschuldig.

Wie versteinert schaute ich zu den Schiffbrüchigen, die in der Nacht zuvor von der Küstenwache gerettet worden waren.

Männer, Frauen, Kinder, an Bord von drei Patrouillenbooten, die nacheinander an der Hafenmole festmachten.

Es waren Hunderte.

Mit Paolas Unterstützung hatte ich Zutritt zum Molo

Favaloro bekommen. Sie hatte mir einen Ausweis vom Lampedusa Forum Solidale besorgt, einer Gruppe weltlicher und kirchlicher Helfer, die bei den Anlandungen assistierte. Mein Vater befand sich gleich hinter dem Absperrgitter.

Paola hatte uns vom Flughafen abgeholt und uns in einem fast vergnüglichen Tonfall erzählt, dass eine Anlandung bevorstand.

»Möchtest du dabei sein, Davidù? Deswegen bist du doch hergekommen – oder nicht?«

Die freiwilligen Helfer hatten Thermoskannen mit Tee mitgebracht und waren dabei, die Decken zurechtzulegen und die Verpackungen der Pizzasnacks zu öffnen, die sie austeilen wollten. Ich tat es ihnen nach.

Das erste Patrouillenboot legte am Kai an. Die Männer vom Roten Kreuz und das medizinische Personal trugen Handschuhe und Mundschutz, Befehle wurden gerufen, und unter den Blicken der Polizisten in Kampfmontur begann die Ausschiffung.

Ein paar Wochen zuvor hatte ich aus einem Impuls heraus meinen Vater gefragt, ob er mich nach Lampedusa begleiten wolle.

Ich hatte noch nie eine Reise mit ihm allein unternommen.

»Papà, hast du Anfang November schon was vor?«

Seit er in Rente war, hatte er seine Leidenschaft für die Fotografie entdeckt. Ich dachte, es könnte ihm vielleicht gefallen, Lampedusa zu fotografieren. In der Annahme, mir eine Abfuhr zu holen, stellte ich ihm diese Frage am

Telefon und bereitete mich innerlich auf langes Warten vor. Denn so ist das mit einem Vater aus dem Süden: Vor jeder Antwort kommt erst mal ein Schweigen, egal bei welchem Thema. Das ist eine Frage der Machtverhältnisse. Und tatsächlich, nach einigen langen, enervierenden Sekunden hörte ich am anderen Ende der Leitung die Stimme meines Vaters.

»Und du, hast *du* Anfang November schon was vor?«

Er hatte meine Frage mit einer Gegenfrage beantwortet. Ein Klassiker der Anamnese. Mit jemandem, der diese Disziplin seit über vierzig Jahren ausübte, konnte ich es einfach nicht aufnehmen.

»Ich fahre nach Lampedusa. Du bist doch noch nie da gewesen: Willst du nicht mitkommen?«

»Warst du nicht schon einige Male dort?«

»Ja, war ich.«

Wieder ein endloses Schweigen. Am Telefon mit meinem Vater gab es keinerlei Nebengeräusche, die mich aus meinem emotionalen Sibirien hätten befreien können. So plötzlich, wie der Wolf auf der verschneiten Steppe auftaucht, war die Stimme meines Vaters wieder da.

»Wie lange bleiben wir?«

»Höchstens fünf, sechs Tage.«

»Und wo übernachten wir?«

»Dort, wo ich immer übernachte: bei meiner Freundin Paola. Sie hat ein Bed & Breakfast. Für jeden ein Einzelzimmer.«

Ich stellte mir meinen Vater vor, wie er sich in einem endlosen Zimmer ohne Wände und ohne Ecken verlor.

»Kann ich da mit der Karte bezahlen?«

»Nein, Papà. Aber du kannst die Miete vor der Abreise von zu Hause aus überweisen.«

Wieder folgte ein Schweigen, aber diesmal von einer anderen Sorte: Ich konnte das Ineinandergreifen der Zahnräder hören, die sich in seinem Kopf drehten, die angestrengten Überlegungen, die Dilemmata, die endlich gelöst wurden.

»Okay, dann nehme ich genug Bargeld mit.«

»Was heißt das – du kommst mit?«

Die Antwort kam wie aus der Pistole geschossen.

Darauf war ich nicht vorbereitet.

Sie war nicht von einem Schweigen eingeläutet worden.

Noch dazu hatte mein Vater sofort weitergesprochen.

»Ich werde meinen Fotoapparat mitnehmen.«

»Deswegen habe ich mir ja auch überlegt, dich zu fragen, ob du mitkommen willst.«

Ich hatte meine Worte langsam und kaum hörbar gesagt. Mein Herzschlag war schneller als sonst.

Mein Vater hatte seine Tonlage verändert. Er klang nun fast heiter.

»Das ist bestimmt ein guter Ort zum Fotografieren. Interessant und außergewöhnlich. Wenn auch nicht einfach. Was meinst du?«

Mit dieser Frage hatte ich nicht gerechnet. Er hatte mich noch nie um meine Meinung gebeten. Mir war diese plötzliche Intimität unangenehm. Also machte ich es so wie er, indem ich seine Frage mit einer weiteren Frage beantwortete.

»Papà, glaubst du, deine Arbeit als Kardiologe hat deine Art zu fotografieren beeinflusst?«

Verzweifelt versuchte ich, den richtigen Ton anzuschlagen.

Mein Vater antwortete wie so oft nicht sofort.

»In meiner Zeit als Arzt habe ich viele kleine Indizien

zusammengetragen, um aus ihnen ein Ganzes zu schaffen, das einen Sinn ergibt: Symptome, Hinweise, Laborwerte. Letztlich ist dieses Zusammentragen von Indizien die eigentliche Arbeit, mit dem Ziel, etwas zu finden, das eine Erklärung liefert. Es gibt eine These für eine Diagnose, die man belegen möchte. Für diese Suche brauchst du den richtigen Blick, der dich führt, der dir sagt, was du suchen und wo du hinschauen musst. Die aktuelle Medizin ist eine blinde Medizin; Studien belegen, dass die Ärzte von heute nicht mehr in der Lage sind zu ›sehen‹. Und sie können nicht sehen, weil niemand es ihnen beigebracht hat. Mir haben sie es noch beigebracht. Mein Ausbilder, Professor Geraci, hat uns gelehrt, dass es unerlässlich ist, bei einer Untersuchung genau hinzusehen. Insofern würde ich deine Frage mit Ja beantworten: Mein Blick ist tatsächlich geschult, aber zugleich hat er sich von dem distanziert, was meine Arbeit ausgemacht hat. Ich habe mir übrigens ein neues Objektiv gekauft, ich kann es kaum erwarten, es endlich auszuprobieren. Was meinst du, soll ich auch das Stativ mitnehmen?«

Mit diesem väterlichen Wortschwall hatte ich nicht gerechnet.

Ich fühlte mich wie nach einem Regenschauer.

»Ja, ja, nimm's mit«, brachte ich hervor und beeilte mich, das Telefonat zu beenden.

Ein seltsames Gefühl überfiel mich. So ähnlich musste es für die Ostberliner am Tag nach dem Mauerfall gewesen sein.

In Süditalien herrscht ein gewisses Unvermögen zu kommunizieren, Frucht einer jahrhundertealten Kultur, in der das Schweigen ein Ausdruck von Männlichkeit war.

Ein »Allesfresser« (mit der Konnotation »Fettwanst«) ist die freundliche Umschreibung für jemanden, der einen so unempfindlichen Magen hat, dass er alles darin aufnehmen kann: Zweifel, Geheimnisse, Traumata. Das ist ein typischer Wesenszug des Paternalismus: Das Schweigen wird zur Kunst erhoben, die man schon als kleines Kind erlernt. Reden ist etwas für Frauen. Schwächlinge reden, echte Männer schweigen. Die Zustimmung zum Schweigen, der erste Schritt auf dem steinigen Pfad zur Omertà, ist eine conditio sine qua non, um sich zu integrieren. Nicht von ungefähr gibt es im Sizilianischen das Sprichwort »A megghiu parola è chìdda ca 'un si«, was so viel bedeutet wie: »Das beste Wort ist das ungesagte«.

Es wundert mich überhaupt nicht, dass mein Vater in der Fotografie eine kongeniale Möglichkeit gefunden hat, sich auszudrücken. Für einen emotionalen Analphabeten wie ihn, der unfähig ist, die eigenen Bedürfnisse zu artikulieren, ist dies ein Versuch der Hinwendung zur Realität. Seine Fotos werden gleichsam zu den Worten, die nicht gesagt werden. Fotografieren ist für meinen Vater eine Möglichkeit, zu sich selbst zu sprechen – endlich. Indem er den Dingen auf den Grund geht, ohne sofort eine Erklärung für sie zu liefern, gibt er seine Machtlosigkeit entweder direkt zu oder kalkuliert ein Scheitern von vorneherein mit ein. Zugleich will die Fotografie auch etwas Eigenständiges sein. Sie macht sich zum Symbol und füllt das Schweigen dort aus, wo Worte dies nicht vermögen.

Als Erstes wurden die Kinder an Land gebracht. Ein Mitarbeiter der Küstenwache hielt ein kleines Mädchen im Arm, das in eine Thermodecke gewickelt war. Sie sah aus wie eine Puppe, so winzig war sie. Seine Kollegen stützten ihn, damit er das Gleichgewicht nicht verlor und sicher den Kai erreichte. An Land wurde die Kleine sogleich einer Krankenschwester übergeben. Der Einsatz wurde extrem schnell und mit großer Sorgfalt durchgeführt. Die ganze Zeit über schaute der Mann von der Küstenwache dem kleinen Mädchen, das höchstens drei, vier Monate alt war, ins Gesicht und lächelte es an.

Papà, ist das der Lohn für euch Ärzte: wenn ihr einem Kind das Leben gerettet habt?

Nach dem kleinen Mädchen wurde ein weiteres Baby an Land gebracht, ein Junge, der ebenfalls nur wenige Monate alt war. Wieder hatte ich das Gefühl, dem Transport einer wertvollen zerbrechlichen Fracht zuzusehen, so vorsichtig und behutsam verhielten sich die Männer. Die beiden Säuglinge wurden in ein Zelt gebracht, wo sie ärztlich untersucht wurden. Der Nächste, der von Bord ging, war ein Erwachsener. Nur ein einziger. Seinem Äußeren nach schien der Mann aus der Subsahara zu stammen. Er war der Vater des kleinen Mädchens. Er ging zu ihr, strich ihr mit dem Zeigefinger über den Kopf und dankte allen, die in sein Blickfeld kamen, mit einer kleinen Verbeugung. Er biss die Zähne zusammen, um nicht in Tränen auszubrechen. Vater und Tochter bestiegen zusammen mit einer Helferin vom Roten Kreuz einen Krankenwagen, in dem sich auch das andere Kind befand. Sie wurden für weitere Untersuchungen in die Poliklinik gebracht.

Nun kamen die größeren Kinder an die Reihe. Sie waren zwischen fünf und acht Jahre alt. Ungefähr zwanzig an der Zahl. Diesmal musste niemand auf den Arm genommen werden, jeder bewegte sich auf seinen eigenen

Beinen. Mit Ausnahme von zwei Kindern mit Flipflops waren sie alle barfuß und trugen bunte T-Shirts und Shorts oder kurze Kleidchen. Ihre Hände umklammerten die Thermodecken, die man ihnen um die Schultern gelegt hatte. Ein Mädchen machte sich ein Spiel daraus und fing mit ihrem »Mantel« die Sonnenstrahlen ein, sodass ein ständiges Funkeln von ihr ausging. Ein anderes Kind war so übermüdet, dass es sich mit dem Rücken an der Kaimauer auf den Boden setzte, die Augen zumachte und sofort einschlief.

»Hier bist du!«, sagte Paola und drückte mir eine Tüte mit Stofftieren in die Hand, die zusammen mit den Pizzasnacks, dem Tee und dem Fruchtsaft ausgeteilt werden sollten.

Bei den Stofftieren handelte es sich um lilafarbene Mini-Dinosaurier, die etwa zehn Zentimeter groß und sehr weich waren. Beim Anblick dieses Geschenks verschwanden die Angst und die Müdigkeit aus den Gesichtern der Kinder, die sich ganz auf das Spielzeug konzentrierten. Es war der Schlüssel zu einer Welt der Freude. Keines von ihnen weinte. Hin und wieder blickten sie sich um, als wollten sie sich orientieren. Auch sie schienen aus der Subsahara zu kommen. Zum ersten Mal in ihrem Leben sahen sie Menschen mit heller Haut, auf dem Wasser schaukelnde Segelboote und lilafarbene Dinosaurier. Sie tranken Fruchtsaft und spielten schweigend mit ihren Stofftieren. Als der Krankenwagen zurückkam, wurden auch sie in die Poliklinik gebracht. Es mussten zwei Fahrten gemacht werden. Ein Rote-Kreuz-Helfer hatte das Kind, das eingeschlafen war, auf den Arm genommen, wo es vor Erschöpfung sofort weiterschlief. Es war elf Uhr morgens. Der Scirocco blies mit voller Wucht. Als der Krankenwagen zu seiner zweiten Tour aufbrach und auf dem Kai wieder Platz war, wurde mit der Ausschiffung der Frauen begonnen.

Die Frauen waren jung bis blutjung. Sie waren zwischen zwölf und zwanzig Jahre alt. Routinemäßig hatte das medizinische Personal auf der Mole damit begonnen, sich ihre Hände zeigen zu lassen, um Fälle von Krätze auszuschließen.

Die freiwilligen Helfer lachten und machten ihre üblichen Scherze. Paola unterhielt sich mit Alberto, einem Mitarbeiter einer Hilfsorganisation, der aus Rom stammte und Dreadlocks hatte.

»Sardinen nimmst du am besten unter fließend Wasser aus«, erklärte er ihr. »Ein Längsschnitt und raus mit dem Gekröse. Aber fix, sonst saugen sie sich mit Wasser voll und der Meer-Geschmack geht verloren.«

Sie waren für die Thermoskannen mit dem Tee zuständig. Neben ihnen öffneten zwei Helferinnen weitere Snackpackungen. Der heiße Tee wurde in Plastikbechern ausgegeben. Dann wurde auf das Signal der Ärzte gewartet, dass die Frauen zu dem gerade durch das Absperrgitter eingefahrenen Bus gehen konnten, der sie ins Aufnahmelager bringen sollte. Ein junges Mädchen fiel ohne jede Ankündigung von Schwäche in Ohnmacht. Mit einer fließenden Bewegung sank sie lautlos zu Boden. Die letzten Kraftreserven waren aufgebraucht, der Körper konnte einfach nicht mehr. Ein paar Rote-Kreuz-Mitarbeiter eilten ihr zur Hilfe und legten sie auf eine Bahre. Sie war noch sehr jung, vielleicht 14 oder 15 Jahre alt. Ein weiteres Mädchen fiel in Ohnmacht, auf dieselbe Weise, so als würde der Überlebensinstinkt jetzt, da sie an Land und in Sicherheit waren, eine Pause einlegen, um die Batterien wieder aufzuladen und dann erneut seinen Dienst zu tun. Das zweite Mädchen war noch jünger, sie war höchstens zwölf.

»Sie sind vollkommen dehydriert«, hörte ich die Ärzte untereinander sagen.

Jede Ohnmacht wurde mit Schweigen registriert. Eine dritte erfolgte, eine vierte, sogar eine fünfte. Die Mädchen wurden in den Krankenwagen gebracht. Mir kam es vor, als wären fünf Steine in den See meines Herzens geplumpst. So wie das Wasser den Stein in sich aufnimmt, galt es, das Leiden anzunehmen. Im Bruchteil einer Sekunde kommt alles zusammen: das Aufklatschen des Steins auf dem Wasser, das Sauggeräusch, wenn die glatte Oberfläche sich auftut, das Versinken des Steins. Und sofort danach das langsame, aber unaufhaltsame Auseinanderdriften der kreisförmigen Wellen, die sich am Ufer brechen, ganz allmählich, in der Erinnerung, mit einem kaum erkennbaren, aber steten Verschleiß der Dämme des Herzens.

Die Frauen aus dem ersten und zweiten Patrouillenboot kletterten an Land, während das dritte Boot noch draußen auf dem Meer wartete. Es waren über zweihundert Frauen. Sie schienen verwirrt und verängstigt, so wie die Kinder. Manche registrierten die Ohnmachten ihrer Leidensgenossinnen, aber ohne groß darauf zu reagieren. Über die Hälfte war barfuß, die anderen trugen Flipflops. Keine der Frauen weinte, aber man sah, dass sie mit den Tränen kämpften. Ein Signal ertönte, die Aufforderung, zum Bus zu gehen. Ihre Bewegungen waren langsam, ihre Schritte gemessen. Es sah aus wie eine Prozession. In Wirklichkeit waren sie nur am Ende ihrer Kräfte.

Die freiwilligen Helfer reichten ihnen Pizzasnacks und heißen Tee. Zu jeder Frau sagten sie »Welcome«. Die Frauen dankten mit leiser Stimme, »Merci«, »Thank you«, ein Kopfnicken, ein angedeutetes Lächeln. Sie hielten den Becher mit beiden Händen umklammert und brachten ihn nah ans Gesicht, als wollten sie sich daran wärmen. Weitere Thermodecken wurden verteilt. Paola sammelte die leeren Snackpackungen und Plastikbecher ein. Sie sprach mit den Mädchen: »Where are you from?«, »D'où venez-vous?«, »Welcome«, »Bienvenue«.

Sie lächelte, wie Alberto, wie die anderen Helfer.

Ich war wie betäubt.

Paola kam mir zur Hilfe.

»Nach all dem, was die Mädels durchgemacht haben, kriegen sie nicht mal ein Lächeln von dir? Komm, schnapp dir eine Thermoskanne und gieß ihnen Tee ein.«

Im Ärztezelt waren die Frauen mit Krätze an den Händen zurückgeblieben. Es waren zwei. Sie warteten darauf, dass der Krankenwagen wiederkam.

Um sie ins Aufnahmelager zu bringen, musste der Bus – es gab nur einen einzigen – vier Touren machen. Während sie warteten, lehnten die Frauen an der Wand. Einige setzten sich auch auf den Boden.

Erst jetzt merkte ich, dass es auf dem Kai nicht mal ein Dixi-Klo gab.

»Wann soll's denn das nächste Mal regnen?«, fragte ich Paola.

»Wir setzen alles unter Wasser, uns und sie«, erwiderte sie.

Mein Vater hatte sich auf einem Felsvorsprung neben dem Absperrgitter niedergelassen. Er hatte das neue Objektiv auf seine Kamera gesetzt.

Okay, dachte ich, das ist nun wirklich ein Grund, nicht auf der Stelle loszuheulen.

Ich konnte nicht in Anwesenheit meines Vaters weinen.

Nicht mal, wenn man mit dem Messer auf mich losgehen würde.

Ich verteilte Pizzasnacks und Tee.

Als alle Frauen weggebracht waren, begann die Ausschiffung der Männer.

Die ersten Männer, die an Land kamen, küssten den Boden unter ihren Füßen und stimmten mit erhobenen Händen und zum Himmel gewandten Gesichtern ein Dankeslied an. Die anderen sangen leise mit. Jemand begann rhythmisch zu klatschen. Es waren ungefährt dreihundert Männer, und sie waren extrem erschöpft. Die meisten von ihnen trugen Jogginghosen und Sweatshirts. Nur ganz wenige schienen eine Jacke zu besitzen. Ein Dutzend etwa hatte Turnschuhe oder Sandalen an den Füßen, ein paar Flipflops, andere Frotteesocken, doch die meisten waren barfuß.

»Im Vergleich zu denen von vorgestern sind die hier richtig gut genährt«, stellte ein Rote-Kreuz-Helfer fest.

Verwirrt und ohne ein Wort zu sagen, hockten die Männer sich in den Schatten der Kaimauer, um sich nicht länger der Sonne auszusetzen.

Die freiwilligen Helfer verteilten weiter Tee, Pizzasnacks und Saft.

Ich sagte »Welcome« zu den Neuankömmlingen.

Ich versuchte, mit ihnen ins Gespräch zu kommen.

»Where do you come from?«

»Nigeria«, »Kamerun«, »Syrien«, »Eritrea«, »Sudan«, »Somalia«, »Marokko«, »Tunesien«, »Nepal«.

Von überall auf der Welt.

»Sorry, aber wieso Nepal?«

Sie waren zu dritt. Das einzige Visum, das sie hatten auftreiben können, war eins für Libyen, trotz des dort herrschenden Krieges. Mit dem Schiff waren sie von Nepal bis Indien gefahren, um dann nach Tripolis zu fliegen und nach ein paar Wochen Gefängnis dort die geforderte Summe für die Überfahrt mit dem Schlauchboot zu zahlen und sich nach Europa aufzumachen.

In der Regel kostet eine Fahrt übers Mittelmeer mindestens 2000 Dollar pro Kopf.

Menschenhandel ist ein lohnendes Geschäft.

»It's nice here«, bemerkte der Nepalese.

Er war wie seine beiden Freunde Anfang zwanzig.

»Where are we now?«, fragte er.

Ich erklärte ihm, dass wir uns in Lampedusa befänden, dem südlichsten Zipfel von Europa.

»We are in Sicily, right now. We are in Italy.«

Der Junge nickte, um sich zu bedanken. Dann fragte er:

»Are we in Europe?«

»Yes, we are. Welcome and good luck.«

Neben ihnen war eine Gruppe junger Männer, die lebhafter wirkten als die anderen. Es waren Marokkaner, fast noch Kinder. Unter ihnen befand sich einer, der zur allgemeinen Verwunderung einen ausgeprägten römischen Dialekt sprach.

»Haste mal 'ne Fluppe?«

Alle waren sie verblüfft: die freiwilligen Helfer, die Ordnungskräfte, die Leute vom Roten Kreuz.

»Was ist das denn? Ein Flüchtling, der römischen Dialekt spricht?«

In dem Moment wünschte ich mir nichts sehnlicher, als dass mein Vater direkt neben mir stünde, um diesen Sound zu hören, diesen Jargon, diesen leiernden, leicht abgehackten typisch römischen Slang.

Der Junge erzählte, dass sein Vater die italienische Staatsangehörigkeit besitze, genau wie sein Onkel. Seine Familie sei aus Marokko eingewandert, als er noch ein kleiner Junge war. Er sei im Umland von Rom groß geworden, wo er vierzehn Jahre gelebt und Lesen und Schreiben gelernt hatte.

Es war nicht zu leugnen: Der Typ war durch und durch Römer – wie er aussah, wie er sich bewegte, wie er redete. Seine ganze Kultur war römisch. Er sprach nicht nur den Dialekt, er gestikulierte sogar auf Römisch. Es war einfach seine Sprache, seine Art zu denken.

Alberto, der freiwillige Helfer aus Rom, fragte, in welchem Viertel er gewohnt habe.

»Ich bin aus Tor Bella, und du?«

»Prati. Kennst du das?«

»Klar, da war ich mal auf 'nem Rave.«

In Rom hatte er auch geheiratet und einen Sohn bekommen, den er seit zwei Jahren nicht gesehen hatte, weil er als Minderjähriger ein Portemonnaie gestohlen hatte. Er war in den Knast gekommen und anschließend nach Marokko abgeschoben worden.

»Und da saß ich nun und sollte auf einmal Arabisch reden! Aber ich habe mein ganzes Leben lang nur Italienisch gesprochen. In Italien bin ich schließlich zur Schule gegangen. Und plötzlich haben alle um mich rum Arabisch gebrabbelt, und ich hab nur noch Bahnhof verstanden.«

Er hatte versucht, auf legale Weise nach Italien zurückzukehren und sich auf das Recht auf Familienzusammenführung berufen.

»Aber in der Botschaft ist nie einer ans Telefon gegangen. Auch im Konsulat war keiner zu erreichen. Das wenige Geld, das ich hatte, ist komplett fürs Telefonieren draufgegangen.«

Die Warterei war zermürbend. Also begann er, als Maurer zu arbeiten, um sich die Überfahrt auf dem Schlauchboot zu verdienen. Zwei Jahre dauerte es, bis er die erforderliche Summe angespart hatte. Zusammen mit seinen beiden Begleitern war er schließlich von Libyen aus gestartet.

»Ich will meine Frau und meinen Sohn wiedersehen.«

Er zog an der Zigarette, die ihm einer der freiwilligen Helfer gegeben hatte. Die Erleichterung, dass er wieder italienischen Boden unter den Füßen hatte, war ihm deutlich anzusehen.

»Schon kurz hinter Libyen fing das Boot an zu lecken. Das Wasser stand uns bis zu den Knien. Gott sei Dank haben sie uns irgendwann aufgefischt. Sonst wären wir echt gearscht gewesen.«

Er lächelte, nahm einen weiteren Zug von der Zigarette und stieß genüsslich den Rauch aus.

Plötzlich veränderte sich sein Gesichtsausdruck. Verzweiflung malte sich auf seinen Zügen ab.

»Wenn sie mich diesmal wieder abschieben, nehm ich mir ’nen Strick.«

Der Bus kam für seine letzte Tour zurück. Er ließ die Wartenden einsteigen und machte sich auf den Weg zum Aufnahmelager.

Der Kai war wieder wie leer gefegt.

Insgesamt waren es 523 Schiffbrüchige, Kinder inklusive.

»Heute war es relativ ruhig, nur fünf Ohnmachten, das ist praktisch nichts.«

»Das heißt, sonst ist es schlimmer?«

»Es kommt ganz drauf an, wie die Überfahrt war, Davidù. Manchmal fallen sie fast alle in Ohnmacht, weil sie vollkommen dehydriert und halbtot sind. Machmal kotzen sie auch alle auf den Kai, und zwar Galle, sonst nichts, sodass wir mehr Leute brauchen, um sie zu stützen, und jede Menge Waschlappen, um ihre Gesichter und Körper zu säubern. Es kommt wirklich drauf an. Die Wetterlage ist im Moment einfach sehr gut, das Meer hat sich ihnen gegenüber geradezu väterlich verhalten.«

»Aber das, was ihr hier tut – der heiße Tee, die Pizzasnacks, die aufmunternden Worte, die lila Stofftiere –: Wenn ihr das nicht tätet, würde es keiner tun, oder?«

Paola zuckte nur mit den Achseln und schnappte sich den schwarzen Müllsack mit den Plastikbechern und den Snackverpackungen. Hinter dem Absperrgitter stand mein Vater und starrte aufs Meer, die Kamera um den Hals gehängt, die Hände in den Taschen vergraben.

Mein Vater hat eine Vorliebe für Details beim Fotografieren. Rost zum Beispiel findet er besonders attraktiv. Oder Zimmer, die durch einen Schatten wie zweigeteilt wirken, die eine Hälfte vom Sonnenlicht erhellt, das durchs halbgeöffnete Fenster fällt, die andere im Dunklen und scheinbar voller Geheimnisse.

Eine meiner liebsten Fotoserien von ihm ist die mit den vielen bunten Wäscheklammern an der Leine: Sie sehen aus wie hochkonzentrierte Varietétänzerinnen, kurz bevor der Vorhang aufgeht.

Mein Vater ist fasziniert von Räumen und ihren Fluchtlinien. Wenn er eine Landschaft betrachtet, eine Ecke in einem Zimmer oder auch ein Gesicht sucht er immer nach dem Punkt, an dem alle Linien zusammenlaufen.

Wenn er verfallene Häuser fotografiert, mit düsteren Baumgerippen daneben, interessiert ihn vor allem die Beziehung zwischen diesen toten Dingen und dem leeren Raum um sie herum.

Seine Liebe zum Detail, das eine Welt ganz für sich darstellt, hängt mit seinem diagnostischen Blick zusammen. Hinzu kommt seine Liebe zu dem englischen Dichter T.S. Eliot, dem Theoretiker des »objektiven Korrelats«, bei dem ein Gegenstand symbolisch mit Bedeutung aufgeladen wird und sich in etwas anderes verwandelt: den Auslöser für Schmerz, Einsamkeit, Zuneigung.

Seine Art zu fotografieren hat etwas Liturgisches. Er erinnert mich dann an Cézanne. Wäre er Maler geworden, er hätte wohl hauptsächlich Stillleben gemalt.

Sein ganzes Leben lang ist Papà nicht geflogen. Erst als Rentner hat er seine Flugangst überwunden. Auf der Überfahrt nach Lampedusa, als wir Seite an Seite in der Maschine saßen, versuchte ich, ein Gespräch mit ihm anzufangen und herauszufinden, warum er sich der Fotografie zugewandt hatte. Ich erwartete keine großen Worte, nur ein paar dürre Sätze, Subjekt, Prädikat, Objekt, ohne Adjektive und Adverben. Pustekuchen!

»Mein Interesse an der Fotografie wurde durch eine Erinnerung geweckt: an meinen Vater, der mir eine Kamera in die Hand gedrückt hat. Ich war sechs Jahre alt. Die Kamera habe ich immer noch, eine Voigtländer Vito C.

Sie funktioniert nach wie vor. Zehn Jahre nach dem Tod meines Vaters, das weiß ich noch genau, sagte ich irgendwann zu meinem Bruder Marco: ›Das würde ich gerne fotografieren.‹ Es handelte sich um ein Detail, das mir aufgefallen war. Marco hatte eine kleine Kompaktkamera, die er nicht mehr brauchte, also schenkte er sie mir.«

Plötzlich war es, als wäre Papà ganz woanders. Er hatte sich vollkommen in seiner Erinnerung verloren, horchte in sich hinein und nannte die verborgenen Quellen, die unwillentlich emotionale Wellen in ihm erzeugten.

Er sprach von sich und seinen Gefühlen mit einer Offenheit, die ich ihm nicht zugetraut hätte.

Er sagte:

»Fotografieren ist für mich, als könnte ich das Gespräch mit meinem Vater fortsetzen.«

In dem Moment wurde mir klar, dass er und mein Großvater eine sehr viel engere Bindung hatten, als ich gedacht und als ihr Schweigen hätte vermuten lassen.

Die Worte kamen wohlüberlegt, heiter und geradezu beflügelt aus seinem Mund.

»Wenn man alt wird, fragt man sich hin und wieder: Warum habe ich nie mit meinem Vater darüber gesprochen? Also setze ich in Gedanken meine Spaziergänge mit ihm fort und mache Fotos, denn Fotografieren tut man vor allem, wenn man zu Fuß unterwegs ist. Du musst dich einfach bewegen, eine andere Möglichkeit hast du kaum. Du musst rumlaufen, ohne etwas Bestimmtes zu suchen, denn das, was du fotografieren willst, hast du bereits in dir. Folglich kannst du das, was du unbewusst suchst, auch hundert Meter vor deiner Haustür finden oder in Berlin am Holocaust-Mahnmal. Und während dieser Erkundungsgänge rede ich mit meinem Vater.«

Seine Worte waren wie Farbtupfer auf einer Leinwand. Zum ersten Mal begriff ich, wer mein Vater war. Er war gleichzeitig mein Vater, der Sohn meines Großvaters und ein erwachsenes Waisenkind, das seit dem Verlust des Vaters nur noch die Trauer und die Erinnerung hatte, um sich mit ihm in Verbindung zu setzen.

Deswegen macht Papà so viele Detailaufnahmen, dachte ich, er zeigt diese kleinen Kunstwerke seinem Vater. Ich verspüre Rührung, wenn ich so etwas sehe: die Achtsamkeit, mit der ein Kind ein Fundstück auf der Handfläche balanciert, um es Vater oder Mutter zu zeigen, die ihm mit einer Liebkosung, einem Kompliment, einem innigen Blick begegnen, mit einer Gültigkeit für alle Zeiten, auch über das irdische Leben hinaus.

Eine Liebe, die so stark ist, dass sie alle Distanzen überwindet.

Ich trat auf die andere Seite des Absperrgitters mit der Aufschrift »Militärgebiet, Durchgang verboten«.

»Und, was sagst du dazu, Papà?«

»Zu der Anlandung?«

»Ja.«

»Ehrlich gesagt bin ich ziemlich beeindruckt.«

Wir liefen am Hafen entlang. Der Scirocco blies nun mit voller Wucht. Nichts hatte ihn aufgehalten bei seiner Reise von der Sahara bis hierher, wo er uns den mitgebrachten Wüstensand um die Ohren peitschte.

»Ich habe gesehen, dass du das neue Objektiv aufgesetzt hast. Hast du Fotos gemacht?«

»Nein.«

Papà ging direkt neben der Kaimauer, er hatte die Hände hinterm Rücken verschränkt und hielt mit der rechten Hand Zeige- und Mittelfinger der linken umfasst. Ich kann nicht sagen, ob ich diese Haltung imitiere, weil ich sie seit frühester Kindheit bei ihm gesehen habe, oder ob es ein spontaner Impuls meines Körpers ist, jedenfalls ist mein Gang vollkommen identisch mit seinem: der weit ausgreifende Schritt, die ineinander verhakten Finger, die vorgereckte Brust.

»Wie kommt's, dass du nicht fotografiert hast?«

»Robert Capa hat vollkommen Recht, wenn er sagt, dass ein Foto nur dann gut werden kann, wenn man nah genug am Geschehen ist. Ich war einfach zu weit weg von den Booten.«

Nebenbei gesagt, ist unser Gang identisch mit dem von Großvater Rosario. Drei Generationen, ein Gang.

»Wärst du gerne näher dran gewesen?«

»Es ist auch eine Frage der Diskretion. Woher willst du wissen, ob du nicht die Intimsphäre von jemandem verletzt, wenn du ihn in einem solchen Moment fotografierst? So was kann man nur beurteilen, wenn man selber in der Situation ist. Und noch etwas: Du kennst doch diese ikonischen Bilder aus der Fotografiegeschichte – zum Beispiel das Foto ›Loyalistischer Soldat im Moment des Todes‹ von 1936 oder das ›Napalm-Mädchen‹ aus dem Vietnamkrieg. Oder auch das Foto von dem toten syrischen Kind am Strand. Wie kann man beim Anblick solcher Aufnahmen nicht emotional berührt sein? Aber schon im nächsten Moment fragst du dich: Und, was haben wir daraus gelernt? Wozu war das alles gut, wenn das Elend eh nicht aufhört? Die Fotografie konfrontiert dich mit der Realität: das weinende nackte Mädchen, der sterbende Soldat, das ertrunkene Kind – eines der schrecklichsten Fotos überhaupt. Aber es ist richtig, dass es geschossen und veröffentlicht wurde: weil es eine grausame, schmerzliche Realität dokumentiert. Und trotzdem sind wir nicht in der Lage zu verstehen, was da passiert. Denn was hat sich letztlich geändert?«

Mein Vater blickte zum Horizont hinüber. Das vom Wind aufgewühlte Meer sah aus wie ein Schlachtfeld nach einem Gemetzel. Er setzte erneut zum Reden an, er war mit seinen Überlegungen noch nicht am Ende angelangt.

»So eine Anlandung mitzubekommen, wenn auch nur aus der Distanz, das ist schon interessant … Nein, ›interessant‹ ist das falsche Wort. Es war eine sehr prägende Erfahrung, die ich aber nur mittelbar erlebt habe, ich war ja ziemlich weit vom Kai entfernt. Wenn man so viele Menschen, die Schreckliches durchgemacht haben, auf einmal sieht, bleibt einem nur zu sagen: ›Das war bestimmt ganz furchtbar für sie, sie haben sicher die Hölle erlebt.‹ Vielleicht muss man nach einer analogen Situation suchen, um halbwegs erahnen zu können, wie abgrundtief ihre Verzweiflung war. Falls es auf der Welt überhaupt etwas Vergleichbares gibt … Ich denke zum Beispiel daran, was Beppe mit seinem Lymphom gerade durchmacht, nachdem wir vor Jahren schon mal alle dachten, er hätte den Krebs endgültig besiegt. Ich weiß nicht, ob ich mich verständlich genug ausdrücke … Ich rede von Situationen, in denen jemand ›Was soll ich bloß tun?‹ ausruft und niemand ihm antwortet.«

Mein Vater hatte das Schicksal seines Bruders mit dem der Schiffbrüchigen in Beziehung gesetzt.

Er hatte seine Krankheit angesprochen.

Schweigend blieben wir mit dem Gesicht zum Meer stehen. Der Wind übertönte unseren Atem. Die Seenotkreuzer, die ihre Arbeit erledigt hatten, waren aus unserem Blickfeld verschwunden.

Eingemummelt in einen cremefarbenen Anorak gegen den unaufhaltsam wütenden Scirocco, stand Paola am Kai und unterhielt sich mit Alberto, dem Römer mit den Dreadlocks. Als sie ihr Gespräch beendet hatten, kam er auf mich zu.

»Paola hat erzählt, dass du Recherchematerial sammelst über das, was hier auf der Insel passiert. Würde es dich interessieren, mit einem der Rettungstaucher zu sprechen?«

»Und wie.«

Alberto zog sein Handy hervor, wählte eine Nummer, wartete auf Antwort, sagte ein paar Sätze, beendete das Telefonat.

»Heute Nachmittag um fünf bei mir in der Wohnung. Nur ihr beide; er will nicht mal, dass ich dabei bin.«

Ich bedankte mich bei ihm, er erklärte mir, wo er wohnte, wir tauschten die Handynummern aus und verabschiedeten uns.

Mein Vater und ich stiegen zu Paola ins Auto, die einen Abstecher zum Fischladen machte.

»Und, was gibt's heute Leckeres?«

»Einen wunderbaren Thunfisch, er lebt sogar noch.«

»Na dann – her damit!«

Anschließend brachte sie uns zur Poliklinik.

»Dottor Bartolo hat fast alle Anlandungen miterlebt, er ist schon seit Jahren dabei«, sagte Paola.

Auch zu der heutigen Anlandung war er irgendwann hinzugestoßen. Wir trafen ihn in seinem Sprechzimmer an, wo er bereits auf uns wartete.

»Seit über zwanzig Jahren eine Tragödie nach der nächsten. Und immer neue Tote. Kann das nicht endlich mal aufhören?«

Bartolo war gleich in medias res gegangen. Er hatte seine Brille auf die Stirn geschoben. Auch mein Großvater Rosario trug seine Brille so, wenn er über seinem Rätselheft brütete. Das Heft dicht vor seinen kurzsichtigen Augen, die Brille auf der Stirn, notierte er so lange seine Auflösungen, bis ihm die Brille auf die Nase hinunter rutschte. Erst dann nahm er die Zeitung weg vom Gesicht, um das Ergebnis seines Zweikampfs im Ganzen zu begutachten.

Auch Bartolo ließ die Brille auf die Nase rutschen, nachdem er seine rhetorische Frage gestellt hatte, und musterte uns aufmerksam. Für ihn waren wir die Rätsel aus der *Settimana enigmistica*. Dann schob er die Brille zurück auf die Stirn und ergriff erneut das Wort.

»Wir wissen um die Dinge, aber tun so, als wüssten wir es nicht. Aus dem Grund habe ich mich bereit erklärt, heute mit Ihnen zu reden, denn jede einzelne Stimme hilft, das Bewusstsein zu schärfen. Wir sind alle nichts als Wassertropfen, aber viele kleine Wassertropfen bilden das Meer.«

Er ließ die Brille wieder auf die Nase rutschen und fixierte uns mit seinem durchdringenden Blick.

»Schreiben Sie darüber, erzählen Sie den Leuten, was Sie gesehen haben! Das ist wichtig, denn auf dem Festland haben sie keine Ahnung, was hier abgeht. Damit meine ich gar nicht Lampedusa; diese Insel ist nur eine Durchgangsstation, eine Etappe auf einer Odyssee. Nein, ich rede davon, was diese armen Teufel, wenn sie hier ankommen, schon alles durchgemacht haben: die Grausamkeiten, die sie erlitten haben, die Vernichtung ihrer Existenz, die Auslöschung ihrer Träume und Hoffnungen.«

Pietro Bartolo war Gynäkologe; seine Aufgabe war, Leben auf die Welt zu holen, sich um Neugeborene und ihre Mütter zu kümmern. Stattdessen hatte er wahrscheinlich mehr Leichen gesehen und mehr Totenscheine ausgestellt als jeder andere Kollege, der im Kriegsgebiet seinen Dienst tat.

»Wie viele Tode ich bescheinigt habe? Zu viele.«

Frauen hätten es besonders schwer.

»Nicht mal Tieren tun sie solche Dinge an«, war alles, was der Arzt dazu sagen konnte.

Frauen haben es besonders schwer.

Vergewaltigungen sind an der Tagesordnung, immer wieder, von Einzeltätern oder von Gruppen.

Viele junge Mädchen sind schwanger.

Viele Frauen sind wie Spielsachen so lange benutzt worden, bis sie zerbrochen sind.

Schließlich kam der Arzt auf das Schiffsunglück vom 3. Oktober 2013 zu sprechen, jenen schicksalhaften Tag, nach dem alles anders wurde.

Zum ersten Mal hörte ich jemanden von diesem furchtbaren Unglück erzählen, der dabei gewesen war.

Bartolo berichtete, sie hätten den Hangar des alten Flughafens zweckentfremden müssen, um all die Toten aufbahren zu können.

Lauter schwarze Säcke, überall.

»›Bitte, lieber Gott‹, habe ich an dem Tag gebetet, ›mach, dass in dem ersten Leichensack, den ich öffne, kein Kind drin ist.‹«

Er sprach sich Mut zu, atmete tief durch und öffnete den Leichensack.

»Es war ein Kleinkind.«

Pietro Bartolo schien das Grauen von damals noch einmal zu erleben. Instinktiv nahm er die Hände vor den Mund, als wollte er den Schrei ersticken, der ihm im Halse saß.

»Nicht viel größer als so.«

Dort in seinem Büro zeigte er noch einmal die Maße des kleinen Jungen an. Er tat es mehr für sich als für uns. Jedes Mal, wenn er an diesen Moment dachte oder davon erzählte, hatte er den Jungen vor Augen. Seine Hände blieben in der Luft schweben. Gerade mal achtzig Zentimeter. Dabei musste das Kind schon ein paar Jahre alt gewesen sein.

Der Arzt erzählte, wie er den Kleinen aus dem Leichensack befreite und hochnahm, in der verzweifelten Hoffnung, es würde sich um einen Irrtum handeln, vielleicht lebte das Kind ja noch, vielleicht atmete es noch, ein zartes Herzflimmern, eine schwach pulsierende Vene, ein Lufthauch, der aus seiner Nase strömte, wenn man ganz dicht heranging. Doch da war nichts. Nichts. Das Kind war tot. Unwiederbringlich.

Es war der erste Tod, den er an jenem 3. Oktober bescheinigen musste.

»Wie kann man einen so winzigen Menschen einfach sterben lassen? Wir reisen bis zum Mond – wie kann man da jemanden einfach sterben lassen? Können wir wirklich nichts tun, um sie zu retten und an Land zu bringen? Sind das nun Menschen, oder sind es keine? Wie lange soll diese Schmach noch andauern? Wie kann man einen so winzigen Menschen einfach im Meer ersaufen lassen?«

Eine Gerichtsmedizinerin, die einige von den Leichen untersuchen und ihren Tod bescheinigen musste, hatte mir erzählt, dass unzählige Formulare auszufüllen waren, um zu bestätigen, dass die Person XY mit diesen oder jenen besonderen Kennzeichen, mit oder ohne Tätowierungen, mit oder ohne Missbrauchsspuren tatsächlich verstorben war.

»Die Formulare müssen so akribisch wie möglich ausgefüllt werden, um die zuständige Behörde über die Todesursache zu informieren.«

Unterkühlung.

Unterernährung.

Dehydrierung.

Schussverletzung.

Missbrauch.

Der Körper ist wie ein Tagebuch, in dem man lesen kann, was in seinen letzten Lebenstagen mit ihm passiert ist. Der Grad der Muskelstarre gibt Auskunft, ob jemand verdurstet ist. Zu wenig Fleisch auf den Rippen zeugt von Unterernährung über einen längeren Zeitraum. Je nach Art der Verletzung ist erkennbar, ob die betroffene Person noch vor der Überfahrt Opfer von Gewalt in einem libyschen Gefängnis wurde oder erst währenddessen, denn manche Bootsflüchtlinge werden zur Abschreckung von den Schleppern misshandelt, damit nicht noch mehr Leute auf die Idee kommen, um frisches Trinkwasser zu betteln oder sich über die Zustände an Bord zu beschweren. Sofortige Exekution durch Fußtritte. Die Toten werden in der Regel gleich ins Meer geworfen. Hin und wieder sind es auch Lebende, die es gewagt hatten aufzumucken.

»Eine Leichenschau bei einem Ertrunkenen vorzunehmen ist extrem schwierig«, hatte die Ärztin erklärt. »Der

Körper saugt sich wie ein Schwamm mit Wasser und Salz voll. Alles ist deformiert: das Gesicht, die Muskeln, die Organe. Die Haut löst sich ab, und manchmal sind auch Bissspuren von Fischen festzustellen. Überall Schleim und gallertartige Masse. Man hat gar nicht das Gefühl, einen Menschen zu berühren.«

Das erschütterndste Erlebnis ihrer beruflichen Laufbahn hatte sie tatsächlich bei einer solchen Leichenschau.

»Einmal musste ich zwei junge Frauen untersuchen, beide unter zwanzig, wie wir später erfuhren, also noch halbe Kinder. Sie trugen mehrere Schichten Kleider übereinander: zwei Sweatshirts, zwei T-Shirts, zwei Paar Jeans, zwei Unterhosen – alles doppelt. Als hätten sie sämtliche Kleidungsstücke angezogen, die sie besaßen, aus Schutz vor Kälte, aber auch, um ihr ganzes Hab und Gut mitzunehmen. Ins Jackenfutter hatten sie einen Stofffetzen eingenäht, auf dem ein paar Adressen standen, ihr Startkapital für Europa: Kontaktpersonen, die sie bei Bedarf anrufen konnten. Sie hegten die Hoffnung auf ein würdiges Leben und trugen zum Schutz und als Erinnerung ihre Kleider übereinander …«

Sie waren während der Überfahrt an Unterkühlung gestorben.

Beide Mädchen wiesen Spuren von mehrfacher Vergewaltigung auf.

Als wir die Poliklinik verließen, war es draußen angenehm warm und sonnig, sodass wir unsere Jacken ausziehen konnten. Wir stiegen ins Auto, dessen Polster den Geruch von Thunfisch angenommen hatten.

Paola ließ den Motor an und legte den ersten Gang ein.

»Melo und ich, die wir nicht von hier sind, kommen

leichter mit anderen Fremden ins Gespräch als mit den Einheimischen. Die Lampeduser sind ein misstrauisches Völkchen. Wenn du nicht hier geboren bist, hast du keine Ahnung vom Leben. Und von der Insel erst recht nicht. Deswegen ist der Kontakt zu anderen Fremden viel schneller hergestellt. Ob Freundschaft oder Beziehung: Sie befinden sich in derselben Situation wie du, indem sie Gast sind an einem Ort, der nicht ihr Geburtsort ist. Wir hatten von Anfang an einen guten Draht zu den freiwilligen Helfern im Aufnahmelager, egal ob vom Roten Kreuz, der UNHCR oder Save the Children. Ich weiß gar nicht mehr, wie wir sie eigentlich kennengelernt haben, irgendwie zufällig. Einer war übrigens Radiologe.«

Paola fuhr langsam, ohne jede Eile. Ich dachte, wie schön es wäre, wenn sie ihre Erinnerungen im Auto loswerden könnte, während der Fahrt, um sie nicht mit nach Hause nehmen zu müssen. Doch keiner sagte mehr etwas, unaufhaltsam näherte sich das Auto unserem Ziel, und der Asphalt knirschte unter den Reifen wie zerborstenes Eis.

Unvermutet meldete sich mein Vater zu Wort.

»Wenn er Radiologe war, hat er sicher Röntgenaufnahmen gemacht, um das Alter der Migranten festzustellen.«

Paola nickte.

Mir war nicht klar, worauf er hinauswollte.

Papà erklärte uns, dass die Länge der Mittelhandknochen ein Indiz für das Alter ist, ebenso wie die Beschaffenheit der Schambehaarung.

»Ja, das gehörte mit zu den Aufgaben von meinem Bekannten«, bestätigte Paola. »Die Erwachsenen mussten sich in einer Reihe anstellen und die Minderjährigen in einer anderen.«

Mehr sagte sie dazu nicht. Sie steuerte den Wagen auf einen freien Parkplatz vor der Bäckerei, stieg aus, nahm das vorbestellte Brot entgegen und setzte sich wieder hinters Steuer.

»Wir haben oft mit den anderen Fremden zusammen zu Abend gegessen. Ihre Erzählungen waren extrem wertvoll für mich, um zu begreifen, was hier passiert. Dank ihnen habe ich mich mit dieser Realität überhaupt auseinandersetzen können. Vor allem ihre Berichte über die Frauen, die hier ankamen, sind mir in Erinnerung geblieben. Eine Freundin von uns, eine Gynäkologin, erzählte, sie sei hier zum ersten Mal mit einer Infibulation konfrontiert worden. Sie war total schockiert davon. Natürlich hatte sie schon über weibliche Genitalverstümmelung gelesen, aber sie hatte noch nie eine gesehen. Zum ersten und einzigen Mal in ihrer beruflichen Laufbahn sei sie regelrecht erschüttert gewesen – und, wohlgemerkt, wir reden hier von jemandem mit dreißig Jahren Berufserfahrung. Ich weiß noch genau, was da alles zur Sprache kam: die Misshandlungen in Libyen, die vielen Vergewaltigungen, die Vermutung, die hohe Anzahl an Schwangeren würde daran liegen, dass die Frauen nicht mehr zu ›gebrauchen‹ seien, die Verätzungen besonders bei den Frauen. In der Mitte der Schlauchboote müssen nämlich meistens die Frauen sitzen, das heißt, sie sitzen nicht auf dem Gummirand, sondern auf dem Boden, wo sich ganz schnell eine äußerst üble Mischung aus diversen Flüssigkeiten ansammelt: Meerwasser, Benzin, Urin – die eine so ätzend wie die andere. Diese Verätzungen, die sich noch dazu an besonders empfindlichen Stellen befinden, sind schlimm bis sehr schlimm. Eine traurige Routine bei den weiblichen Neuankömmlingen. Oft sind sie obendrein sehr jung. Übrigens hat sich meines Wissens keine, wirklich keine einzige, jemals zu einer Abtreibung entschieden, trotz ausführlicher Aufklärung über die verschiedenen Möglichkeiten.«

Paola brachte den Wagen zum Stehen. Durch die Autofenster war das vom Scirocco aufgepeitschte Meer zu sehen, blau und in der Sonne funkelnd. Wären die Temperaturen entsprechend gewesen, hätten Papà und ich uns sofort in die Fluten gestürzt und wären mit langsamen, gleichmäßigen Schwimmbewegungen bis zum äußersten Ende der Bucht geschwommen, von der Dünung gewogen, vom Wasser gereinigt, vom Ballast des Tages befreit.

Papà beschloss, ein Nickerchen zu machen.

»Heute Nachmittag laufe ich mal ins Dorf, vielleicht kann ich ja ein paar Fotos schießen.«

»Willst du nicht zu Mittag essen?«

»Ich habe keinen Hunger.«

»Ich auch nicht. Also gut, dann sehen wir uns zum Abendessen.«

Ich machte mich auf zu einem Spaziergang. Ganz Lampedusa lag verlassen da. Eine Geisterinsel. Ich fühlte mich wie in einem Western. Die einzigen Lebewesen waren ein paar räudige Hunde, die am Straßenrand vor sich hin dösten.

Ich scrollte durch die gespeicherten Nummern auf meinem Handy und wählte die von Silvia. Diese Leere machte mir Angst. Nur meine Freundin konnte mir helfen, sie zu ertragen.

»Ciao.«

»Hallo, Liebster, wie geht's?«

»Weißt du, was? Irgendwie habe ich das Gefühl, hier kommt nichts von dem wirklich an, was draußen auf dem Meer passiert. Alles spielt sich nur am Hafen und im Aufnahmelager ab. Und obwohl das Dorf praktisch ausgestorben ist, scheint es fast so, als würden die Bewohner von Lampedusa alle Uniform tragen.«

»Okay, verstehe, aber wie geht es dir?«, fragte Silvia erneut.

Sämtliche Fensterläden waren zugeklappt, nirgendwo rührte sich etwas, allein der Scirocco machte sich bemerkbar.

Es war meine innere Landschaft, die Silvia interessierte.

»Ich fühle mich vollkommen leer.«

Am anderen Ende der Leitung hörte ich sie seufzen und dann leise lachen.

»Du darfst dich nicht mit dem Dorf identifizieren, du bist kein verlassenes Nest. Allenfalls bist du jemand, der durch dieses Kaff hindurchläuft.«

Ich war durchdrungen von Leere.

»Wie geht's den Katzen?«, fragte ich.

Silvia lachte auf.

»Was für eine Frage! Es geht ihnen gut: Pepa spielt wie immer Prinzessin, und Soba ist mal schmusig, mal Furie. Und nun sag schon: Wie geht es *dir*?«

»Jetzt, wo ich deine Stimme höre, schon viel besser.«

»So ist's brav. Und, wie läuft's mit deinem Vater?«

»Gut. Ich glaube, er macht gerade einen Mittagsschlaf, während ich hier durch das Kaff irre. Gleich habe ich meinen nächsten Interviewtermin.«

»Na dann, viel Erfolg!«

Ich war einmal durch das Dorf und wieder zurück gelaufen und beschloss, meinen Onkel Beppe anzurufen. Das Meer lag vor mir wie ein Anhaltspunkt.

»Beppuzzo, wie geht es dir?«

»Daviduzzo! Heute bin ich ein wenig matt, aber gestern habe ich sogar Hanteltraining gemacht, stell dir vor. Dieser Tumor kann mich mal. Und, wie läuft's so in Lampedusa?«

»Bleischwer. Aber gleichzeitig auch federleicht.«

»Sieh zu, dass du dein Buch fertigkriegst, ich will es unbedingt noch lesen. Ist Francesco bei dir?«

»Im Moment nicht. Keine Ahnung, wo er gerade steckt, vielleicht in unserem B&B. Ich bin alleine unterwegs. Kann allerdings gut sein, dass er sich bei dir melden wird und es eins zu null für dich steht.«

»Das glaubst du doch wohl selber nicht!«

»Und, was machst du gerade Schönes? Liest du?«

»Nein, nein, ich bin auf dem Weg ins Bett. Sollen wir später noch mal telefonieren?«

»Klar, Onkel Beppe, schlaf gut! Ich melde mich vor dem Abendessen noch mal.«

Im Dorf war kein einziges Geräusch außer dem Heulen des Scirocco zu hören. Der Wind brauste auf, verebbte für einen Moment, sodass man schon meinte, er hätte aufgehört, dann warf er sich erneut mit voller Wucht gegen die Häuser und Felsen.

Wieder scrollte ich durch die in meinem Handy eingespeicherten Telefonnummern, bis ich auf die von Alberto stieß, dem freiwilligen Helfer aus Rom. Ich fühlte mich so allein, dass ich ihn anrief, obwohl es noch über eine Stunde bis zu der Verabredung mit dem Rettungstaucher in seiner Wohnung war.

Er ging sofort ran.

»Ich wollte gerade Fisch kaufen gehen. Willst du mitkommen? Ich kann dich abholen.«

Alberto wohnte bereits seit ein paar Monaten auf

Lampedusa. Er war noch keine dreißig und sprach mit einem leichten römischen Akzent. Seine Dreadlocks reichten ihm bis über die Schultern.

»Haben sie dich schon mal blöd angemacht deswegen?«, fragte ich und deutete auf seine Frisur.

»Im Dorf nicht. Am Hafen schon, wenn auch im positiven Sinne. Das ist eine der schöneren Erinnerungen.«

Ein junger Senegalese war an Land gekommen, auch er mit Dreadlocks, und als er Alberto sah, der ihm heißen Tee reichte, umarmte er ihn und nannte ihn »Brother«. Sie sprachen über Reggae-Musik und über die Fußtritte, mit denen er in Libyen malträtiert worden war, bevor er einen Platz für die Überfahrt ergattern konnte.

Bei jeder Kreuzung blieb Alberto stehen, auch wenn wir Vorfahrt hatten, die beste Einstellung, die man haben kann, wenn an einem Ort die Verkehrsregeln eher als Witz denn als Bürgerpflicht begriffen werden.

»Und wann haben sie dich blöd angemacht?«

»Als ein neuer Polizeichef nach Lampedusa kam. Sobald die Migranten auch nur einen Fuß an Land gesetzt haben, ist die Polizei für sie zuständig. Dieser Polizist hat nicht nur uns freiwilligen Helfern Probleme bereitet, als er den Zugang zum Hafen für ein paar Wochen einfach dicht gemacht hat. Mich hat er einen ›scheiß Schmarotzer‹ genannt.«

»Und dann?«

»Irgendwann war seine Schicht hier zu Ende, und sie haben ihn woanders hingeschickt.«

Wir machten vor dem Fischladen Halt.

»Nur hier gibt es diesen Fisch – einen Blaubarsch. Er lebt am Meeresgrund und schmeckt einfach fantastisch. Gegrillt ist er ein Gedicht.«

Seine Augen leuchteten bei diesen Worten.

Mit flinken Bewegungen nahm der Fischverkäufer den Blaubarsch aus. Die Seebarben in der Auslage sahen wunderschön aus.

Ich fragte Alberto, was ihn nach Lampedusa geführt hatte.

Er erzählte mir, dass er Anthropologie in Rom und Verwaltungswissenschaft und Sozialmanagement in London studiert hatte. Danach war er sechs Monate für die UN in Turin, und anschließend hatte er das Jobangebot in Lampedusa bekommen.

Der Fisch war fertig ausgenommen. Alberto zahlte, und wir kehrten zum Auto zurück.

»Wir sind viel zu früh dran«, sagte er.

Es war noch eine Dreiviertelstunde bis zu dem Treffen. Er ließ den Motor an und fragte:

»War das heute deine erste Anlandung?«

»Ja.«

»Ich nehme an, auch für deinen Vater?«

»Ja.«

»Und, was hattest du für einen Eindruck?«

»Ich weiß nicht, welches Wort es am besten trifft – ›erschütternd‹, ›beeindruckend‹, ›krass‹? Wahrscheinlich alle drei zusammen.«

»Bei mir war es genauso. Meine erste Anlandung war ganz schrecklich für mich, ich habe Blut und Wasser geschwitzt. So eine Überfahrt ist der reinste Wahnsinn: Von Libyen bis Lampedusa sind es 240 Kilometer! Dass es Menschen gibt, die diese Reise in einem Schlauchboot auf sich nehmen, einer Nussschale sozusagen, war für mich unvorstellbar. Dass sie kaum Trinkwasser haben, fast nichts zu essen, kleine Kinder mit an Bord nehmen, nachdem sie Monate lang in irgendwelchen Lagerhallen in Libyen vor sich hinvegetiert haben, ohne jede Gewissheit, die Überfahrt zu überleben: All das und die Tatsache, dass ich diese Realität nun zum ersten Mal aus nächster Nähe erlebte – das hat mich total umgehauen.«

Während des Sprechens hatte er die ganze Zeit den Blick auf die vor ihm liegende Straße gerichtet. Sein gemäßigtes Tempo behielt er bei.

»Es geschah mitten in der Nacht. Ich erinnere mich noch an die vielen Lichtreflexe auf den Rettungsdecken: wie Blitze, die direkt aus der Dunkelheit kamen. Wunderschön! Besonders beeindruckt hat mich die Selbstverständlichkeit, mit der die Leute um mich herum reagierten. Wie können sie hier Witze reißen, dachte ich. Da draußen war das große Unbekannte, niemand wusste, wer da kam, ob es Tote gab, was weiter passieren würde. Der Kai ist zwar keine Kirche, also kein geweihter Ort, aber immerhin doch ein Ort, an dem man sich anständig benehmen muss, dem man mit Respekt begegnet. Doch das Gehirn funktioniert eben so: Es schaltet auf Normalität, weil man sonst wahnsinnig würde. Wenn ich mir die ganze Zeit Gedanken mache über die Misshandlungen an der Grenze, über das, was diese Menschen, die ich da von Bord gehen sehe, alles durchgemacht haben, drehe ich irgendwann durch. Das hält keiner aus. Abgesehen davon stumpft man sowieso irgendwann ab. Wie viele Anlandungen habe ich schon erlebt? Zweihundert? Wenn man etwas zweihundertmal erlebt hat, gewöhnt man sich irgendwann daran. Hinzu kommt eine zunehmende Professionalität und die schiere Notwendigkeit, Verlässlichkeit auszustrahlen. Die Situation am Hafen ist immer heikel, und wie gesagt, es gibt genug Leute, die uns am liebsten hier weghaben würden.«

Er parkte den Wagen, machte den Motor aus, zog den Zündschlüssel ab. Doch statt auszusteigen, blieb er sitzen. In jeder seiner Gesten lag eine tiefe Ruhe: wie er das Fenster hochkurbelte, wie er den Gang einlegte, mich ansah und lächelte.

»Allerdings ist es auch nicht so, dass wir am Kai jedes Mal ein Drama erleben. Das war vielleicht drei-, vier-, fünfmal der Fall. Normalerweise ist hier Party.«

»Party?«

»Ich habe schon Typen erlebt, die, kaum waren sie an Land, angefangen haben zu tanzen und den Boden zu küssen, wie Muslime das eben so machen, auf allen Vieren, Po in die Luft, Stirn am Boden, während die anderen applaudiert haben, ein einziges Geklatsche und Gestampfe. Das waren wunderschöne Momente. Ein paar Mal haben sie sogar schon auf den Schlauchbooten gesungen und geklatscht. Das ist vielleicht ein Anblick, wenn in der Nacht die ›Partyboote‹ aus der Dunkelheit kommen! Möglicherweise übertreibe ich jetzt, aber ich glaube tatsächlich, dass die Ankunft im Hafen einer der glücklichsten Momente im Leben der Migranten ist. Auch weil das, was danach kommt, so anders sein wird. Aber in diesem Moment ist da – nach all dem Schrecklichen, was sie durchgemacht haben – erst mal nur das Festland. Das ist wie eine Wiedergeburt dort am Kai, voller Hoffnung und Freude. Und du bist der erste Mensch, dem sie begegnen. Sie haben fürchterliche Dinge erlebt, also haben sie sich einen würdigen Empfang verdient. Für mich ist das ein echtes Privileg, bei ihrer Ankunft dort zu sein und ihren Weg ein kleines Stück zu begleiten – weil ich großen Respekt vor ihrer Entscheidung für die Flucht habe, vor ihrem Mut und, wenn du so willst, auch vor ihrer Naivität.«

Alberto machte weiterhin keine Anstalten auszusteigen. Er schien das Thema noch vertiefen zu wollen.

Ein Schauer lief mir über den Rücken, meine Instinkte waren hellwach: War das etwa ein Tintenfisch-Moment?

Ich war sieben Jahre alt und verbrachte die Ferien mit meinem Onkel Beppe in Scopello, einem kleinen Küstenort in Sizilien. Aus irgendeinem Grund hatte ich mir fest vorgenommen, in diesem Sommer zu lernen, wie man Tintenfische fängt. Mein Vater hatte noch keinen Urlaub und ging seiner Arbeit im Krankenhaus nach, während meine Mutter zwar Urlaub hatte, aber mit meinem kleinen Bruder zu Hause geblieben war. So oder so war sie nicht die richtige Begleitung, um Tintenfische zu fangen. Also war mein Onkel gefragt.

»Natürlich fahre ich mit Daviduzzo ans Meer.«

»Aber wir müssen Tintenfische fangen gehen.«

»Klar doch!«

Ich hatte eine Angel mit einem Spezialköder in der Hand und stand bis zur Brust im Wasser. Onkel Beppe war direkt neben mir. Mit der für ihn typischen Geduld erklärte er mir, wie man Tintenfische fängt. Er war nervös, aber versuchte, sich nichts anmerken zu lassen. Er flüsterte fast.

»Um einen Tintenfisch zu fangen, musst du die Ruhe selbst sein. Sobald du die Angel ausgeworfen hast, darfst du dich nicht mehr bewegen. Der Tintenfisch kommt zu dir – nicht umgekehrt! Wenn du die Begegnung herbeizwingst, ergreift er sofort die Flucht, und du kriegst ihn nie.«

Ich weiß nicht, woher er sein Wissen hatte. Vielleicht hatte er in seinem früheren Leben schon mal Tintenfische gefangen, und dies war das erste Mal, dass er jemandem davon erzählte. Wir blieben extrem lange, ohne einen Mucks zu machen, dort stehen. Als mein Arm irgendwann zu zittern anfing und ich kurz davor war, die Angel wegzuwerfen und zurück ans Ufer zu schwimmen, zumal die Langeweile mich schier auffraß, in dem Moment also, als jeder Jagdinstinkt mich verließ, tauchte plötzlich ein Tintenfisch vor mir auf. Er sah aus wie eine Maschine, die sich bewegte. Langsam kam er näher. Die Tentakel arbeiteten mit lässiger Trägheit. Es gab nichts anderes als das Meer, den Tintenfisch, Onkel Beppe und mich. Als wüsste er Bescheid, hielt der Tintenfisch genau vor mir an. Mein Onkel biss sich auf die Lippen und hielt den Atem an. Seine Haltung verriet Angst und Unwohlsein. Ich selbst war viel zu sehr damit beschäftigt, der weltbeste Tintenfischjäger zu werden. Diese Tat würde den Höhepunkt des Sommers darstellen. Ich hielt die Angelrute fest umklammert, holte tief Luft und wollte den Köder auswerfen – doch mein Arm bewegte sich einfach nicht. Wie gelähmt blieb ich stehen, die Angel in der Hand, den Blick starr auf den Tintenfisch geheftet, während dieser ahnungslos an uns vorüber schwamm.

Onkel Beppe stieß einen Seufzer der Erleichterung aus.

»Na ja, der war eh zu mickrig«, sagte ich entschuldigend.

»Das war nicht nur richtig, dass du ihn ziehen lassen hast, sondern sehr klug«, sagte mein Onkel.

Er war jetzt ganz entspannt und lächelte mich an.

Wir kehrten ans Ufer zurück.

»Onkel Beppe, woher wusstest du eigentlich, wie man Tintenfische fängt?«

»Das hat mir mal jemand gezeigt«, erwiderte er und fuhr sich mit der Hand über die bereits weniger werdenden Haare. Dann schnappte er sich das Badetuch und begann meinen Kopf abzurubbeln.

»Und wer hat es dir gezeigt?«, hakte ich nach.

»Dein Vater.«

Als wir trocken waren, machten wir uns auf den Heimweg.

Der Tintenfisch-Moment ist der Moment, in dem das Schicksal zu dir kommt, ohne dass du es herausgefordert oder dich ihm aufgedrängt hättest. Du musst nur bereit sein, dich seinem Tempo anzupassen und es ohne Wenn und Aber zu akzeptieren. Mehr ist es nicht.

Alberto hatte die Hände vom Steuer genommen, sich im Fahrersitz zurückgelehnt und die Augen geschlossen. Er massierte seinen Nacken. Nach einem langen Seufzer öffnete er erneut die Augen. Er war bereit zu sprechen.

»Noch heute läuft es mir kalt über den Rücken bei der Erinnerung an eine Anlandung letztes Jahr im August. Es war mitten in der Nacht, als der Notruf einging, wir waren wie üblich zum Hafen gefahren, ohne jede Nervosität oder Aufregung. Wir unterhielten uns miteinander, machten unsere Witzchen, alles ganz normal. Die ersten der ungefähr 220 Schiffbrüchigen, die an Land kamen, waren in guter Verfassung. Aber nur sie. Niemand konnte ahnen, was kurz darauf folgen sollte. Eine Apokalypse auf Erden. Als wäre ein Flugzeug abgestürzt und wir wären die ersten Helfer am Unfallort. Die anderen Flüchtlinge, also ungefähr zweihundert Mann, befanden sich noch auf den Patrouillenbooten und waren nicht in der Lage, sich von der Stelle zu rühren. Sie weinten. Sie hatten Verbrennungen und Verätzungen am ganzen Körper. Nach und nach wurde ihnen an Bord geholfen. Sie wurden gewogen, auf Tragen gebettet und zu den Krankenwagen gebracht. Doch sofort waren da weitere hundertachtzig Leute, die umsorgt werden mussten – bei gerade mal drei Krankenwagen und vier, fünf Tragen. Und jeder von ihnen hatte irgendein Problem, mal erkennbar gravierend, mal weniger offensichtlich. Das waren diejenigen, die unter Weinen und Schluchzen hervorbrachten: ›Ich habe meinen Bruder verloren.‹, ›Ich habe meine Frau verloren.‹, ›Ich habe meinen Freund verloren.‹ Sie hatten mitansehen müssen, wie das Boot neben ihnen unterging.«

Alberto war in Fahrt gekommen. Wenn er nicht redete, nahm er die Hände vor zum Gesicht, als wollte er etwas festhalten, was nicht mehr da war, einen Kopf, Schultern, eine Hand.

»Einmal stand eine weinende Frau vor mir, die sagte: ›Ich habe meinen Sohn verloren, das Meer hat mir mein Kind genommen.‹ Sie hat es mir direkt ins Gesicht gesagt. Mir, der ich da zufällig vor ihr stand. Was sollte ich erwidern? Wie hätte ich ihr jemals helfen können? Ich konnte nichts sagen, ich konnte absolut nichts tun.«

Ein Schweigen legte sich über uns. Es nahm sich seinen Raum.

»Einige von uns brachen in Tränen aus. Es war das reinste Chaos. Wegen der vielen Verletzten halfen wir alle bei der Ausschiffung, nicht nur die Helfer, die speziell dafür eingeteilt waren. Jeder von uns schnappte sich jemanden und brachte ihn oder sie vor zur Mole.

Ein Mädchen wurde in meinen Armen ohnmächtig. Die Ohnmachten häuften sich, ständig kippte jemand um. Und erst die Verbrennungen – schlimm!«

Er zog ein Päckchen Tabak aus der Tasche und drehte sich eine Zigarette, die er zurück in das Päckchen legte.

»Als wir die Ausschiffung hinter uns hatten, machte ich auf dem Heimweg Halt in Cala Pisana, riss mir die Klamotten runter und sprang ins Wasser. Danach ging es mir besser. Ich gehe oft baden, um mir die Angst abzuwaschen. Reinigung durch Wasser. Klingt wie ein Klischee, aber funktioniert. Ich war ganz alleine in der Bucht. Es war kurz vor Sonnenaufgang.«

Schon seit ein paar Minuten hatte Alberto begonnen, immer dann, wenn er nicht sprach, auf den Innenseiten seiner Wangen herumzukauen. Die Erinnerung war zu belastend, die Anspannung nicht von ihm abgefallen. Der Tintenfisch-Moment dauerte noch an.

»Eine letzte Geschichte. Eine Woche danach wurden fünfundzwanzig bis dreißig Tote im Meer geborgen. Die Anlandung selbst verlief erstaunlich ruhig. Die Überlebenden waren weder in Tränen aufgelöst, noch hatten sie Verletzungen oder standen unter Schock. Sie waren nur alle sehr erleichtert. Eine Leiche hatte sich noch an Bord befunden: ein junger Mann, der gleich als Erster an Land gebracht und, ohne zugedeckt zu werden, auf eine Bank gelegt wurde. Man sieht das häufig im Kino: Wenn jemand gestorben ist, wird ein Tuch über ihn gelegt. Wir freiwilligen Helfer konnten nichts tun. Und ehrlich gesagt hätte ich auch gar nicht einschreiten wollen, weder damals noch jetzt. Ein Tuch über einen Toten zu legen ist keine große Sache, warum muss ich es dann tun, wenn es dafür extra Zuständige gibt? Dieser junge Mann liegt heute auf dem Friedhof von Lampedusa begraben. Er hieß Yassin, auf dem Grabstein steht jedoch kein Name. Hätten wir uns bei der Anlandung nicht nach ihm erkundigt, hätten wir seinen Namen und seine Geschichte nie erfahren. Yassins Frau und Tochter hatten in Schweden Asyl erhalten, und er hätte Familienzusammenführung beantragen können, stattdessen ist er auf hoher See gestorben. Man muss sich das mal vorstellen: Alle reden sie von humanitären Hilfsaktionen, aber keine Sau bemüht sich, Informationen bei den Überlebenden einzuholen, um wenigstens die Namen der Toten in Erfahrung zu bringen! Von wegen ›humanitär‹! Wenn's darum geht, den Ausgangshafen oder die Schlepper ausfindig zu machen, sind sie auf Zack, aber die Menschlichkeit, die bleibt auf der Strecke. Mit dem Ergebnis, dass da ein Grabstein ohne Namen ist, eine nackte Betonplatte, sonst nichts.«

Alberto öffnete das Päckchen Tabak, nahm die Zigarette heraus und steckte sie zwischen seine Lippen.

»Es ist so weit, lass uns reingehen.«

Wie häufig bei italienischen Ferienwohnungen war auch diese sehr spartanisch eingerichtet: ein Tisch mit vier Korbstühlen in der Mitte des Raumes, zwei Regalbretter, ein uralter Fernseher ohne Fernbedienung auf einem Sideboard, ein winziger Kühlschrank und ein Abtropfgitter mit ein paar Tellern darauf.

Als es klopfte, ging Alberto zur Tür.

Der Rettungstaucher hatte das Zimmer kaum betreten, als er bereits sagte:

»Keine Tonaufzeichnungen.«

Er war ein Hüne von Mann.

* * *

Ich hatte Lust, einen Spaziergang zum Felsenstrand von Testa di Polpo zu machen. Papà schloss sich mir an.

Als wir ankamen, war gerade die Sonne untergegangen.

»Und, wie war dein Treffen mit dem Taucher?«

Die blauen Augen meines Vaters blickten ruhig und einladend.

Am liebsten hätte ich ihm erzählt, wie sehr die Begegnung mich berührt hatte.

»Eine Frage von Leben und Tod, verstehst du, Papà? Ein Dilemma, aus dem es keinen Ausweg gibt. Der Mann leidet eindeutig unter einer posttraumatischen Belastungsstörung. Die Protagonisten der Rettungseinsätze bringen dich dazu, alles komplett über den Haufen zu werfen: deine Ansichten, deine Art zu denken, ja, deine Gedanken selbst. Oder anders formuliert: Ich hatte nicht die leiseste Ahnung, was wirklich da draußen auf dem Meer abgeht.«

Ich hätte ihm gerne Folgendes gesagt:

»Definitionen bringen gar nichts, Papà, sie können die Komplexität eines Ereignisses oder eines Menschen nicht erfassen. Vielleicht geht es am Ende nur um die eine Frage: Wenn jemand ertrinkt, wer bin ich in einer solchen Situation? Der, der sein eigenes Leben riskiert und sich in die Fluten stürzt, um ihn zu retten, oder der, der voller Angst am Ufer bleibt?«

Das hätte ich ihm gerne gesagt.

Mein Vater stand vor mir, bereit, jede Äußerung von mir anzunehmen, jeden Gefühlsausbruch zu ertragen.

Keine Vorverurteilung lag in seinem Blick.

Ich senkte die Augen.

»Gut, Papà, es war ein gutes Treffen.«

Dass wir so lange nicht miteinander geredet hatten, war wirklich nicht allein seine Schuld.

Einen Dialog führt man immer zu zweit.

In dieser Szene hatte ich versagt, hatte meine Rolle nicht ausgefüllt.

Und ich hatte als Sohn versagt.

»Und du, was hast du heute Nachmittag gemacht?«, fragte ich, um gar nicht erst das Schweigen aufkommen zu lassen, das sich zwischen uns ausbreiten wollte und das mir auf einmal unerträglich schien.

Papà begann die Tour zu beschreiben, die er von Cala Pisana nach Porto Vecchio gemacht hatte, dem alten Hafen im Süden der Insel.

»Überall sieht man hier streunende Hunde«, sagte er.

»Ich habe Fotos von ihnen gemacht«, fuhr er nach einer Weile fort.

»Ich wollte immer schon einen Hund«, beendete er seinen Gedankengang.

Papà hob die Kamera an sein Gesicht und zeigte mir die Aufnahmen im Display. Lauter Hunde. Unter einer Marmorbank dösend, waren sie die einzigen Lebewesen in der ansonsten gespenstisch leeren Herbstlandschaft. Sie hatten die Augen geschlossen und lagen hingegossen auf dem Asphalt. Mit dem Meer im Hintergrund als allgegenwärtigem Fluchtpunkt hatten die Bilder eine ungeheure Tiefe. Und da kam auch schon eines jener Fotos, auf die ich gewartet hatte. Eine Nahaufnahme von einem Hundeauge. Papà hatte es aus nächster Nähe im Bild eingefangen. In der Mitte der Pupille war er selbst zu sehen, knieend, mit der Kamera vor dem Gesicht, festgehalten im Moment des Auslösens. Auf dem nächsten Foto schaute das Hundeauge nach unten in eine Ecke, wo sich die Hand meines Vaters befand, die ihn streichelte. Überraschung und Freude spiegelten sich in ihm.

»Papà, hattest du nicht früher Angst vor Hunden?«

»Aber doch nicht vor Hunden!«

Am liebsten hätte ich den Kopf an seine Brust gelegt.

Eines nach dem anderen zeigte Papà mir die Fotos: Nahaufnahmen von verfallenen Mauern, von Unkrautbüscheln, die zwischen den Steinplatten hervorsprossen, von schichtenweise Rost auf dem Gerippe eines Fahrrads, das allzu viele Sommer der Sonne ausgesetzt war.

Plötzlich begann eine neue Serie von Bildern.

Ich konnte es kaum glauben.

Das Motiv auf diesen Momentaufnahmen war ich. Ich von hinten. Ich beim Flanieren auf der Via Roma. Ich, der ich mit Silvia oder Beppe telefoniere. Der sich Notizen macht. Der den Kopf in die Hände gestützt hat.

Stillschweigend hatte mein Vater mich fotografiert.

Ich hatte nichts davon mitbekommen.

So war es immer schon gewesen. Papà hatte nie aufgehört, mich im Blick zu haben. Wie damals, als ich Radfahren lernte, mit dem Fahrrad durch Palermo fuhr, während er mir mit dem Auto in einem Abstand von fünfzig Metern folgte. Diese Erinnerung zählt mit zu meinen glücklichsten. Nur wir drei: ich, er und unser geliebtes Palermo.

Bedeutet das für dich Vatersein, Papà? Indem du dich schweigend an meine Fersen heftest, ohne mich aus den Augen zu lassen, während ich durch eine Landschaft aus Dornen und Geröll stromere?

Dass ich seine Anwesenheit nie bemerkt habe, liegt daran, dass ich immer nach dem suchte, was in unserer Beziehung fehlte – die Worte –, statt das zu würdigen, was immer da war – die Blicke.

Dass er sich nie bemerkbar gemacht hat, lag daran, dass ich seine Hilfe irgendwann nicht mehr angenommen habe.

»Papà, warum bist du eigentlich Arzt geworden?«

Ich schaute ihm tief in seine blauen Augen, ein Versuch der Kommunikation, den ich sofort als pathetisch empfand.

Manchmal errichten wir Mauern, ohne es zu wissen.

Es war wirklich ein langer Tag gewesen.

Papà lächelte und errötete zugleich.

»Warum ich Arzt geworden bin?«

Nun war sein Gesicht hochrot, und trotzdem hielt er meinem Blick stand.

»Ja, genau.«

Das Blau seiner Augen und das Rot seiner Wangen ließen ihn wie ein kleiner Junge aussehen.

»Um vor dem zu fliehen, was ich wirklich gerne gemacht hätte: schreiben.«

Das Lächeln auf seinem Gesicht war immer noch da. Wie eine Befreiung.

Die Wellen brachen sich an den Felsen, die Bucht lag eingetaucht in das Licht der untergehenden Sonne, Paola stand auf der Terrasse und machte uns Zeichen, dass das Abendessen fertig war. Papà hatte sich schon zum Gehen umgewandt, während ich noch stehen blieb, umtost vom Scirocco, schutzlos, das Herz eine Wunde, durchdrungen von der herannahenden Dunkelheit.

Ich telefonierte oft mit meinem Onkel, um ihm von Dingen zu erzählen, die mich beschäftigten.

Mit ihm zu reden war kein Problem für mich.

»Du kennst doch die Pelagischen Inseln, oder?«

»Lampedusa, Linosa und …«

»… und Lampione, eine winzige Insel, auf der niemand wohnt. Der Name, πέλαγος, kommt aus dem Griechischen und – ich zitiere – ›verweist auf die ruhelose See, die mit ihren Wogen für alle Zeiten die Ufer bestürmt‹.[1] Wusstest du, dass diese kleine Inselgruppe den Punkt des Zusammentreffens von zwei Kontinenten markiert, von Afrika und Europa?«

»Nein, wusste ich nicht, Daviduzzo.«

»Ich auch nicht.«

Ich hatte mich ein wenig mit der geologischen Beschaffenheit von Lampedusa beschäftigt und ein paar interessante Dinge herausgefunden, zu denen ich mir Notizen gemacht hatte. Mit zunehmendem Eifer referierte ich meine neu erworbenen Kenntnisse.

»Linosa gehört zu Europa und ist vulkanischen Ursprungs. Daher gibt es dort auch so viele Krater. Lampedusa hingegen ist nicht vulkanischen Ursprungs und gehört zur Afrikanischen Platte.«

»Lampedusa ist afrikanisch?«

Auch er war beeindruckt von dieser Neuigkeit.

Wir waren wirklich Onkel und Neffe.

»Ja. Rein technisch betrachtet ist es eine Erhebung auf der Afrikanischen Platte.«

»Eine Hochebene, die aus dem Wasser ragt«, sinnierte mein Onkel. »Wie schön«, fügte er hinzu. »Die

1 Anm. d. Übers.: Der Autor zitiert hier aus dem Artikel »Pelago« des *Vocabolario Etimologico della Lingua Italiana*, hrsg. von Ottorino Pianigiani, Società editrice Dante Alighieri, Rom 1907, in der von Francesco Bonomi eingestellten Online-Version *Dizionario Etimologico online* (www.etimo.it, 2004-2008).

südlichste Insel Europas und der afrikanische Kontinent gehören demselben Stück Erde an.«

Eine kulturelle Seeschlacht.

Wir mussten unsere Vorurteile versenken.

»Laut der Lehre der Plattentektonik ist die Erde in mehrere Puzzleteile untergliedert. Jedes Teil entspricht einer Platte. Die Platten liegen nebeneinander und bewegen sich, driften auseinander, nähern sich einander an, stoßen gegeneinander.«

»Als ob die Erde ein lebendiges Wesen wäre«, sagte Beppe.

»Genau. Ich habe eine bathymetrische Karte vom Mittelmeer gesehen, in der die Meerestiefen angegeben sind. Zwischen Lampedusa und Afrika ist der Grund nur um die dreißig Meter tief, an manchen Stellen bis zu fünfzig. Im Norden der Insel, also Richtung Europa, liegt die Wassertiefe hingegen bei vierhundert Metern, teilweise sogar bei über tausend. Der Abfall ist ganz plötzlich, von null auf vierhundert sozusagen. Zwischen den beiden Kontinenten liegt eine Art Graben, der allerdings immer schmaler wird, denn, wie du weißt, nähern sich Afrika und Europa unaufhaltsam aneinander an. Die beiden Kontinente befinden sich in einer Phase der Kompression, sie gehen einem Zusammenstoß entgegen.«

Die Vorurteile stürzten in sich zusammen, die Klischees brachen ein.

Am anderen Ende der Leitung hörte ich, wie der Atem meines Onkels schwerer wurde.

»Wenn zwei Platten zusammenstoßen, wird die eine unter die andere geschoben. Das geht bis runter zum Erdmantel. Und rate mal, welche Platte die untere sein wird? Die Eurasische Platte! Eurasien wird – Ironie des Schicksals – Afrika buchstäblich unterlegen sein.«

Mein Onkel stieß einen Laut aus, der eine Mischung aus Auflachen und einem »Aha« war.

Eine Verschiebung, die Millionen von Jahren andauert. Mehrere Zeitalter, um eine Trennung zu vollziehen, mehrere Zeitalter, um sie wieder rückgängig zu machen. Anders als die Lebensdauer des Menschen ist die des Planeten nicht begrenzt. Die Unabwendbarkeit hat keine Eile.

»Nun, das wollte ich dir nur kurz erzählen.«

»Warum eigentlich?«, erkundigte sich mein Onkel.

»Weil das, was zurzeit auf dem Mittelmeer passiert, wie eine Vorwegnahme der Zukunft betrachtet werden kann: Was getrennt wurde, wächst wieder zusammen. Bewegung, Verschiebung, Migration gehören nun mal zum Leben unseres Planeten dazu. Vogelzüge, Fischwanderungen, die Gezeiten, wandernde Tierherden, Kontinente, die sich verschieben: All das wird unweigerlich passieren. Es passiert bereits. Afrika wird kommen und sich über Europa legen und über das, was davon übrigbleibt.«

»Wie ein Laken«, sagte Beppuzzo.

»Oder wie ein Leichentuch«, kalauerte ich.

Wir verabschiedeten uns.

»Daviduzzo, ich bin wirklich erledigt, entschuldige bitte.«

Ich hätte nicht gedacht, dass das Telefonieren für ihn so anstrengend sein würde.

»Mach dir keine Gedanken, Zio. Und schlaf gut.«

Waren das die Nebenwirkungen der Chemo?

Nach dem Telefonat blieb ich noch eine ganze Weile mit dem Handy in der Hand sitzen. Da war noch etwas, das mich nicht losließ. Plötzlich fiel es mir wie Schuppen von den Augen: Mein Onkel hatte mich nicht gefragt, warum der Zusammenprall der Kontinente mich so beschäftigte, sondern warum ich ausgerechnet mit ihm darüber reden wollte.

Ob mein Onkel solche Fragen auch meinem Vater stellte, fragte ich mich.

* * *

Ich hatte den Namen Lampedusa zum ersten Mal als kleiner Junge gehört. Meine Mutter war von ihrem Arbeitgeber, einem Krankenhaus, dort hingeschickt worden, um sich um lernbehinderte Kinder zu kümmern. Während ihrer Abwesenheit ging mein Vater immer mit mir und meinem Bruder – damals waren wir erst zwei von vier Geschwistern – zum Mittagessen ins Restaurant gegenüber, während wir nachmittags Science-Fiction-Filme im Kino sahen. Aus dieser Zeit stammt das Bild der »Insel-Insel«. Wir lebten in Sizilien, und Lampedusa war, auch wenn es den Charakter einer durch Wasser isolierten Insel behielt, für uns ein Teil davon, ein ferner Satellit, der in der Umlaufbahn unseres Zuhauses kreiste, wie die Liparischen Inseln, wie die Ägadischen Inseln, wie Scopello. Eine Insel von der Insel. Meine Mutter hat es später bestätigt: Auf Lampedusa wurde unsere Sprache gesprochen, unser Essen gegessen, dort wurden unsere Schimpfwörter gebraucht. Wenn sie von Lampedusa zurückkehrte, schwärmte sie jedes Mal in den höchsten Tönen von der herben Schönheit der Insel.

»Du findest nirgendwo einen Baum, und alles ist schwarz, schwarz, schwarz.«

Häufig erging sie sich in Schilderungen über das Meer.

»Ein ergreifendes Schauspiel.«

In ihren Worten schwang Platons Idee von Transparenz mit.

Über dreißig Jahre später, als Lampedusa für die ganze Welt zum Symbol geworden war, wurde in meiner Mutter die Erinnerung an jene Zeit wieder wach.

»Eins der Kinder, mit denen ich arbeitete, hat mich besonders beeindruckt. Ein Junge, dem die Intelligenz aus den Augen sprang, der aber partout nicht lernen wollte. ›Wofür soll ich mich anstrengen?‹, hat er immer voller Verachtung gesagt und tatenlos vor seinem aufgeschlagenen Heft und dem gespitzten Bleistift gesessen. Lesen und Schreiben zu lernen hat ihn überhaupt nicht interessiert, er hat sich sogar geweigert, den Stift nur in die Hand zu nehmen. Der Junge wollte nichts weiter, als mit seinem Vater und seinem Großvater fischen zu gehen.«

Sie besuchte ihn zu Hause und stellte fest, dass er wunderbar Gitarre spielen konnte. Sein Onkel hatte es ihm beigebracht. Meine Mutter sprach daraufhin lange mit dem Direktor und den Lehrern der Schule und konnte sie und den Jungen zu folgendem Kompromiss überreden: Der Junge würde seinen Klassenkameraden Gitarrenunterricht geben, und im Gegenzug würde er Lesen und Schreiben lernen. Eine Art *do ut des*: Er konnte ein Instrument spielen, die anderen lesen und schreiben, und unter Freunden ist es normal, dass man sich gegenseitig hilft.

An den Nachmittagen, die sie zusammen verbrachten, erzählte der Junge meiner Mutter davon, wie er in den frühen Morgenstunden zwischen den Felsen auf Krebsfang ging, mit bloßen Händen, und welche Gedanken ihm dabei durch den Kopf schossen. Der Horizont war für ihn zum Beispiel eine Linie aus Erde und Sand, und also war diese Linie im Norden Lampedusas Sizilien, während sie im Süden Afrika war. Er erzählte ihr auch, dass er später ein Boot haben würde, das er »Cernia« taufen wollte, »Zackenbarsch«, nach dem König der Fische, und dass er jeden Tag aufs Meer hinausfahren würde, außer am Wochenende, denn das verbrachte man mit der Familie, und mittags, wenn die Fische wach seien und die Netze bemerkten, würde er ein Nickerchen an Land machen, weil die auf See geträumten Träume sich in der Nacht verlören, und so würde er sich einen Schlafplatz am Strand suchen, heute in Sizilien, morgen in Afrika, je nach Wind und Strömung, und jedes Mal vor dem Einschlafen würde er einen Blick in Richtung Heimat werfen, nach Lampedusa, das wie ein Knopf sei, der zwei Kontinente miteinander verband.

* * *

Zum ersten Mal kam ich im Sommer 1991 nach Lampedusa. Meine Eltern waren mit meinen Geschwistern in die Dolomiten gefahren, doch ich wollte ans Meer und war deswegen in Palermo geblieben. Einem meiner Freunde war eingefallen, dass auf Lampedusa ein Cousin von ihm wohnte, mit einem, wie er meinte, idealen Ferienhaus für uns, und so stopften wir Taucherbrillen, Badetücher und Sixpacks in unsere Rucksäcke und fuhren neun Stunden mit der Vespa von Palermo nach Porto Empedocle. Wir nahmen die Nachtfähre und kamen morgens in Lampedusa an. Ich habe nur wenige Erinnerungen an diese Reise, aber ich weiß noch, dass ich das Gefühl hatte, mich auf einer Art Wurmfortsatz von Sizilien zu befinden, allerdings eines Siziliens von vor dreißig Jahren aus der Jugendzeit meiner Eltern, als Mama Blumenröcke und Papà eine dunkle Hornbrille trug. Unser Ferienhaus war winzig und alles andere als ideal. Wir schliefen zu siebt auf dem Boden auf unseren ausgebreiteten Schlafsäcken und unzähligen Kissen. Wir waren süße siebzehn und sowohl unsere Rücken- als auch unsere Herzmuskeln noch ziemlich belastbar: Bei Liebeskummer genügte ein mitfühlender Blick, und schon war der Schmerz verschwunden, aus den Lenden, aus der Brust. Es war die ganze Zeit extrem heiß. »Verdammt, wo sind wir denn hier gelandet – in Afrika?«, fragten wir uns oft und lachten uns halb tot.

Wenn der Wind wehte, explodierte er in unseren Köpfen.

»Scheiße, was ist das denn?«

»Das ist der Libeccio, hat mir einer der Fischer gesagt.«

»Und woher kommt der?«

»Hört man doch am Namen: aus Libyen.«

»Ist ja krass.«

Das war kein Wind. Das war eine Machtdemonstration. Nur unter Wasser war man vor diesem Diktator sicher.

Wir ernährten uns drei Tage lang von Brot und Oliven, mehr konnten wir uns nicht leisten. Jeden Abend suchten wir nach einem Ort, an dem man tanzen konnte, ohne Erfolg. Kein Boot machte eine Inselrundfahrt mit uns, weil alle zum Fischen raus waren. Jeder Versuch, uns dem anderen Geschlecht anzunähern, war zum Scheitern verurteilt.

»Was machen wir, fahren wir zurück? In Mondello haben wir mehr Schnitte.«

»Ja, komm, hauen wir ab.«

Zwischen mir und der Insel war es keine Liebe auf den ersten Blick. Ich verließ sie, ohne zu wissen, wann ich das nächste Mal wiederkehren würde; das riesige Tor der Fähre schloss sich hinter mir, ohne dass ich mich noch einmal umgedreht hätte, kein »Auf Wiedersehen, Lampedusa«, kein melancholischer Abschiedsgruß, ich las das neueste Heft von *Dylan Dog* und trällerte *Have you ever been (to Electric Ladyland)* vor mich hin, um einen Soundtrack zu haben. Terrorisiert von der Angst vor dem Abitur im nächsten Sommer und der latenten Panik, für den Rest meines Lebens Single bleiben zu müssen, wünschte ich mir nichts sehnlicher, als ein paar rote Lippen zum Küssen zu finden und einen weltbewegenden Protestsong mit einem fantastischen Gitarrensolo zu schreiben. Auf meiner geistigen Landkarte Siziliens war die Insel-Insel nicht mehr als eine unbedeutende Sehenswürdigkeit. Lampedusa – abgehakt, was gibt's Neues?

Palermo war in jenem Sommer 1991 wie ein wildes Tier; ein geklauter Parkplatz, ein schiefer Blick – allzeit waren die Leute bereit, sich gegenseitig an die Gurgel zu gehen.

Mit Füßen getreten, lagen ihre Nerven blank.

Auch wenn sie schon halb am Boden waren, fuhren sie bei jeder Gelegenheit die Krallen aus.

Meine Mutter sagte am Telefon die üblichen Dinge, die Mütter so sagen:

»Die Dolomiten sind wunderschön, alle tragen sie hier Trachten, und die Almwiesen sind so weitläufig, dass sie aussehen wie Seen. Und du bist bitte vorsichtig, wenn du rausgehst, ja? Duschst du auch regelmäßig? Isst du genug? Und hältst du die Wohnung halbwegs in Ordnung? Oder versinken wir bei unserer Rückkehr im Chaos?«

Urplötzlich veränderte sich ihr Tonfall.

»Warte, ich gebe dir mal deinen Vater.«

Sie musste auch ihn völlig überrumpelt haben, denn die ersten zwanzig Sekunden sagten wir beide kein Wort und lauschten schweigend den Atemzügen des anderen.

Schließlich begannen wir doch ein Gespräch.

»Ciao, Papà.«

»Ciao.«

»Wie ist es denn so in den Dolomiten?«

»Es sind halt Berge.«

»Ich war in Lampedusa.«

»Und, wie ist es da?«

»Da ist das Meer.«

»Also ist es schön.«

»Vielleicht fahren wir ja mal zusammen hin.«

»Ja, vielleicht.«

»Na dann – mach's gut.«

»Ja, du auch.«

Wenn wir am Telefon nichts zu sagen wussten, nahmen Papà und ich, wie ich bemerkt hatte, die gleiche Haltung ein: die linke Hand in der Hosentasche, beide Füße fest am Boden, leicht schwankender Oberkörper und die rechte Hand um den Hörer geklammert, als wollte sie am liebsten das Gespräch abwürgen. Die Emotionen übertrugen sich auf identische Weise auf unsere Körper. Auch sein Atem schien im Moment der Angst den Brustkorb sprengen zu wollen, eine Kontraktion auf Höhe der Schulterblätter, dicht gefolgt von einer Migräneattacke, gegen die nur eine Kopfschmerztablette half. Wir waren wie zwei Seiten einer Medaille. Bedeutete das, Vater und

Sohn zu sein – die Übertragung von Gefühlen auf den Körper und das Zerbrechen daran?

* * *

Ich fuhr ein weiteres Mal nach Lampedusa.

Mein Onkel war noch nie dort.

Hier im Meer zu baden würde ihm sicher gefallen, dachte ich, während ich auf die Bucht schaute und mir vornahm, auch ihn eines Tages mit auf die Insel zu nehmen.

»Irgendwann fahren wir zusammen hierhin«, hatte ich großspurig am Telefon gesagt.

»Sobald ich wieder fit bin«, hatte er mich zurück auf den Boden der Tatsachen geholt.

* * *

Ich habe über zwanzig Anlandungen miterlebt.

Eine dauerte von Mitternacht bis zwanzig vor zwei. Ich stand ganz oben am Molo Favaloro, zusammen mit einem Mitarbeiter von der Küstenwache.

Der Mann sagte:

»Den Menschen hier geht es wie der Haut, wenn sie zu viel Sonne abkriegt: Mit den Jahren verwandelt sie sich in einen Panzer. Aber das Entscheidende ist das, was unter dieser Schutzschicht liegt – also das Mitgefühl, die Menschlichkeit, das verzweifelte Bemühen, die Zahl der Toten so klein wie möglich zu halten. Ein Kampf gegen Windmühlen, wie der von Don Quijote. Doch wir kämpfen ihn jeden Tag von neuem.«

Das Patrouillenboot legte an, machte den Anker fest und begann mit der Ausschiffung.

Er fügte hinzu:

»Nichts ist schöner, als die Kinder ankommen zu sehen – sofern sie leben.«

Ein Mädchen, keine zwei Jahre alt, in eine Decke gewickelt: Der hünenhafte Rettungstaucher, den ich in Albertos Wohnung getroffen hatte, trug sie auf dem Arm. Die Kleine schlief seelenruhig, ihr Gesichtchen war gelöst und heiter.

Dann kamen die Frauen an die Reihe.

Fast ausschließlich Nigerianerinnen, ganz junge.

Vielleicht zwölf bis fünfzehn Jahre alt.

237 an der Zahl.

* * *

Der Februar hatte dem Tag eine bleigraue Schwere verliehen.

Es war beinah kühl an der Cala Pisana.

Die Nacht begann sich am Horizont abzuzeichnen.

Ich nahm mein Handy und wählte die Nummer, während ich darauf wartete, dass Paola oder Melo mich zum Essen rufen würde.

»Ciao, Papà.«

»Ciao! Wie geht's?«

»Ich bin in Lampedusa.«

Meine Position auf dem Schachbrett des Lebens anzugeben schien mir die einzig mögliche Antwort.

Ich bin eine geografische Koordinate.

Ich bin der Seelenzustand einer Insel.

Es gab keine Grenzen mehr, alles war im Fluss.

Um Ordnung in meine Gedanken zu bringen, brauchte ich eine klare Ausrichtung.

In meinem Kopf hallte das Heulen des Maestrale wider.

Allein würde ich es nicht schaffen.

Als kleiner Junge wurde ich einmal von drei Wespen gleichzeitg auf der Schulter gestochen. Mama hielt meine Hand, ich biss in ein Kissen, und Papà holte mithilfe einer Nadel und eines Skalpells die drei Stachel heraus.

Auch in diesem lampedusischen Winter war Papà erforderlich, um diese neuen Stacheln, die mich quälten, zu entfernen.

Er fragte:

»Und, wen hast du heute so getroffen?«

Allein würde ich mich nicht retten können.

Also warf ich mich in den Strudel und nannte das erste Bild, das mir in den Sinn kam, ohne Filter, ohne Beschönigung, obwohl es mir peinlich war, denn es verriet sehr viel mehr über mich, als ich preisgeben wollte.

»Stell dir vor, Papà, ich habe einen Samurai kennengelernt.«

Er war 44 Jahre alt, Kapitän der Küstenwache und Herr über ein Patrouillenboot vom Typ 300. Sein Arbeitsalltag und der seiner Crew war in einem Satz zu beschreiben: Zu jeder Tages- und Nachtzeit egal bei welchem Wetter mussten sie raus aufs Meer, sobald ein Hilferuf einging. Und wenn sie nicht auf hoher See waren, trainierten die Männer zusammen.

»Das Fitnesstraining hilft uns, die Rettungseinsätze durchzustehen. Die physische Anstrengung zu ertragen. Das Elend der Leute mitanzusehen. Wir versuchen, die Dinge so wenig wie möglich an uns herankommen zu lassen. Unsere Gefühle gehen mit denen unter, die wir nicht retten können.«

Er war ein einziges nervliches Wrack.

Seit 26 Jahren übte er seinen Beruf schon aus.

»Wir haben unser Brust- und Armtraining durch spezielle Übungen intensiviert. Die Schiffbrüchigen, die über Bord gegangen sind, können oft ihre Beine nicht mehr bewegen. Durch das lange Sitzen auf dem Boot in permanent derselben Haltung sind ihre Glieder steif geworden. Die meisten von ihnen sind völlig entkräftet, dehydriert, manchmal auch ohnmächtig. Einmal haben wir bei einem Einsatz 1300 Menschen gerettet, nur mit der Kraft unserer Arme, einen nach dem anderen, jeden einzeln. Es hat Stunden gedauert.«

Seine Haut war von der Sonne dunkel gegerbt und seine Stirn von Falten durchzogen, wie ein Acker, in den der Wind tiefe Furchen gegraben hat.

Er hatte die Ausstrahlung eines Kriegers.

Wie ein Samurai, dachte ich.

Ein Samurai, der ein offenes Patrouillenboot auf dem Mittelmeer befehligte.

»Wie heißt er?«, fragte mein Vater am anderen Ende der Leitung.

»Giuseppe«, erwiderte ich.

»Wie dein Onkel«, sagte Papà, bevor er wieder in Schweigen verfiel, ein sehr beredtes Schweigen, das viel über seine Gemütslage sagte.

Indem er seinen Bruder als »Onkel« bezeichnete, wies mein Vater mir eine bestimmte Rolle innerhalb der Familie zu – die des Neffen – und brachte zugleich Distanz zwischen sich und ihn. Mein Vater war sehr beunruhigt wegen des Tumors, der sich Beppes Körper bemächtigt hatte. Ich hatte ihn bisher nur einmal so besorgt erlebt, nämlich als ich kurz nach meinem vierzehnten Geburtstag nach einer Lungenentzündung um ein Haar an einer allergischen Reaktion gestorben wäre. An jenem Aprilnachmittag hatte ich über 41 Grad Fieber. Ich delirierte. Ich verlor jede Kontrolle über meine Muskeln. Mama und Papà rissen mir die Kleider vom Leib und rieben mich mit Alkohol ein. Es funktionierte. Die Temperatur sank, und ich starb nicht. Aus dieser Zeit sind mir nur zwei Erinnerungen geblieben: eine an meine Mutter, die mich mit Orangenschnitzen füttert, weil ich vor lauter Schwäche nicht den Arm heben kann. Und die andere an meinen Vater, der mir eine CD von Francesco De Gregori schenkt, *Miramare*. Seine Hand zittert, als er sie mir überreicht, und die nackte Angst spiegelt sich in seinen blauen Augen. Auch seine Körpersprache ist anders als sonst: Lange Phasen der Reglosigkeit wechseln sich ab mit ruckartigen, zackigen Bewegungen. Die Gefahr, dass ich sterben könnte, ist vorüber, aber die Panik hat sich zwischen seinen Rippen festgesetzt, mit jedem Atemzug schwillt sie an, löscht alle Gewissheiten aus, zerstört die Illusionen und bringt ihn an jenen fatalen Moment im Leben, an dem man endgültig begreift, dass einem auch die liebsten Menschen genommen werden können.

Der Samurai war Vater von zwei Kindern, einem Jungen und einem Mädchen. Seine Frau war erneut schwanger, mit einem Zwillingspärchen.

»Wenn ich auf See bin, löse ich innerlich jede Verbindung zu ihnen, entferne mich von allem, was mir lieb und teuer ist. Ich versuche, nicht zu denken. Wenn du in solchen Situationen an deine Familie denkst, knickst du ein. Sport ist da eine große Hilfe, er erdet dich. Ich streife alles von mir ab, bis nur noch ich und mein Ziel übrig bleiben: so viele Leben wie möglich zu retten.«

Er verharrte reglos in seiner Haltung. Mit durchgestrecktem Rücken und verschränkten Armen.

»In den ersten Jahren war unsere Ausstattung noch total spartanisch, wir mussten mit bloßen Händen arbeiten. Heute haben wir Schutzanzüge, Gesichtsmasken, Handschuhe. Es gibt Regeln, die einzuhalten sind. Vor allem diese: Vor jedem Rettungseinsatz muss die Lage absolut unter Kontrolle sein. Die Leute wollen immer sofort runter von ihrem Kahn, alle gleichzeitig. Sie drängeln und schubsen sich, bis das Boot kurz vorm Kentern ist. Diese Kutter sind in der Regel knallvoll, auch im Laderaum befinden sich Menschen. Deswegen geht auch immer einer von der Crew an Bord und koordiniert die Aktion: Auf jeden, der das Deck verlässt, kommt einer aus dem Laderaum. Es ist extrem wichtig, dass das ohnehin fragile Gleichgewicht gehalten wird. Oft werden die Leute ohnmächtig, sobald sie auf dem Patrouillenboot sind. Sie sind vollkommen ausgelaugt, sie können einfach nicht mehr. Wenn sie uns auf dem Meer entdecken, nehmen sie noch mal alle ihre Kräfte zusammen, den letzten Rest Adrenalin, den ihr Körper produzieren kann, und versuchen, bis zum Ende durchzuhalten. Und wenn sie dann in Sicherheit sind, kommt der Zusammenbruch. Wir haben schon Dutzende wiederbeleben müssen …«

Weder seine Tonlage noch sein Atemrhythmus veränderten sich. Als hätte er auch seinen Brustkorb trainiert, die Angst nicht rauszulassen.

»Es passiert durchaus, dass ein Kutter kentert. Das geht dann ruckzuck. Manchmal ist das Meer bei unserer Ankunft voller Menschen. Überall siehst du Körper zwischen den Wellen. Manche leben noch, andere nicht. Dann ist es nur noch eine Frage der Zeit, des Tempos, des

Schicksals. Wenn jemand ertrinkt, siehst du in dem einen Moment noch seine wild gestikulierenden Arme über der Wasseroberfläche und im nächsten Moment nichts mehr. So schnell kannst du gar nicht gucken.«

Wenn mein Schweigen am Telefon zu lange dauerte, sog mein Vater am anderen Ende der Leitung geräuschvoll die Luft ein. Ich stellte mir vor, wie er in seinem Sessel im Wohnzimmer saß, im Dunkeln, die Augen geschlossen. Ich spürte, dass er tausend Fragen im Kopf hatte, aber sie unterdrückte, weil ich noch nicht fertig war. Doch ich war zu erschöpft, ich brauchte eine Pause, meine Beklemmung brauchte ein Ventil, um sich außerhalb von mir zu entladen.

»Hast du was von Beppe gehört?«, fragte ich.

»Ja.«

»Wann?«

»Letzte Woche.«

»Und, was hattest du für einen Eindruck?«

»Dass es ihm etwas besser geht.«

»Warum rufst du ihn nicht an?«, insistierte ich.

Papà war in einer Sackgasse.

»Ich weiß, du hast ja Recht.«

Er ließ zu, dass sein Schweigen das ausdrückte, was er mit Worten nicht sagen konnte. Er rief seinen Bruder deshalb so selten an, weil er sich vor schlechten Nachrichten fürchtete. Obwohl sie nicht in derselben Stadt und nicht mal in derselben Region lebten – Papà wohnte in Palermo und Onkel Beppe jenseits der Straße von Messina in Reggio Calabria, also »auf dem Kontinent«, wie wir Insulaner sagen –, verschanzte mein Vater sich aus Angst vor dem Tod lieber hinter seinem Schweigen.

»No news are good news«, heißt es doch so schön. Papà hatte daraus sein Credo gemacht. Sein Schweigen hüllte ihn in Watte, war sein Schutzschild, verkörperte seine Hoffnung, entsprach einem stummen Gebet.

»Aber wenn du ihn anrufst, würde er sich sehr freuen«, setzte ich noch eins drauf.

»Du hast ja Recht«, wiederholte er.

Seine Antwort war eine einfache, um nicht zu sagen ziemlich feige Feststellung.

Der Maestrale wütete, die Wellen türmten sich auf, bald würde es dunkel werden.

Unaufhaltsam naht des Winters Düsternis.

»Bei einer unserer letzten Rettungsaktionen waren sie alle bereits im Wasser, als wir ankamen. Die nächste Tragödie, dachte ich nur. Das Szenario ähnelte zu sehr den Situationen, die ich schon so oft erlebt hatte. Die Kollegen des zweiten Patrouillenbootes und wir warfen sofort sämtliche Rettungsinseln, -ringe und -westen an der Stelle ins Meer, wo sich die meisten Menschen gesammelt hatten. Wir riefen ihnen zu, dass sie sich ruhig verhalten sollten, dass wir wieder wegfahren, aber so schnell wie möglich zurückkommen würden, um sie an Bord zu holen. Dieser Moment ist der schlimmste: Sobald sie registrieren, dass du dich von ihnen entfernst, frisst die Panik sie auf. Sie fangen an zu zappeln, schlucken Wasser, drohen zu ertrinken. Aber wir konnten nicht bleiben, wir mussten erst die anderen Schiffbrüchigen einsammeln, die überall verteilt waren. Unser Boot fuhr in die eine Richtung, das von dem zweiten Hilfstrupp in die andere. Sie waren in einem Radius von drei Seemeilen verteilt.«

Das also bedeutet das Gleichnis vom verlorenen Schaf, dachte ich: sicherzustellen, dass die Herde nicht untergeht, während man die einzufangen versucht, die von der Strömung abgetrieben wurden. Der ganze Katechismus, den ich als Kind gelernt hatte, kam wieder hoch. Wie ein Echo hallte es in meinem Kopf und in meiner Brust wider, nur dass diesmal ein konkreter Fall gemeint war: Nach all den Jahren hatte das Gleichnis endlich für mich Gestalt angenommen. Es war alles da – in der gewaltigen Anstrengung, mit der die Schiffbrüchigen an Bord geholt wurden, in den hochkonzentrierten Blicken, die das Meer absuchten, um nicht ein Menschenleben den Fluten zu überlassen, in der extremen psychischen Anspannung derjenigen, die den Ertrinkenden zur Hilfe kamen.

»Wir haben an den beiden äußersten Punkten angefangen, die Leute aus dem Wasser zu holen, einen nach dem anderen, bis wir wieder da waren, wo wir am Anfang die Rettungsinseln ausgeworfen hatten. Dort haben wir dann die anderen eingesammelt, alle 156 Schiffbrüchigen. Einem konnten wir beim besten Willen nicht mehr helfen. Wir haben es sogar mit einer Herzmassage probiert, aber es war zu spät, er hatte einfach keine Kraft mehr.«

Die Überlebenden werden gezählt und die Toten.

Der Quell der Pein, der Auslöser der Schlacht.

»Einmal haben wir einen Jungen geborgen, der nicht mehr atmete. Sein Herz hatte aufgehört zu schlagen. Auch der Arzt hielt ihn für tot. Einer meiner Männer – der, der ihn aus dem Wasser gezogen hatte – bestand darauf, einen Pulsschlag gefühlt zu haben, ganz schwach, kaum spürbar. Er fing an, eine Herzmassage bei ihm zu machen. Ich weiß nicht, was ihn getrieben hat, jedenfalls hat er zwanzig Minuten lang versucht, ihn wiederzubeleben, mitten auf hoher See, auf der Rückfahrt von einem Rettungseinsatz, bei dem wir 158 von 159 Schiffbrüchigen gerettet hatten. Der Einzige, der es nicht geschafft zu haben schien, war der, den mein Crewmitglied gegen jede Vernunft zu reanimieren versuchte. Zwanzig Minuten Herzmassage, ohne Pause. Eine unglaublich lange Zeit. Ich weiß wirklich nicht, woher er die Energie nahm, so lange durchzuhalten. Wir waren alle fix und fertig. Und weißt du was? Es hat geklappt! Er hat ihn zurückgeholt. Dieser Junge, den wir alle für tot gehalten hatten, ist sozusagen auferstanden. Sein Herz hat wieder zu schlagen begonnen. Wir konnten es kaum glauben. Unser Schiffsarzt sagte nur: ›Er hat ihn wieder zum Leben erweckt.‹«

Der Samurai lächelte, doch ich sah nur den Hirten, der an seine Herde dachte und an das eine verlorene Schaf.

»Irgendwas stimmt nicht mit ihm, Papà.«

Der Atem meines Vaters hörte sich mit einem Mal ganz anders an. Er atmete plötzlich wie ein Arzt. Seine Diagnose war in eine Frage gekleidet.

»Meinst du, er leidet unter posttraumatischem Stress?«

»Nein«, sagte ich wie aus der Pistole geschossen.

»Ich wäre mir da nicht so sicher«, entgegnete er.

»Ja, vielleicht, kann sein«, lenkte ich ein.

Ich hatte nicht die geringste Ahnung.

»Sein Bericht war einer vom Rand des Abgrunds. Er kam mir vor wie ein Kriegsheimkehrer. Dieser durchtrainierte Körper, dieser starre Blick – die Inkarnation schlechthin für eine Schlacht, die noch nicht geschlagen ist, irgendwo hinter dem Horizont, wo ein nicht endendes Massaker tobt. Ich weiß nicht, wie ich es besser ausdrücken soll, entschuldige, Papà.«

»Da gibt's nichts zu entschuldigen.«

Ich setzte mich auf die Terrassenmauer und stützte den Kopf in die Hand. Ich hielt mir die Augen zu und atmete geräuschvoll aus, bewusst langsam. Dann nahm ich einen noch tieferen Atemzug.

»Ich glaube, mein Unbehagen hat mit den vielen Toten zu tun, die man in seinem Gesicht gespiegelt sieht. Er ist ein direkter Augenzeuge der dunklen Seite der Geschichte. Er und seine Kollegen kämpfen jeden Tag einen Windmühlenkampf, aber nicht etwa gegen das Meer oder gegen die Zeit, nein, es ist ein Kampf gegen den Tod selbst. Und diese Konfrontation hinterlässt zwangsläufig Spuren – im Gesicht, auf der Haut, im Atem, im Blick.«

»Was für ein Gefühl hat er bei dir ausgelöst?«

»Respekt und Dankbarkeit, Papà. Ich hätte ihn am liebsten umarmt. Aber ich habe es nicht getan. Leider.«

Als ich den Hafenmeister nach seinem schwersten Moment auf Lampedusa fragte, erwartete ich, eine Geschichte voller Tragik und Heldentum zu hören, mit einem Showdown auf hoher See.

»Das Schlimmste für mich war, als einer von unseren Leuten an einer schweren Krankheit gestorben ist«, lautete seine Antwort.

Er erzählte von den vielen Versuchen, die sie unternommen hatten, um dem Kollegen die bestmögliche Behandlung zu verschaffen, von der Suche nach Spezialisten, den Besuchen im Krankenhaus und den dafür geopferten Urlaubstagen, den qualvollen letzten Lebensstunden, dem unstillbaren Schmerz der Familie, der Fassungslosigkeit der ganzen Truppe.

»Wir konnten es nicht glauben, dass er sterben würde. Er war so ein toller Mensch, immer gut drauf. Einer von uns eben.«

Echtes Zusammengehörigkeitsgefühl gibt es vor allem dort, wo gemeinsam existentielle Erfahrungen gemacht werden, zum Beispiel im Krieg. Von Soldaten kennt man diese Berichte von tiefer Kameradschaft an der Front. Die Kameradschaften entstehen innerhalb von kürzester Zeit und haben eine Strahlkraft wie Leuchtfeuer. Außergewöhnliche Situationen bringen außergewöhnliche Verbindungen hervor. Auf eine leicht neurotische, aber nicht minder reale Weise bleiben die Soldaten dem Krieg oder vielmehr den grauenhaften Erlebnissen, die eine solch intensive Bindung innerhalb einer Gruppe erst möglich machen, emotional verhaftet. Eine fatale Liebe zum Krieg, in dem diese unverbrüchliche Kameradschaft entsteht, verstärkt dadurch, dass man sich gegenseitig das Leben rettet. Diese Empfindungen sind so stark, so prägend, dass sie nicht selten die Entstehung ähnlich tiefer Gefühle im weiteren Leben verhindern. Mit der Folge, dass alles, was nach dem Krieg kommt, nicht mehr an die Intensität jener Momente heranreicht.

Nicht nur die Liebe erzeugt Bindungen.

Sondern auch die Gewalt.

Πόλεμος ist der Vater aller Dinge.

Solange die Schiffbrüchigen noch nicht von den Fluten verschlungen worden sind, arbeiten die Rettungsmannschaften auf Sicht. Daran gewöhnt, Leben zu retten, müssen sie, wenn einer von ihnen – ein Lebensretter – an einer Krankheit stirbt, erst akzeptieren lernen, dass man dem Unsichtbaren gegenüber machtlos ist. Manchmal ist selbst das härteste Training der Welt nicht ausreichend. Die Krankheit schleicht sich im Verborgenen heran. Sie bemächtigt sich des Körpers von innen, wie ein schweres Gewicht, das ihn unerbittlich nach unten zieht.

In einer Theologie der Materie, was kann dich da retten, wenn die Materie selbst dein Leben auffrisst?

Ist es die gleiche Machtlosigkeit, die ein Arzt empfindet, wenn ein Patient stirbt, eine Behandlung nicht anschlägt, ein Bruder, nachdem er den Krebs schon besiegt geglaubt hatte, erneut an einem Tumor erkrankt?

Auch bei einem Schiffsunglück ist man machtlos, und es ist, als würde das Wasser gleichermaßen in einen selbst eindringen.

Der Samurai sagte:

»Darüber reden hilft auf jeden Fall – und sei es, dass man einfach mal seinen ganzen Frust ablädt. Aber ehrlich gesagt tue ich das nie. Nicht mal mit meiner Frau. Diese Ängste auf sie zu übertragen fände ich nicht in Ordnung. Sie sagt mir ständig: ›Du erzählst mir nie was von deiner Arbeit‹, aber das ist ja nur zu ihrem Schutz. Klar, ich finde gut, wenn meine Kinder wissen, was für einen Job ihr Vater macht; es erfüllt sie mit Stolz, und wenn das Thema wieder mal in den Nachrichten aufpoppt, sprechen sie mit ihren Freunden darüber. Aber das ist auch alles. Mit den Kollegen mache ich nach jedem Einsatz eine Teambesprechung, um rauszufinden, was wir beim nächsten Mal besser machen können. Wir sprechen aber nur über das Geschehen selbst. Nicht über das, was in uns vorgeht, das vermeiden wir. Wenn im September der

Einsatz zu Ende ist und unsere Ablösung kommt, werde ich hier eine Familie zurücklassen – die Jungs, mit denen ich Tag und Nacht zusammen war. Das, was wir gemeinsam erlebt haben, hat unsere Bindung extrem gefestigt.«

Der Samurai wandte sich ab, um aufs Meer zu schauen. Wir waren beim letzten Kapitel angelangt, in dem der Krieger seine Brust entblößt und das wahre Schlachtfeld zum Vorschein kommt.

»Ich habe nur einen einzigen Moment der Schwäche erlebt. Am 3. Oktober war ich in dem ersten Patrouillenboot, das aufs Meer rausfuhr, direkt nachdem der Notruf eingegangen war. Als wir die Überlebenden alle an Bord hatten, waren die Toten an der Reihe, die zwischen den Wellen trieben. Eine Woche später, am 11. Oktober, gab es das nächste Schiffsunglück. Gleiche Situation, gleiche Zerreißprobe: Du hast schon so viele Leichen geborgen und dachtest, alles gesehen zu haben – und eine Woche später musst du wieder raus und erlebst das Drama erneut.«

Das Training, der Teamgeist, der Stolz – alles umsonst.

Die Brust war entblößt.

Mein Herz, mein Herz, wie viele Pfeile werden dich noch durchbohren?

»Die wir am 11. Oktober gerettet haben, waren Syrer … Da war ein Mädchen im Wasser … Ungefähr so alt wie meine Tochter … Sie trieb zwischen den Wellen … Ich nahm sie auf den Arm … Sie war genau wie sie … Ich habe mir vorgestellt, es *wäre* sie … Sie sah ihr total ähnlich, die gleiche Frisur, die gleichen Gesichtszüge … Ich war fix und fertig … Für ein paar Minuten konnte ich mich kaum rühren … Sie war genau wie meine Tochter … Ich versuche, nicht mehr an sie zu denken … nie mehr …«

Am Horizont ging langsam die Sonne unter.

»Was wirst du tun, wenn du die Insel verlassen hast?«

»Ich werde bei meiner Familie sein. Ich werde bei mir zu Hause zur See fahren.«

»Du kannst es nicht lassen ...«

»Das ist mein Job. Aber nicht nur das. Ich habe eine große Achtung vor dem Meer. Selten habe ich etwas Schöneres gesehen als einen Sonnenaufgang oder -untergang über dem Meer. So ein intensives Licht! Es lässt mich meine Arbeit einmal mehr wertschätzen. Manchmal denke ich, das ist der wahre Grund, warum ich das alles mache – um mir diese Bilder im Gedächtnis zu bewahren.«

Bei unserem Abschied verneigte ich mich leicht vor ihm, so wie man es in Japan tut. So wie man einem großen Krieger seine Ehrerbietung bezeugt.

Die Dämmerung hatte sich über die Cala Pisana gelegt.

Dunkle Wolken zogen am Himmel entlang.

Kein Stern war zu sehen.

Kein Licht auf dem Meer.

Die Hand nicht vor Augen.

»Es war gut, dass du ihn zum Sprechen gebracht hast.«

Die Bemerkung meines Vaters überraschte mich.

»Meinst du?«

»Ja.«

Ein Spalt, der sich öffnete, ein Seil, das ausgeworfen wurde, ein Wink mit dem Zaunpfahl: »Bring auch mich zum Sprechen.«

Er wollte mich, den Sohn, in die Rolle des Vaters drängen, des älteren Bruders. Doch um mich herum war Winter, und ich war am Boden zerstört.

»Papà, ich muss Schluss machen. Melo ist gerade auf die Terrasse gekommen, das Essen ist fertig.«

Mein Vater schwieg ein paar Sekunden. Zu lange, um einen zweiten Hilferuf abzusetzen.

Sein Atem hatte sich erneut verändert.

Die Angst war in sein Herz zurückgekehrt.

»Na dann – ciao!«

Wir verharrten noch einen Moment mit den Handys in der Hand, jeder vor seinem eigenen Abgrund, wie zwei Fähren, die einander in der Nacht auf offenem Meer begegnen, um danach wieder jede auf ihrem Weg in die Einsamkeit zu ziehen.

Es gibt ein Foto von meinem Vater, das ich sehr liebe. Eigentlich sind es sogar mehrere Fotos, die bei einer Bergwanderung aufgenommen wurden: hier ein verfallenes Haus, dort eine Steineiche oder vielleicht auch eine Wildbirne. Es sind Schwarzweißaufnahmen. Der Himmel ein Bühnenbild, vollkommen unberührt von allem Irdischen, durchzogen von faserigen Zirruswolken, wie Schlitze in einer Leinwand. Weiter unten über dem Gebirgskamm ein paar Dunstschwaden, die einen schon beim Betrachten schwindelig werden lassen. Auf den ersten Blick wirkt es so, als wäre das Foto vom Berggipfel aus aufgenommen worden, doch das dunkle Dreieck rechts im Bild auf fast derselben Höhe verweist auf das Meer und damit auf unseren Standort am Hang. Am Augenfälligsten sind die Baumkrone und das kleine Fenster der Ruine.

In dieser unbewegten Szene, so unbewegt wie Sizilien, wie die Welt, wie das Leben selbst, sind der Baum und die Ruine einander ganz nah. Bühnengefährten.

Ich habe Silvia das Foto gezeigt.

»Es hat einen unheimlichen Sog.«

»Es erinnert mich an mein Verhältnis zu Papà«, sagte ich.

»Ja, stimmt«, erwiderte sie.

Und dann verblüffte sie mich.

»Du und dein Vater, ihr habt gelernt, euch einander schweigend Gesellschaft zu leisten, wie der Baum und die Ruine. Was für eine glückliche Fügung, dass dein Vater inzwischen fotografiert und du schreibst: Endlich habt ihr einen Weg gefunden, euch gegenseitig zu ergänzen und zu beschützen, indem ihr euch einander annähert. Und wer weiß, wenn ihr so weitermacht, könnt ihr eines Tages vielleicht sogar miteinander reden, so wie es sicher auch der Baum und die Ruine tun, wenn niemand zuschaut.«

Paola hatte Riesengarnelen und Meerbarben zubereitet.

»Du scheinst aber keinen großen Appetit zu haben.«

»Sieht man das so deutlich?«

»Normalerweise kannst du doch nie genug kriegen.«

Der Mond durchbrach die Wolken, die der Maestrale auseinandergerissen hatte. Wolken sind endlich, irgendwann verflüchtigen sie sich immer. Draußen vor dem Fenster der Mond war rot und legte einen warmen Schimmer über die Bucht.

Paola lächelte und zündete sich eine Zigarette an.

»Weißt du, wann ich tatsächlich kapiert habe, was hier passiert, Davidù? Als einer der Schiffbrüchigen, ein Kurde, mir die Augen geöffnet hat. Weißt du noch, Melo?«

»Klar, so einen Typen triffst du nicht alle Tage«, erwiderte Melo und trank sein Bier auf ex.

»Er war um die vierzig, von Beruf Lehrer, irgendeine Naturwissenschaft, vielleicht Chemie, ich weiß es nicht mehr genau. Er kam auf einen Kaffee zu uns. Wir haben viel gelacht und gescherzt, ein bisschen auf Englisch, ein bisschen auf Französisch. Irgendwann fing der Kurde an, Witze zu erzählen. Für mich war das echt ein Aha-Erlebnis: Trotz allem, was er durchgemacht hat – Gefängnis in Libyen, tagelange Überfahrt unter schrecklichsten Umständen, die Familie im Kriegsgebiet und so weiter –, erzählt der Typ uns einen Witz! Das war der Auslöser, in dem Moment habe ich begriffen, dass diese Menschen alles andere als abstrakt sind oder bloß Gegenstand einer Zeitungsmeldung. Nein, sie sind genauso real und konkret wie du und ich. Ich weiß, das klingt banal, aber das ist es nicht, glaub mir. Du hältst mich bestimmt für naiv, aber ich brauchte diesen Witz, um zu realisieren, dass die Geschichte, die uns erzählt wird, bloß die halbe Wahrheit enthält.«

Melo hatte sich aufs Sofa zurückgezogen, während die Zigarette zwischen Paolas Fingern allmählich verglühte. Eine Aschesäule fiel herab in den Aschenbecher, wo sie zerstob.

»Vorher war ich nur imstande, ihr Leid zu sehen, ihre ausgemergelten Körper, die Prellungen, Narben, angsterfüllten Blicke. Ich habe sie von oben herab betrachtet, verstehst du? Von einer Warte aus, die sie in ihrer Hilfsbedürftigkeit zwangsläufig minderwertig erscheinen lässt. Doch als der Kurde uns den Witz erzählte, wurde mir schlagartig bewusst, dass die Geschichte der Migranten, die zu uns kommen, viel komplexer ist. Natürlich kann ich das Grauen, das sie durchgemacht haben, noch immer nicht nachvollziehen, aber ich habe plötzlich erkannt, wie falsch es ist, sie mit dieser elenden Gönnerhaftigkeit zu behandeln. Hinter ihrer Verzweiflung gibt es noch etwas anderes. Nämlich die Sehnsucht nach Freiheit und einem besseren Leben, die Freude am Singen und Spielen, den Appetit auf bestimmte Dinge, das Bedürfnis, gemeinsam Spaß zu haben. Wie dem auch sei, der Witz geht so: Stirbt ein Kurde und kommt in die Hölle. Dort heult er sich so lange die Augen aus, bis ein Engel ihn fragt: ›Warum weinst du, Kurde?‹ Sagt der Kurde: ›Weil ich nicht hier sein will.‹ Der Engel beschließt, ihm zu helfen. ›Okay, Kurde, komm mit‹, sagt er und bringt ihn ins Paradies. Kurz darauf fängt der Kurde wieder an zu heulen. Er ist untröstlich, kann gar nicht mehr aufhören. Also mischt sich der Herrgott persönlich ein. ›Kurde, warum weinst du?‹, fragt er. ›Ist dir nicht mal der Himmel gut genug? Wo willst du denn sonst sein?‹ Sagt der Kurde: ›In Deutschland.‹«

In meinem Dialekt gibt es eine Redewendung, die einen bestimmten Seelenzustand beschreibt: »calare ’u scuro ’mpetto«. Das bedeutet mehr oder weniger: Das Unglück fällt von oben herab und bemächtigt sich des ganzen Körpers. Im palermitanischen Dialekt ist »il petto«, also »die Brust«, ein dehnbarer Begriff, damit kann der ganze Oberkörper von der Kehle über die Arme bis zum Unterleib gemeint sein. Dieser Teil des Körpers ist am ehesten von existentiellen Fragen berührt. In der Brust entstehen die großen Gefühle. Nehmen wir beispielsweise das Herz, das verdorrt. »Mi siccò ’u cori« heißt es, wenn jemandem etwas so Schmerzhaftes widerfährt, dass die Essenz des Lebens, das Wasser, dort nicht mehr hinkommt. Wenn sich die Düsternis auf deine Brust legt, ist alles andere auch darin gefangen. Im Dunkel erscheint dir jeder Gedanke an Erlösung fern, verschwunden ist der Streif am Horizont, der dir den Ausweg aus deinem Leid zeigt.

Auf der anderen Seite steht die gegenläufige Entwicklung, wenn die Düsternis sich verzieht, weil der Brustkorb und damit auch das Herz sich weitet, um Luft und Licht hereinzulassen, denn das Glück braucht Freiraum.

Der Witz des Kurden begann auch meine Düsternis zu erhellen.

»Komm schon, Davidù, mach dich nicht verrückt, trink lieber ein Bier mit mir«, sagte Melo.

Seine sorglose Art tat mir gut. Ich hatte genug von diesen depressiven Anwandlungen, ich brauchte dringend eine Atempause.

Bei meinem letzten Aufenthalt im »Cala Pisana« wohnte in dem Zimmer zur anderen Hofseite ein blindes Paar: Er war bereits als Kleinkind erblindet, sie hatte immerhin noch bis zu ihrem zehnten Lebensjahr sehen können. Sie hatten beide Laptops dabei, die sie per Stimmkommando steuerten.

Bis dahin hatte ich es nicht für möglich gehalten, dass Blinde allein Urlaub machen können.

Melo war fasziniert von ihren Geschichten. Drei Tage lang ließ er sie reden, ohne ein Wort zu sagen. Am vierten Tag beim Frühstück stellte er ihnen eine seiner üblichen direkten Fragen:

»Könnt ihr eigentlich träumen?«

Seit Tagen hatte er diesen Gedanken mit sich herumgetragen.

»Klar«, erwiderten der Mann und die Frau im Chor.

Sie lachten und freuten sich, dass er keine falsche Scheu vor ihnen hatte.

»Und was träumt ihr so?«

»Von Klängen, Gerüchen, Berührungen …«

Dank Melos Indiskretion eröffneten sich mir Perspektiven, die ich nie für möglich gehalten hätte, in denen Träume Melodien sind, in denen sie riechen wie der Olivenbaum aus Kindertagen, sich anfühlen wie ein Rücken unter einer Seidenbluse, so kirschensüß schmecken wie ein längst vergessener Kuss.

Paola hatte die Espressokanne für unseren Abendkaffee auf den Herd gestellt.

»Wann bringst du deinen Vater das nächste Mal wieder mit?«

»Wie, bin ich euch allein etwa nicht genug?«

»Nein, wir wollen deinen Vater!«, erwiderten Melo und sie feixend.

»Okay, bald, bald. Vielleicht bringe ich sogar meinen Onkel mit.«

Elf Monate nach unserer ersten und bis dahin einzigen gemeinsamen Reise nach Lampedusa kehrte ich zum Jahrestag des großen Schiffsunglücks vom 3. Oktober tatsächlich mit Papà auf die Insel zurück – als das Sterben im Meer weiterging und Onkel Beppes Zustand sich noch verschlimmert hatte.

»Welchen Eindruck hattest du eigentlich von der CISOM-Ärztin?«, fragte Melo mitten in meine Gedanken hinein.

»CISOM« ist die Abkürzung für »Corpo Italiano di Soccorso dell'Ordine di Malta«. Damit ist der Italienische Hilfskorps des Malteserordens gemeint, ein Verbund ehrenamtlicher Helfer aus der Zivilbevölkerung, die bereits auf See die Küstenwache und die Kriegsmarine mit medizinischer Hilfe unterstützen.

»Sie war ziemlich fertig mit den Nerven. Wie jeder andere auch, dem ich begegnet bin. Wie alle Bewohner der Insel. Wie ihr.«

Paola stand auf, um das Gas abzustellen und die Espressokanne vom Herd zu nehmen. Melo leerte seine Bierflasche. Es herrschte eine angenehme Atmosphäre in unserer Essecke, mein Ausblick ging direkt auf die Bucht, die Luft roch nach Salz, und ich vermisste meinen Vater.

Die Ärztin hieß Gabriella. Sie war noch keine dreißig Jahre alt, locker im Umgang, sehr sympathisch und hatte ein Trauma zu bewältigen.

»Wir CISOM-Leute gehen in der Regel zu zweit aufs Patrouillenboot, ein Arzt und ein Sanitäter. Sofern es keine Schwerverletzten gibt, untersuchen wir zuerst die Kinder, dann die Frauen und am Schluss die Männer. Oft haben wir es mit Schwangeren zu tun. Einmal waren es besonders viele Frauen, mindestens ein Dutzend, die im zweiten bis achten Monat waren.«

Die meisten dieser Schwangerschaften sind bei Vergewaltigungen entstanden.

Es ist immer gefährlicher, eine Frau als ein Mann zu sein, wenn du dich auf der falschen Seite befindest.

»Die Männer haben oft Prellungen, Verstauchungen oder Brüche aus den libyschen Gefängnissen mitgebracht. Manche auch Schusswunden. Einmal haben wir einen Jungen mit einer Krücke untersucht, dem sie ins Bein geschossen hatten. Ein- und Ausschussloch waren noch gut zu erkennen. Meistens schießen sie in die Beine, aber wir haben auch schon Schusswunden an Schulter oder Arm erlebt.«

Melo stand auf, holte zwei Bier aus dem Kühlschrank, öffnete die Flaschen und stellte die eine vor mir ab.

Paola sagte:

»Ich habe immer mehr das Gefühl, dass die Ärzte bei den Rettungseinsätzen auf See Arbeitsbedingungen haben wie im Lazarett.«

»Du kommst doch aus einer Arztfamilie«, stellte Melo fest. »Dein Vater, deine Mutter, dein Onkel …«

»Kardiologe, Kinderpsychologin, Nephrologe«, erwiderte ich.

Schon als Kind fühlte ich mich von diesen vielen Ärzten um mich herum beschützt.

»Und warum bist du kein Arzt geworden?«

»Wozu? In meiner Familie gibt es schon genug Ärzte.«

Mir *konnte* gar nichts passieren. Jede Krankheit wäre rechtzeitig diagnostiziert und behandelt worden. Vielleicht hatte ich auch deshalb ein Problem damit, die Ohnmacht meines Vaters gegenüber Beppes Lymphom nachzuvollziehen. Er hatte bereits einen Tumor überlebt und die Krankheit bravourös bewältigt. Hau ab, verdammter Krebs, gegen einen Enia kommst du nicht an!

Gabriella erzählte:

»Es war an einem Tag im Februar. Wir hatten nicht mit einem Notruf gerechnet, es herrschte Windstärke sieben, und Überfahrten waren keine gemeldet worden. Wir hatten die Messe besucht und waren gerade beim Mittagessen. Die CISOM-Leute aus Lampedusa hatten uns, ein paar von der Hafenmeisterei und den Chef der

Guardia di Finanza eingeladen. Wir waren noch nicht fertig mit Essen, als der Notruf beim Hafenmeister einging: 130 Seemeilen von Lampedusa entfernt befinde sich ein Zielobjekt, das Hilfe brauche. Eine riesige Entfernung also, und außerdem war es schon drei Uhr nachmittags. Die Wellen türmten sich auf, als wir über das Meer rasten. Ich hatte Angst, war aber auch aufgeregt – schließlich war es mein erstes Mal. Kaum waren wir auf See, wurden die ersten Crewmitglieder seekrank und mussten sich übergeben. Das Meer war extrem stürmisch, die Wellen meterhoch. Immer mehr Kollegen wurden seekrank und kotzten sich die Seele aus dem Leib. Ich wunderte mich bei ihrem Anblick und dachte, wie kann das sein, dass es ihnen so schlecht geht? Ich als Neuling an Bord hatte überhaupt kein Problem mit dem Seegang. Ich empfahl den Crewmitgliedern, viel Flüssigkeit und Nahrungsergänzungsmittel zu sich zu nehmen. Ich bot auch an, ihnen Spritzen zu setzen, was bei dem Geschaukel natürlich nicht ohne Risiko war. Irgendwann erfuhr ich, dass zu allem Überfluss der Kapitän hohes Fieber hatte, was ich vorher nicht gewusst hatte, da er schon auf der Brücke war, als ich an Bord ging.«

Paola spielte mit ihrem Feuerzeug. Unablässig züngelte die kleine Flamme auf und erstarb wieder. Das Päckchen Tabak lag unangetastet auf dem Tisch. Noch war der Moment für eine weitere Zigarette nicht gekommen.

Melo nahm einen Schluck Bier.

»Bei Sturm ist das Mittelmeer besonders schwer befahrbar«, erklärte er.

»Simone hat uns das erklärt, als er von seinem Atlantiktörn zurückkam«, ergänzte Paola.

In jenem Sommer hatte Melo nach Saisonende Simone dazu überredet, bei einer Atlantiküberquerung als Skipper auf einer Segelyacht mitzufahren.

»Simone war total glücklich, als er von dem Törn zurückkam. Endlich hätte er den Unterschied zwischen Atlantik und Mittelmeer begriffen, meinte er. Bei uns sind Rettungseinsätze auf hoher See insofern heikel, als das Meer zwischen Lampedusa und Afrika viel tiefer ist als der Atlantik. Dafür sind da die Wellen höher und länger, du siehst sie schon aus der Ferne kommen und setzt dich auf sie drauf. Die Zeit, die du auf einer Welle surfst, ist extrem lang. Bei uns hingegen kommen die Wellen Schlag auf Schlag, ohne Pause, ein permanentes Stampfen, hoch und runter, hoch und runter. Die Küstenwache muss hier wirklich unter üblen Bedingungen arbeiten – und zwar ›übel‹ im eigentlichen Sinne, nicht nur so dahingesagt.«

Seine Worte bekräftigten, was meine anderen Gesprächspartner auch alle schon gesagt hatten: Die Küstenwache fährt bei jedem Wetter raus.

Als ich den Samurai darauf ansprach, sagte er:

»Du kennst doch sicher diesen Film mit Kevin Costner, »Jede Sekunde zählt – The Guardian«, in dem irgendwann einer der Protagonisten sagt: ›Wenn Sturm aufzieht und alle reinkommen, fährt die Küstenwache raus.‹ So ist es tatsächlich.«

Er hatte gelacht und endlich seine Schultern gelockert und sein Gesicht entspannt, sodass die Falten auf seiner Stirn verschwanden. Ich hatte mit ihm gelacht und mir vorgestellt, wie er den Film bei sich zu Hause im Fernsehen sieht und seinen Kindern davon erzählt, wie seine Crew und er bei neun Meter hohen Wellen im Auge des

Orkans aufs Meer hinausgefahren sind. Ein wenig untertreibt er bei seiner Schilderung, ein wenig trauert er auch jenen Zeiten nach.

Gabriella erzählte:

»Gegen zehn Uhr abends erreichten wir unseren Zielort. Doch wir sahen nichts. Die Nacht war komplett schwarz. Das Einzige, was wir sahen, war das andere Patrouillenboot, das wie unseres von den Wellen hoch und runter geworfen wurde, und weiter hinten das Schleppschiff von der Bohrplattform, einem gigantischen Koloss. Wir hatten sämtliche Positionslichter und Suchscheinwerfer eingeschaltet, die Wellen türmten sich auf, und alles war pechschwarz. Schwarzer Himmel, schwarzes Meer. Der Mond hingegen war riesig und wunderschön. Ein afrikanischer Vollmond. Schließlich entdeckten wir sie – auf einem Schlauchboot. Der Rettungstaucher und die Crew begannen, das Bergungsmanöver einzuleiten. Auf dem Schlauchboot war allerdings die große Hektik ausgebrochen, die Schiffbrüchigen bewegten sich stark, standen auf, setzten sich wieder, gestikulierten: Sie wollten zu uns an Bord, und zwar sofort. Wir CISOM-Leute tragen bei Rettungseinsätzen eine Art Uniform: ein weißes T-Shirt, auf dem ›Arzt‹ oder ›CISOM-Sanitäter‹ steht, eine wasserdichte blaue Hose, Turnschuhe und, wenn wir uns auf einem Patrouillenboot befinden, einen weißen Overall aus Polyethylen, was im Winter angenehm ist und im Sommer weniger. Der Overall hat eine Kapuze, die ich pflichtgemäß über den Kopf gezogen hatte, bis mir einfiel, dass dieser Anblick die Schiffbrüchigen vielleicht einschüchtern könnte. Also nahm ich die Kapuze herunter, auch um ihnen zu zeigen, dass ich eine Frau bin, und rief: ›Quiet! We are here to help you!‹ Einer von ihnen verstand meine Worte und übersetzte sie für die anderen. Als alle die Information mitbekommen und sich wieder beruhigt hatten, wurden sie einer nach dem anderen an Bord des Patrouillenboots geholt. Es waren ausnahmslos Männer, 104 an der Zahl, alle auf einem Schlauchboot. Auf den Rumpf hatte jemand eine 3 geschrieben. Also mussten sich noch zwei weitere Boote auf See befinden. Bei dem Notruf, der bei uns eingegangen war, hatten sie in der Tat von drei Booten gesprochen. Die anderen beiden haben wir nicht mehr auffinden können.«

Paola schenkte sich Wasser nach.

Ich fuhr mit dem Finger über den Hals meiner Bierflasche.

Wie ich wohl mit Gabriella zusammengearbeitet hätte, wenn ich Arzt geworden wäre, überlegte ich.

Und mit welchen Fragen ich meinen Vater gelöchert hätte.

»Ein Aspekt hat mich besonders berührt.«

Nachdenklich blickte Melo durch das Fenster zur Bucht hinüber.

»Zum ersten Mal begegnet sie dem Tod, indem sie *nicht* mit ihm konfrontiert wird, weil er in Abwesenheit geschieht.«

Die beiden Schlauchboote, die gefehlt hatten.

Der Tod als Heraufbeschwörung.

In der westlichen Kultur wird die Existenz von Dingen durch deren Abbild manifestiert: Ein Ereignis, eine Revolution, ein Todesfall gewinnen in dem Moment an Bedeutung, in dem sie gesehen werden. Das, was man nicht sieht, wird durch das Nichtgesehenwerden im Wert gemindert. Die Tradition der mündlichen Überlieferung wird von der Visualisierung abgelöst.

Doch das Unsichtbare bleibt unter der Oberfläche weiterhin vorhanden, wo es fern von Blicken in die abgelegensten Winkel eindringt.

Die Vorwegnahme der Tragödie geschieht lautlos, in Abwesenheit. Das, was fehlen wird, macht das Bild nicht nur unvollständig, sondern wird auch zur Sollbruchstelle. Und genau in die dadurch entstehende Lücke dringt der Tod ein.

»Sie kamen mit 58 Mann an Bord, die anderen 46 wurden von dem zweiten Patrouillenboot aufgenommen. Ich war vorne am Bug, der Sanitäter am Heck. Wir haben sie nacheinander untersucht. Sie waren noch sehr jung, der Älteste höchstens dreißig, alle barfuß und bis auf die Knochen durchnässt. Jeder hat eine Thermodecke von uns bekommen. Außerdem haben wir Hot Packs verteilt; die funktionieren ähnlich wie Kältekompressen, nur werden sie warm, wenn man sie anwendet. Leider hatten wir nicht genug für alle da. Wer kein Hot Pack bekommen hatte, kuschelte sich in seine Thermodecke. Es war eiskalt. Nachdem der Sanitäter und ich uns vergewissert hatten, dass keiner der Schiffbrüchigen ernsthaft erkrankt war, fragte ich ein paar von denen, die an der Reling saßen, wo sie herkamen. Mali, Guinea, Gambia – aus ganz Afrika. Sie meinten, es ginge ihnen gut, obwohl sie seit einer Woche unterwegs und vierzehn Tage ohne etwas zu essen waren. Ich bin dann rüber auf die andere Seite, um mit den anderen zu reden. ›Woher kommt ihr?‹ Ich habe ihnen den Afrika-Anhänger an meiner Halskette gezeigt. Einer tippte mit dem Finger darauf und nannte den Namen seiner Heimatstadt, der mir aber nichts sagte. Schließlich waren wir startklar. Bevor ich in die Kajüte musste, sagte ich noch auf Englisch zu ihnen: ›Unsere Fahrt wird ziemlich lang und heftig werden, aber macht euch keine Sorgen: Ihr seid stark, ihr schafft das.‹ Dann bin ich runter. Und dann …«

Sie brach in Tränen aus.
Lang unterdrückte Tränen.
Die sich hinter ihren Worten verborgen hatten.
Wie ein Schatten.
Der Beginn des Leidenswegs.
Unter der Asche der Zeit glimmt die Glut der Reue.

»Es hat ewig gedauert, bis wir Lampedusa erreichten. Die längsten Stunden meines Lebens. Draußen herrschte eine unvorstellbare Kälte, Wellen von sieben Meter Höhe, Windstärke acht, und diese Jungs harrten draußen in der Eiseskälte aus und durften nicht in die Kajüte. Dort waren die Crewmitglieder, die sich weiterhin die Seele aus dem Leib kotzten. Ich habe mir einen halbwegs sicheren Platz gesucht – als Ärztin musste ich jederzeit eingreifen können, falls es jemandem schlechter gehen sollte. Ich weiß es noch wie heute: Die Tür zur Kajüte stand offen, und schon bald zeigten sich die ersten Köpfe im Türrahmen. Ich zählte sie. Es waren zehn. Ihnen war kalt, und sie wollten rein. Ich fragte: ›Warum lassen wir sie nicht reinkommen, wenigstens ein paar?‹ Die Anwort lautete: ›Das geht nicht, es kann sich um eine Meuterei handeln.‹ Die Tür wurde geschlossen. Aber draußen herrschte diese fürchterliche Kälte, es regnete, stürmte – es war von allem zu viel. Die Jungs taten sich zusammen, versuchten die Tür aufzubrechen. Einer von ihnen rief die ganze Zeit, er sei frisch operiert worden. ›Operated! Operated!‹, schrie er, ›Operated!‹ Er sagte nur dieses eine Wort. Der Rettungstaucher und ein Crewmitglied versuchten, die Tür gewaltsam zu schließen, ohne die Finger einzuklemmen, die sich in den Türspalt gezwängt hatten. Ein anderes Crewmitglied verlor die Nerven und brüllte die Schiffbrüchigen an, sie sollten gefälligst draußen bleiben. Ich war schockiert. Später, als ich wieder klar denken konnte, wurde mir bewusst, dass sich in dem Wutanfall bloß seine Frustration entladen hatte, weil er ihnen nicht helfen konnte. Wir befanden uns alle im Ausnahmezustand, die Situation war einfach extrem hart. Sein Ausbruch war gegen ein ganzes korruptes System gerichtet, dessen Opfer wir alle waren. Die Tür wurde erneut zugedrückt. Die Stunden vergingen, die Crewmitglieder waren immer noch seekrank, die Wellen hoben und senkten sich, draußen herrschte weiter diese unmenschliche Kälte. Über Funk erfuhr unser Kapitän von dem des anderen Patrouillenboots, dass dieser die Schiffbrüchigen in die Kajüte ließ, turnusweise. Unser Kapitän beschloss, es ihm gleichzutun. Es wurde eine Reihenfolge festgelegt, und die ersten sechs kamen in unsere Kajüte, dicht aneinandergedrängt. Für mehr war beim besten Willen kein Platz. Gegen drei Uhr nachts ging der Maschinist auf Kontrollgang. Er musste einmal quer durch den Schiffsbauch. Als er zurückkehrte, sagte er: ›Da draußen liegen mindestens vier, fünf Tote, vorne am Bug.‹ Ich hatte das Gefühl, innerlich zusammenzubrechen. Ich war Ärztin, ich war dort, um ihnen zu helfen und sie gesund an Land zu bringen. Stattdessen hatte ich nichts, aber auch gar nichts für sie tun können. Der

Rettungstaucher sagte: ›Ich schaue mal nach.‹ Er trug einen Lifebelt mit einem Gurt, den er überall festmachen konnte, um nicht über Bord zu gehen. Bei seiner Rückkehr bestätigte er, was der Maschinist gesagt hatte: Es sei nichts mehr zu machen, sie reagierten nicht, sie schienen wirklich tot zu sein. Gegen zwei Uhr nachmittags berichtete der Maschinist von weiteren Toten. Ich fühlte mich noch mehr als Versagerin, noch ohnmächtiger. Als wir gegen fünf in Lampedusa festmachten, hatten wir 25 Leichen an Bord.«

»Während der ganzen Rückfahrt hatte ich verzweifelt versucht, bei Kräften zu bleiben. Nicht einzuschlafen. Ich trank Wasser. Ich übergab mich kein einziges Mal. Ich übergebe mich nie. Trotzdem befand ich mich in einem desolaten Zustand, wie innerlich zerrissen. Um mir Mut zuzusprechen, stellte ich mir eine grüne Wiese vor. Und fühlte mich gleichzeitig schuldig, weil die anderen draußen in dieser Eiseskälte ausharren mussten, während ich mich in Träumereien flüchtete. Ich betete die ganze Fahrt über. Kaum hatten wir angelegt, stand ich auf und sammelte meine letzten Kräfte zusammen. Beim Verlassen der Kajüte sah ich sofort den jungen Mann, der immer ›Operated!‹ gerufen hatte. Er lag am Boden, mit dem Kopf neben der Treppe … Er rührte sich nicht. Neben ihm lagen andere … unglaublich viele … einer über dem anderen … nackt – wie in einem Auschwitz-Film, den ich mal gesehen habe, *Sauls Sohn* … Die meisten trugen keine Kleider … sie hatten die Hosen heruntergelassen, die Hemden hochgezogen … die Genitalien freigelegt … lagen auf dem Rücken und auf dem Bauch … Berge von Körpern … Ein Junge entdeckte unter den Leichen im

Bug jemanden, den er kannte, vielleicht ein Familienmitglied. Wie angewurzelt blieb er stehen und brach in Tränen aus. Er wollte gar nicht mehr weg von ihm und sah so traurig aus, als wäre ihm seine eigene Sicherheit plötzlich vollkommen egal. Ich ging von Bord. Am Molo Favaloro kam mir eine befreundete Ärztin entgegen. Ich weiß noch, ich lief den Kai entlang und hörte, wie sie meinen Namen rief: ›Gabriella!‹ In dem Moment kam ich mir vor, als wäre ich aus einem Alptraum erwacht. ›Was ist los?‹, fragte sie. Wir hatten uns ein paar Mal über Agambens Konzept vom ›nackten Leben‹ unterhalten. ›Da draußen …‹, stammelte ich, ›da draußen ist das nackte Leben, von dem du mir so viel erzählt hast … Diese Menschen sind nur noch Körper, nicht mehr als Körper.‹ Ein Mitarbeiter des Aufnahmezentrums trat auf mich zu und wollte mich trösten. Ich sagte zu ihm: ›Mein erster Einsatz – und guck dir an, was passiert ist …‹ Sie brachten mich und den Sanitäter auf ein größeres Schiff, wo sie uns heißen Tee gaben und uns ausruhen ließen, wir hatten 24 Stunden lang nichts gegessen und getrunken. Durch das Bullauge sah ich die Toten, die aufgebahrt unter grünen Tüchern am Kai lagen. Endlich konnte ich meinen Tränen freien Lauf lassen.«

»Es ist nicht jedes Mal so schlimm. Wenn ich mich mit Kollegen austausche, haben sie oft ganz andere Erfahrungen gemacht. Ich frage mich immer noch, warum ausgerechnet ich an diesem Tag dabei sein musste. Aber ich arbeite an mir. Es gab weitere Rettungseinsätze danach. Zum Glück sind sie alle gut gegangen … Schwangere Frauen … Kinder … alles ohne Probleme verlaufen … Das Wetter war einfach viel besser.«

»Kaum jemand kann nachvollziehen, was für eine Last ich mit mir herumtrage. 29 Tote. Die Hälfte von denen, die zu uns an Bord kamen. Nicht vier, nicht fünf, nicht sechs – nein, 29! Jeder Tag seitdem ist eine Qual.«

* * *

Auf der Insel hatte der Maestrale eine jener höchst willkommenen Pausen eingelegt, in denen man sein Tosen nicht mehr hörte.

»Alles geht vorüber, der Wind, der Winter, die kleinen Ärgernisse«, sagte Melo.

»Ich liebe das Geräusch der Brandung«, sagte ich.

»Das Meer ist ein ständiger Begleiter, auch wenn es zu kalt ist, um darin zu schwimmen«, setzte Paola hinzu.

»Also, sagt mal, machen wir jetzt hier eine Philosophieschule auf oder was?«, rief Melo.

Er hatte sich auf dem Sofa lang ausgestreckt und den Arm über die Stirn gelegt.

Es wurde Zeit, ins Bett zu gehen.

Meine Rückenmuskeln entspannten sich endlich.

»Ich habe heute Nachmittag einen kleinen Schwatz mit einem Besatzungsmitglied des Patrouillenboots gehalten. Der Mann hat mir ein Video auf seinem Handy gezeigt, das direkt nach einem Hilfseinsatz gedreht worden ist. Im Heck waren die gerade erst Geretteten, lauter junge Männer. Ungefähr hundert. Er erzählte mir, sie hätten sie im Morgengrauen auf einem Schlauchboot gesichtet, und das Wasser hätte ihnen bei der Bergung schon bis zum Bauch gestanden. Er sagte wörtlich: ›Noch ’n paar Minuten, und die wären hopps gegangen.‹ Auf dem Video, das nur knapp dreißig Sekunden dauert, wirkt die Szene völlig absurd: Man sieht, wie das Schnellboot der Küstenwache über das offene Meer rast, hinten sitzen all die jungen Menschen, die ihr Leben aufs Spiel gesetzt haben, und dazu ertönen lautstark Latino-Rhythmen. Der Kapitän hatte das Handy, auf dem der Song gespeichert war, an die Lautsprecheranlage an Bord angeschlossen. Und nun war es auf der ganzen Brücke zu hören. In der Bildmitte war der Mann, mit dem ich gesprochen hatte, von hinten zu sehen, während er mit den jungen Männern vor ihm eine Choreografie einstudierte, wie ein Animateur in einem Ferienclub, er bewegte die Arme im Takt, schwenkte sie nach links und nach rechts, hob und senkte sie. Die frisch Geretteten imitierten seine Bewegungen und tanzten, lachten und sangen … Ich war hin und weg von dem Video. Es lag eine solche Reinheit in diesem Freudenausbruch und eine solche Menschlichkeit darin, sie zum Tanzen zu animieren, dass ich wirklich sprachlos war. Klar, diese jungen Männer waren wohlauf und konnten sich bewegen, aber es war offensichtlich, dass sie den verzweifelten Wunsch hatten, sich auszutoben und die Todesangst abzubauen, die sie wenige Minuten zuvor noch verspürt hatten.«

»Das erinnert mich an das Kind aus dem Märchen, das ›Der Kaiser ist ja nackt!‹ ausruft«, sagte Paola. »Viel zu oft wird von Menschen nur in Form von Zahlen oder Statistiken gesprochen, dabei sind sie doch viel mehr – sie alle haben irgendwelche Hoffnungen und Wünsche, Sorgen und Ängste. Daher finde ich es nicht nur verständlich, dass sie auf einem Rettungsboot den Rhythmus stampfen und die Fäuste gen Himmel recken, sondern vor allem zutiefst menschlich.«

»Und dieses eine Mal war der Tod der Gearschte. Diesmal hatte der Sensenmann das Nachsehen«, sagte Melo abschließend.

Paola zündete sich eine Zigarette an, das Feuerzeug stellte sie senkrecht neben dem Aschenbecher auf.

»Reist du morgen ab?«, fragte sie mich.

»Ja, ich nehme den ersten Flug, den um zwanzig nach sechs.«

Ich schaute aufs Meer. Wie immer musste ich daran denken, dass irgendwo dort draußen ein Schiff in See gestochen war und eine neue Schlacht zu Ende ging, völlig unbemerkt, weit hinten am Horizont.

Melo stand auf.

»Gegen einen kleinen Limoncello zur Feier des Tages hast du sicher trotzdem nichts einzuwenden, oder? Weil wir dem Tod ein Schnippchen geschlagen haben. Ansonsten könnte ich dir noch einen Kräuterlikör anbieten, den Paola selber aus wildem Fenchel gebraut hat.«

»Okay, dann nehme ich den.«

Melo stellte die Flaschen auf den Tisch.

»Der Fenchel ist hier von der Insel«, betonte er.

Auf Lampedusa wachsen nur wenige Pflanzen, es war also etwas ganz Besonderes.

Ich goss mir ein, trank aber noch nicht, damit die Aromen sich entfalten konnten.

Wir saßen da und schwiegen, lauschten der Brandung, während die Nacht ins Zimmer drang.

* * *

»Warum besuchst du nicht mal deinen Onkel?«

Silvia hatte von den »Duineser Elegien« aufgesehen, die sie gerade las, während ich den Tintenfisch ausnahm.

Ich hielt mitten in der Bewegung inne, das Messer in der Luft.

»Immer fährst du nach Lampedusa – fahr doch auch mal zu ihm! Ihr telefoniert doch sowieso regelmäßig. So machst du ihm eine Freude und hast selbst auch was davon.«

Der Tintenfisch lag geöffnet auf dem Schneidebrett, das Beutelchen mit der Tinte wartete nur darauf, herausgeholt zu werden.

»Dann seht ihr euch mal von Angesicht zu Angesicht, und du kannst auch ein bisschen was unternehmen.«

Ich legte das Messer ab und drehte den Wasserhahn auf, um mir die Hände zu waschen. Die Hände unter dem kühlen Strahl, dachte ich nach, konnte Silvia aber keine andere Antwort geben als Schweigen. Bedurfte es noch anderer Beweise, damit ich mir eingestand, dass ich meinem Vater unglaublich ähnlich war?

Silvia begriff jedoch die Dimension meines Schweigens.

Seine Wurzeln reichten tief hinab, bis zum Brunnen der Angst, aus dem sie sich nährten.

»Was hat dich bislang daran gehindert, ihn zu besuchen?«

Ich trocknete mir die Hände ab. Ich spürte, wie meine Nüstern sich weiteten, die Luft in meinen Brustkorb strömte, mein Kiefer sich anspannte.

»Ich habe Angst.«

Es lief mir kalt über den Rücken, dann kroch der Schauder über die Lenden wieder hinauf bis über die Schlüsselbeine.

Silvia legte ihr Buch hin, stand auf und umarmte mich von hinten.

»Wovor?«

Mit der Hand streichelte sie mir über den Nacken, die Augen, die Schläfen.

»Dass ich ihm den baldigen Tod ansehe.«

Sie küsste mich sanft auf den Hals.

»Wenn du ihn nie triffst, wirst du es nie erfahren.«

Der Tintenbeutel war noch da, mitten in den Eingeweiden.

Ich gab Silvia einen Kuss, wandte mich wieder zu meinem Schneidebrett um und nahm das Messer in die Hand.

»Das stimmt.«

Mit der Klinge strich ich über den weißen Fischleib und setzte sie dann unterhalb der Membran mit der schwarzen Flüssigkeit an.

»Möchtest du, dass ich mitkomme?«, fragte Silvia, die schon wieder aufs Sofa zurückgekehrt war, die Rilke-Gedichte im Schoß.

Jetzt bedurfte es einer entschiedenen Bewegung, eines sauberen Schnitts, damit der Beutel nicht aufplatzte.

Eins.

Zwei.

Drei.

»Ja.«

Der Tintenbeutel war entfernt.

»Ciao, Onkel Beppe, wie geht es dir?«

»Wie es alten Leuten wie mir halt so geht. Bist du noch auf Lampedusa?«

»Nein, ich bin letzte Woche zurückgekehrt.«

»Schreibst du an deinem Buch?«

»Ja.«

»Beeil dich, hörst du? Ich will noch was von dir lesen können.«

»Na klar. Was sagen die Ärzte?«

»Ich habe zu wenig weiße Blutkörperchen, aber der Tumor, der kann mich mal. Ich mache jeden Tag mein Training, Gewichte und Indoor Cycling.«

»Sehr gut, Zio. Hat mein Vater sich bei dir gemeldet?«

»Nein. Bei dir?«

»Nein, bei mir auch nicht. Absolute Funkstille, Beppuzzo. Hör mal, was hältst du davon, wenn Silvia und ich dich am Wochenende besuchen?«

»Das fände ich großartig.«

* * *

Wir waren in Cala Rossa, mein Bruder Giuseppe, mein Vater, Onkel Beppe und ich. Papà bahnte uns den Weg zwischen den Felsen hinunter zum Meer. Onkel Beppe ging als Letzter. Mit seiner sanften Stimme hatte er meinen Bruder und mich ermahnt: »Jungs, passt auf, dass ihr nicht hinfallt!« Einen Augenblick, buchstäblich einen Sekundenbruchteil später verlor er selbst die Bodenhaftung, sein rechter Stoffschuh flog in die Luft, es zog ihm die Füße weg, und er verschwand urplötzlich hinter einem Felsblock. Alle Anwesenden, etwa ein Dutzend Leute, brachen in Gelächter aus, auch mein Bruder und ich. Mein Vater, der sofort stehengeblieben war, um sich zu vergewissern, dass nichts passiert war, konnte sich eines Lächelns ebenfalls nicht erwehren. Wir sahen Onkel Beppes Hand hinter dem Felsen auftauchen. Mit emporgerecktem Daumen signalisierte er uns, dass er noch am Leben war. Dann hörten wir wieder seine Stimme: »Jungs, keine Sorge, mit mir ist alles in Ordnung.«

Zwischen Gestrüpp und Felsbrocken kam er schließlich wieder zum Vorschein. Sein T-Shirt war zerrissen, er hatte sich die rechte Wade aufgeschürft, und vom linken Oberschenkel zog sich ein Kratzer bis hinunter zum Knöchel. Als die Anwesenden feststellten, dass er alles in allem gesund und munter war, brachen alle in herzlichen Applaus aus. Onkel Beppe wurde rot, und um seine Verlegenheit zu überspielen, begann er, jeden einzelnen von uns mit drei Fingern zu segnen, als wäre er der Papst. Wir nahmen den unverhofften Segen mit einem leichten Neigen des Kopfes entgegen, dann gingen wir wieder zur Tagesordnung über.

»Glaubst du, du schaffst es nach unten?«, fragte mein Vater seinen Bruder.

»Denke schon«, murmelte Onkel Beppe.

Als er den Riss in seinem T-Shirt bemerkte, sagte er grinsend:

»Ach, das war eh hässlich!«

Er ging hinunter zum Ufer und wusch sich die Schürfwunden mit Meerwasser ab.

»So ein blöder Sturz«, sagte er immer wieder, zu mir, zu meinem Bruder, meinem Vater, zu sich selbst und lachte gleich als Erster.

Es war ein wunderschöner sonniger Morgen, Papà schwamm weit draußen, Onkel Beppe passte auf, dass mein Bruder nicht unterging, und ich sammelte beim Schnorcheln drei Seeigel-Skelette auf. Es war August 1981, unser Familienwagen war ein beiger Fiat Panda, und Onkel Beppe lebte in England, wo er sich auf Nephrologie spezialisiert hatte.

»Damals war die Nephrologie gerade erst im Entstehen, wir waren wie Pioniere, als ich beschloss, mich darauf zu spezialisieren; das war die Zukunft, genau wie meine andere Leidenschaft, die Molekularbiologie. Ich wurde Arzt, weil mich die Dynamik des menschlichen Körpers faszinierte. Allerdings hat mich die Tatsache, dass auch mein Bruder seit vier Jahren Medizin studierte, stark beeinflusst. Es war, als hätte da ein Wegweiser gestanden, nach dem ich mich zu richten hatte.«

1987 kehrten mein Onkel und ich gemeinsam nach Cala Rossa zurück. Onkel Beppe – der seine Sommerferien in Palermo verbrachte und vor ein paar Jahren aus beruflichen Gründen nach Reggio Calabria gezogen war – begleitete mich zu einem Fußballmatch. Ich war ein typischer Dreizehnjähriger: Pickel, Unsicherheit, Arroganz und ständig eine Erektion. Außerdem galt ich als ziemlich guter Fußballspieler. Der gegnerischen Mannschaft fehlte ein Spieler, also wurde mein Onkel gefragt, ob er mitspielen würde.

»Wenn Sie mitmachen, sind wir elf gegen elf. Bitte, tun Sie uns den Gefallen!«

Er willigte ein. Mir war das nur recht, mein Onkel war ein Hänfling, sie würden ihn wohl als Verteidiger einsetzen – was man mit so unsportlichen Typen wie ihm eben macht. Ich dagegen war Stürmer, linker Flügel, und würde ihn vernichten, ihn systematisch zerlegen mit meinen Täuschmanövern, zig Tore würde ich schießen. Ich wollte ihn nicht nur besiegen, ich wollte ihn demütigen.

Dieses Match werde ich niemals vergessen.

Onkel Beppe riss das Spiel an sich. Klar, er war und blieb linkisch, doch er überraschte uns permanent und hatte es einfach drauf. Er parierte jeden meiner Schüsse, ahnte meine Manöver voraus, übernahm den Ball an der

Angriffslinie, brillierte mit ästhetisch fragwürdigen, aber fußballerisch einwandfreien Tricks. Man kam einfach nicht an ihm vorbei, mit seinen Watschelfüßen und der Brille auf der Nase. Dass das gegnerische Tor unversehrt blieb, wozu mein Onkel mit seiner glänzenden Leistung entschieden beitrug, steigerte meine Nervosität von Minute zu Minute. Bis schließlich, kurz vor Ende der ersten Halbzeit, als das Null zu Null so sicher schien wie das Amen in der Kirche, das Unerhörte geschah: Onkel Beppe bekam den Ball von unserer Mannschaft, die gerade geschlossen nach vorne stürmte, genau vor die Füße. Ohne lang zu überlegen, schoss er ihn weg. Er führte den Schuss mit der Schuhspitze aus, blindlings, ohne das Feld, die Gegner, die Lage zu checken. Und dieser idiotische Schuss warf uns total aus der Bahn, denn er verwandelte sich in die perfekte Vorlage für den gegnerischen Stürmer, der sich den Ball schnappte, nachdem dieser über den Verteidiger geflogen war, und ihn dicht über den Rasen hinweg ins Tor beförderte. Eins zu Null für die anderen. Ich weiß nicht, ob ich eher perplex oder frustriert war. Onkel Beppe lachte und rief den Kameraden, die ihn hochleben ließen, immer nur zu: »Keine Ahnung, wie ich das geschafft habe!« Die viertelstündige Pause nahm kein Ende. Ich hörte das Ticken jeder einzelnen Sekunde. Wie Dornen stachen sie in mein Ego. Ich konnte es nicht erwarten, endlich auf den Platz zurückzukehren. Ich musste Beppuzzo niedermachen. Gegen so einen Knilch durfte ich einfach nicht verlieren! Ich musste schließlich der Fußballkönig der Saison 1987 werden. Die zweite Halbzeit begann, doch davon, dass sich das Blatt nun wendete, konnte keine Rede sein: Ich spielte weiterhin katastrophal. Onkel Beppe trabte wieder übers ganze Feld. Dabei war ich doch ein ausgezeichneter Spieler, das wussten alle. »Wenn's um Fußball geht, steckt Davidù alle in die Tasche«, sagten sie auf der Piazza über mich. Doch das Fußballglück war mir an jenem Tag einfach nicht gewogen. Ich vermasselte jedes Duell, war immer wieder im Aus, der Onkel ahnte jedes meiner Manöver voraus, und ich kam gar nicht richtig ins Spiel. In meinem Inneren tobte ein erbitterter Kampf zwischen Wut und Frustration. In einem Moment der Erschöpfung gab der gegnerische Mittelfeldspieler den Ball an meinen Onkel ab. In diesem Bruchteil einer Sekunde las ich die Furcht in Beppes Augen. Er wusste, dass ich mich in einen Falken verwandeln und mich auf diese Kugel stürzen würde, um sie dank der magischen Fähigkeiten meines linken Fußes unweigerlich ins Tor zu befördern. Und dafür trug er allein die Verantwortung. Onkel Beppe war aufgeschmissen, meine Krallen waren ausgefahren. Er bekam die Kugel zwischen die Beine, und wie erwartet geriet er in Panik, stolperte über den Ball und rutschte aus. Zwischen dem jungen Falken und dem Ball lag das offene Spielfeld. Gleich würde ich mir die Kugel schnappen, den aus dem Tor laufenden Torwart austricksen und das Ausgleichstor erzielen. Mein Gott, es würde ein Festtag für uns alle werden! Meine Freunde hätten einen Heidenrespekt vor mir. Ich sprintete los, was das Zeug hielt. Der liebe Beppuzzo mühte sich unterdessen, die Katastrophe abzuwenden, und streckte, schon auf dem Boden sitzend, sein mageres Beinchen aus. Niemals würde er es schaffen, den Ball noch zu berühren. Ich war schneller als er. Technisch versierter. Stärker. Der Ball gehörte mir. Ich streckte den Fuß aus und – noch heute frage ich mich, wie das möglich war, und bis heute habe ich keine Antwort darauf gefunden – und schieße ins Leere. Onkel Beppe hatte vom Boden aus im Sitzen den Ball berührt, wenige Hundertstelsekunden vor mir. Meine Herrschaft als Fußballkönig zerbarst in dieser Sekunde. Mir gefror das Blut in den Adern. Doch damit war noch immer nicht alles ausgestanden. Ein Übel kommt nun mal selten allein – man braucht sich nur das Schlimmste vorzustellen, und schon geschieht es. Damals, im Sommer 1987, geschah es tatsächlich. Und das kam so: Onkel Beppe wehrte nicht nur meinen Konter ab. Mit seinem armseligen Schüsschen schaffte er es, mir die größtmögliche aller Kränkungen zuzufügen, die man einem sportlichen Gegner beibringen kann: Mein Onkel tunnelte mich. Mich, seinen Lieblingsneffen! Die Fußballhoffnung des Jahrgangs 1974! Mit zitternden Beinen stand ich da und musste mitansehen, wie der Ball zwischen ihnen hindurchkullerte und drei Meter hinter meinem Rücken zum Stillstand kam. Die gesamte gegnerische Mannschaft war in lautes Johlen ausgebrochen. Ich konnte es nicht glauben. Ich schämte mich so sehr, dass meine Ohren glühten. Das war das Aus für mich als Fußballer. Ich war ein gescheiterter Hoffnungsträger. Und da brannte bei mir die Sicherung durch. Ich legte einen hysterischen Ausbruch hin, verfluchte lauthals das Schicksal und das unebene Spielfeld, das die Flugbahn des Balls verfälscht hatte, ließ meine Mannschaft mit einem Tor Rückstand im Stich und rauschte davon. Ohne jemanden anzuschauen, rannte ich schnurstracks aufs Meer zu. Ich glaube, ich hatte vor, bis zum Horizont zu schwimmen, bis Ligurien oder Neapel. Onkel Beppe kam hinter mir her. Ich wusste, dass er mir folgte. Ich hörte, wie er mit seinem tapsigen Gang Kiesel und Staub aufwirbelte. Ich kauerte mich vor einen Felsen und wartete auf ihn. Schließlich musste ich ja mit ihm im Auto nach Palermo zurückfahren. Als er mich eingeholt hatte, blieb er eine ganze Minute lang schweigend hinter mir stehen. Dann begann er zu reden.

»Was für ein Mann möchtest du einmal werden?«

So fing er an.

»Du legst bereits heute fest, was für eine Art Mann du später mal werden möchtest.«

Seine Stimme war sanft.

Ich schwieg beharrlich. Dass ich mich falsch verhalten hatte, wusste ich. Die Demütigung fühlte sich an, als würde mir die Haut bei lebendigem Leib abgezogen.

»Du musst dich entscheiden, was du werden willst, Davidù. Ein Mann oder ein Blablabla.«

Als ich Jahre später *Der Tag der Eule* von Leonardo Sciascia las, wurde mir nachträglich noch ganz warm ums Herz: Mein Onkel hatte sich der Worte seines Lieblingsschriftstellers bedient, um mir diesen Rat zu geben.

»Bitte antworte doch: Was willst du sein – ein Mann oder ein Blablabla?«

»Ein Mann«, brummelte ich.

Ich hatte meinen Mund auf meine Knie gepresst. Das war die einzige Methode, um nicht in Tränen auszubrechen.

»Wenn du ein Mann sein willst, dann fang am besten heute damit an.«

Er richtete sich auf.

»Ich spiele jetzt weiter.«

Er strich mir über den Kopf und ging wieder nach oben. Ich warf einen letzten Blick aufs Meer. Meine Augen quollen beinahe über, und ich musste die Zähne zusammenbeißen, um die Tränen zurückzuhalten. Dann rannte ich zurück zum Spielfeld. Sie spielten noch, die letzte Viertelstunde war angebrochen. Wir konnten den Ausgleich schaffen und – warum nicht – vielleicht sogar noch gewinnen. Ich spielte unfassbar schlecht. In der letzten Minute wurde die unselige Begegnung zur Legende. Nach einer Ecke und der Abwehr durch unsere Verteidigung versuchte sich Onkel Beppe an einer Art verunglückten Flanke und bugsierte den Ball über unsere Spielhälfte hinweg irgendwie in die Torecke.

Er hatte die Führung weiter ausgebaut.

Zwei zu Null.

Die Kameraden hoben ihn auf die Schultern.

In seiner Verlegenheit lachte Onkel Beppe nur.

»Ach, du Scheiße, Leute! Das war das erste Tor meines Lebens!«

* * *

Onkel Beppe holte uns am Bahnhof ab. Tante Silvana, seine Frau, hatte noch einen Außentermin, in Gerace gab es ein neues Ausgrabungsgelände, das bald der Öffentlichkeit zugänglich gemacht werden sollte, und sie, von Beruf Archäologin, kämpfte mit den üblichen Hindernissen in letzter Minute. Zum Essen wollte sie zurück sein.

Als wir uns wiedersahen, umarmten der Onkel und ich uns lange.

»Ihr wart sehr herzlich zueinander«, sagte Silvia später zu mir. »Im Süden passiert es ja eher selten, dass zwei Männer sich so lange umarmen.«

Mein Onkel hatte abgenommen und trug eine Baseballkappe, denn durch die Chemotherapie waren ihm die Haare ausgefallen.

»Na, wirklich viele hattest du ja eh nie!«

»Frechdachs!«

Er drückte mich noch fester an sich. Ich spürte, wie sich seine Finger in mein Fleisch gruben, als würde er sich an einen Felsen klammern, um nicht von der Strömung mitgerissen zu werden.

Zu Hause angekommen, zeigte mir mein Onkel sogleich den Raum, in dem sein Hometrainer und ein Laufband standen. Auf dem Boden lagen kleine bunte Hanteln.

»Hier trainiere ich. Der verdammte Krebs, der kann mich mal!«

Und dann lachte er wie ein Kind, das gerade jemandem einen Streich gespielt hatte.

Er führte uns nach draußen, auf die große Terrasse, die sich um das ganze Haus zog, und zeigte uns seine Lieblingspflanze, eine Frangipani.

»Schau nur, was für Blüten! Dabei ist jetzt gar nicht die Jahreszeit.«

Er war furchtbar stolz auf seinen Tempelbaum.

»Den hat mir mein Onkel Rocco vor vielen, vielen Jahren geschenkt. Er blüht und blüht – ein wahres Wunder.«

Er sah uns erwartungsvoll an.

»Wunderschön«, sagte Silvia und berührte die Blütenblätter mit den Fingern.

»Weißt du, Daviduzzo, seit ich diese Krankheit habe, ist mir klar geworden, wie wichtig es für einen Arzt ist zuzuhören. Ich könnte blind sein und meinen Beruf trotzdem noch ausüben. Aber nicht, wenn ich taub wäre.«

Mein Onkel sah mich mit seinen großen dunklen Augen fest an. Ein Blick, der Vertrauen weckte.

»Zuhören ist ganz wichtig«, wiederholte er noch einmal, mehr für sich selbst als für mich.

Er legte die Hände auf seine Brust und begann sie zu reiben, als bräuchte er tatsächlich diese Körperwärme, um seine Gedanken in Worte zu fassen. Er atmete schwer, seine Pupillen waren ganz starr geworden. Er wollte etwas Schmerzliches sagen und bediente sich dabei der Gestik seines Bruders, meines Vaters, und auch meiner eigenen. Drei Individuen, deren Bewegungsrepertoire erschreckend ähnlich war.

»Meine Hämatologin hört mir nicht zu. Ich sage zu ihr: ›Mein Körper ist müde; ich spüre, dass mein Körper mir genaue Anweisungen gibt, was er braucht.‹ Doch sie hört mir nicht zu, sie starrt in den Untersuchungsbericht und weiß schon, was sie mir verschreiben wird. Vielleicht hat sie recht, sicher hat sie recht, aber sie hört mir nicht zu.«

Medizin ist etwas, das sich auf den Körper auswirkt. Er ist der Maßstab unserer Präsenz auf Erden. In ihm breitet sich die Krankheit aus. Dennoch existiert daneben die gesamte immaterielle Seite des menschlichen Daseins. Und wenn die nicht wenigstens ansatzweise berücksichtigt wird, bleibt nichts als eine große Leere.

Hilfe erbitten, und keiner hört einem zu.

Sich unverstanden fühlen.

Allein ein dunkles Zimmer bewohnen.

Ist es das, was du empfindest, wenn dich der Schmerz überwältigt, Zio?

Ein Mitarbeiter des sozialpsychologischen Dienstes hatte mir von einem kleinen Jungen erzählt, der drei Tage zuvor auf Lampedusa gestrandet war. Er hatte auf keine der Fragen geantwortet, die üblicherweise von den Helfern gestellt werden: Er hatte weder seinen Namen noch sein Herkunftsland oder sein Alter genannt. Er schien große Angst zu haben. Er schlief nicht, er trank nicht, er sprach mit niemandem. Die ganze Zeit saß er auf dem Boden, mit dem Rücken an der Wand, den Kopf auf die Hände gestützt. Zu dieser Zeit gab es nur zwei Mitarbeiter beim sozialpsychologischen Dienst, und die konnten sich nicht ständig um alle kümmern. Seit zwei Wochen kamen im Schnitt alle anderthalb Tage hundertfünfzig Neuankömmlinge, an drei Häfen sogar bis zu fünfhundert. Am vierten Tag war der Junge verschwunden, wohl durch das Loch im Zaun nach draußen geschlüpft, vermutete der Mitarbeiter. Er hatte Recht. Er entdeckte den Jungen am Morgen auf dem kleinen Platz vor der Kirche. Er ging auf ihn zu und versuchte erneut, mit ihm ins Gespräch zu kommen. Wieder fragte er ihn nach seinem Namen und seinem Herkunftsland, doch auch diesmal bekam er keine Antwort. Also beschloss er, seine Strategie zu ändern, es bestand ja keine Eile, und sie waren eben nur zu zweit. Er fragte ihn, ob er Englisch verstehen würde. Der Junge deutete ein Nicken an. Endlich ein Kommunikationsversuch, der erfolgreich war! Der Mitarbeiter wollte wissen, was der Junge sich am meisten wünschte, und versprach, ihm bei der Erfüllung dieses Wunsches behilflich zu sein. »Ich möchte bei mir zu Hause anrufen«, sagte der Junge, »ich möchte meiner Mutter sagen, dass ich noch am Leben bin.« Er hatte, seit er vor acht Monaten aufgebrochen war, nicht mehr mit ihr gesprochen. Der Junge war zwölf Jahre alt.

Onkel Beppe betrachtete seine Hände, während die eine langsam über die andere strich, im Einklang mit seinen Atemzügen.

»Ich habe mich immer dazu ermahnt, meinen Patienten in die Augen zu schauen. Heute läuft der Kontakt mit dem Patienten jedoch aus Zeitgründen so ab, dass der Arzt die Informationen, die er bekommt, gleich in den Computer eintippt. Siebzig Prozent seiner Zeit verbringt er während einer Untersuchung damit, auf seinen Bildschirm zu starren. Und das, glaube ich, ist ein Problem, das viele Ärzte noch gar nicht erkannt haben. Ich untersuche meine Patienten, selbst wenn es nicht erforderlich ist, noch auf herkömmliche Weise: indem ich das Stethoskop benutze und den Blutdruck messe – mittlerweile übernimmt das ja in der Regel die Sprechstundenhilfe – und so jenen physischen Kontakt zwischen Arzt und Patient herstelle, den ich für maßgeblich erachte. Viele Patienten bemerken das und sagen dann zu mir: ›Wissen Sie, wie lange ich schon nicht mehr abgehört wurde? So wie früher? Ach, ist das schön!‹ Und dann komme ich mit ihnen ins Gespräch. Oder besser gesagt, ich stelle Fragen und höre mir ihre Antworten an, wodurch eine Beziehung entsteht.«

Eine freundliche Bemerkung, ein Händedruck, ein Ohr, das zuhört: Auch so wird man gesund.

Während jener zwei Tage in Reggio Calabria blieben wir die ganze Zeit bei Onkel Beppe zu Hause, abgesehen von einem kurzen Spaziergang zur Uferpromenade, wo wir ein Eis aßen. Dort wiederholte mein Onkel, was er immer an dieser Stelle losließ:

»Das hier wird ›der schönste Kilometer Italiens‹ genannt – und weißt du, warum? Weil man von hier aus Sizilien sieht.«

Die Insel lag vor uns, zerklüftet und majestätisch. Mit ihr hatte uns immer eine heimliche Sehnsucht verbunden. Ein Zittern des Körpers, ein Seufzer, tiefer als jeder andere, die Gewissheit, ein Inselbewohner zu sein, überall auf der Welt. Ein Wesenszug, der Menschen zu Brüdern macht, auch wenn sie nicht blutsverwandt sind.

Es fehlte nur noch mein Vater, und alles wäre perfekt gewesen.

»Eines Nachts fing es an. Ich wachte plötzlich auf, und mein Rücken brannte wie Feuer. Vermutlich etwas mit dem Lendenwirbel, dachte ich. Alles brannte. Ich ging gleich am nächsten Tag zum Arzt und ließ mich vorsichtshalber von Kopf bis Fuß untersuchen. Das Ergebnis war niederschmetternd. Die Lymphknoten waren vergrößert, es handelte sich um ein Lymphom. Manchmal sinkt die Anzahl meiner weißen Blutkörperchen rapide ab. Die Medikamente, die ich dagegen nehme, sind äußerst stark. Aber ich trainiere jeden Tag: Hometrainer, Gewichte, Laufband … Kommt, lasst uns die Frangipani gießen.«

* * *

»Hast du jemals welche von den Leuten, die auf Lampedusa gestrandet sind, näher kennengelernt?«

Seit den frühen Morgenstunden saß mein Onkel auf dem Sofa und war nicht mehr aufgestanden. Ab und zu maß er seine Körpertemperatur. Er schaute auf die Anzeige des Fieberthermometers und bat mich dann, das Ergebnis zu überprüfen, für den Fall, dass er sich getäuscht haben sollte. Die Temperatur war konstant: 35,7 Grad. Ein paar Mal bat er auch Silvia.

»Sie kann das viel besser als du«, sagte er mit einem Lachen.

»Ja, Zio, ich habe tatsächlich welche kennengelernt.«

»Die Armen, sie haben bestimmt Schreckliches durchmachen müssen.«

Damit verfiel er in ein geistesabwesendes Schweigen, er nickte mit geschlossenen Augen und konzentrierte sich ganz aufs Zuhören.

Es war Bemnets dritter Besuch in Lampedusa.

Die letzten beiden Male war er mit dem Flugzeug gekommen.

Es war jeweils eine Wiederkehr.

Beim ersten Mal war er als Flüchtling aus dem Meer gerettet worden.

Ein Pärchen begleitete ihn, Denise und Peter, er hatte sie 2011 in der Schweiz kennengelernt, als er in einem Flüchtlingsheim untergekommen war, einem ehemaligen Luftschutzkeller. Die Frau hatte sofort bemerkt, wie verstört der Junge war, und half ihm dabei, einen Therapieplatz bei einer Psychologin zu bekommen, damit er das Erlebte verarbeiten konnte.

Bemnet sagte:

»Lampedusa ist das Zuhause, der Ort, an dem ich wiedergeboren wurde.«

Er war am 13. Dezember 2008 aus Eritrea geflohen, um dem Militärdienst zu entgehen, der dort eine unbestimmte Zeit dauert. Seine Mutter und die anderen Dorfbewohner hatten Geld gesammelt, in der Hoffnung, dass er mithilfe dieser erklecklichen Summe bis nach Europa kommen würde.

Er hatte alles zurückgelassen: die Familie, sein Zuhause, seine Freunde, die gewohnte Umgebung, die Weite des Himmels. Bemnet war aufgebrochen in dem Bewusstsein, dass er nichts und niemanden jemals wiedersehen würde.

Er war noch keine siebzehn Jahre alt.

Als ich ihm das erste Mal begegnete, am Strand der Isola dei Conigli, aß er gerade einen Apfel. Er liebte Äpfel. Vor seiner Ankunft in Europa hatte er erst ein einziges Mal einen gegessen; seine Mutter hatte dem damals Zwölfjährigen auf dem Markt von Asmara extra einen besorgt.

Von Eritrea aus war er zu Fuß zur Grenze des Sudans gelangt. Dort hatten die Schlepper ihn und die anderen Flüchtlinge zur Durchquerung der Sahara auf Jeeps verladen. Es war eine Fahrt in mehreren Etappen. Bei jedem Stopp wurde eine Zahlung fällig. Man kam so weit, wie das Geld reichte. Wer keines mehr hatte, wurde in der Wüste zurückgelassen.

Die Sahara ist wie das Mittelmeer, voller Knochen derjenigen, die auf der Flucht versucht haben, sie zu durchqueren. Wer kein Geld hat, geht zu Fuß, angetan nur mit seinen Kleidern und einer Wasserflasche in der Hand, die unweigerlich schon allzu früh ausgetrunken ist. Man schließt sich zu kleinen Gruppen zusammen. Wie ein Mosaik, bei dem die Steinchen herausfallen, gehen einzelne Bestandteile verloren. Die Wenigen, die es schaffen, die Wüste zu Fuß zu durchqueren, berichten, es sei eine stumme Reise, denn die Reisegruppe bestehe aus lauter Unbekannten, es würden verschiedene Sprachen gesprochen, und man müsse aufpassen, dass einem der Mund nicht austrocknet. Diese Prozessionen sind wie ein Querschnitt durch die Menschheit, Leute jeden Alters und jeder sozialen Schicht sind dabei. Fällt einer hin, helfen ihm die anderen auf. Ist er zu schwach oder tot, nimmt man ihm sein Geld ab, seine Kleidungsstücke, denn ein um den Kopf gewickeltes Hemd bietet Schutz vor der Sonne, und einen Gürtel kann man in Libyen verkaufen, um das nötige Geld für die Überfahrt zusammenzusammeln. Oft sind die Leichen im Wüstensand nackt.

Nach Wochen in der Sahara erreichten sie Libyen. Bemnet war das Geld ausgegangen. Er konnte sich keinen Platz auf einem der Schiffe leisten. Monatelang musste er in einer Wohnung zubringen, die er nicht verlassen durfte. Drei Schlafzimmer, eine kleine Küche, ein Bad. Alles in allem etwa vierzig Quadratmeter. In seinem Zimmer schliefen sie zu siebt, zu zehnt, manchmal waren sie sogar fünfzehn Leute, immer nur Männer. Er aß, was die anderen ihm übrig ließen. Es gab nur ein einziges Fenster, im größten Zimmer, das auf eine Mauer hinausging.

Den Schleppern musste irgendwann klar geworden sein, dass Bemnet niemals das Geld für die Überfahrt auftreiben würde. Sie hätten ihn umbringen können, stattdessen beschlossen sie aus unerfindlichen Gründen, ihn trotzdem mitfahren zu lassen.

Sie stachen am 29. Juli 2009 von einem libyschen Strand aus in See.

Achtzig Menschen auf einem Schlauchboot.

Inzwischen kannten sie sich ein wenig.

»Wir waren wie eine Familie. Das Benzin war beinahe sofort aufgebraucht. Wir befanden uns im Nirgendwo, auf offener See, die Strömung trieb uns Gott weiß wohin. Drei Tage schaukelte das Boot orientierungslos auf den Wellen. Wasser und Vorräte waren längst zur Neige gegangen. Die Sonne wurde zur Qual. Häufig schütteten wir uns Meerwasser über Kopf und Körper. Es fühlte sich an, als würde der eigene Körper in Flammen aufgehen. Die Haut brannte. Der Kopf schien explodieren zu wollen.«

Jemand versuchte, mit den Händen zu paddeln. Ein anderer sprang ins Wasser, um das Schlauchboot schwimmend zu ziehen.

Ein Mann riet Bemnet, nicht ins Wasser zu springen, nicht mit den Händen zu paddeln, sondern einfach still sitzen zu bleiben, sämtliche Energien zu bündeln und die Kräfte zu sparen.

Es klang fast wie ein Befehl.

Bemnet beschloss, ihn zu befolgen.

Einer hatte eine derart trockene Kehle, dass er Blut hustete.

Ein anderer, übermannt vom Durst, trank Meerwasser.

Den Ersten wurde übel, die Ersten übergaben sich, ins Boot und über die Reling.

Es gab die ersten Fälle von Halluzinationen und die ersten Ohnmachten.

»Um nicht zu verdursten, begannen wir, unseren Urin zu trinken. Wir pinkelten in eine Plastikflasche, in einen Kanister und in eine Plastiktüte. Wir hoben ihn auf. Teilten ihn.«

Er wurde nie kalt, egal, was sie versuchten. Sie legten die Plastikflasche ins Wasser, das ins Boot gespritzt war. Nichts zu machen. Der Urin blieb warm.

»Und dann fing das Sterben an.«

Wenn sich jemand seit Stunden nicht bewegt hatte, wurde er geschüttelt, immer wieder, minutenlang. Es galt herauszufinden, ob er gestorben oder nur in Ohnmacht gefallen war. Wer auf diese heftigen Stöße nicht reagierte, fand seine letzte Ruhe im Meer.

Die Bootsinsassen fingen an zu beten und zu meditieren, damit der Name derjenigen, die es nicht geschafft hatten, nicht in Vergessenheit geriet.

Etliche Berichte stimmen in einer Beobachtung überein: Wer ertrinkt, ruft häufig noch einmal seinen eigenen Namen. Manchmal ist es jemand, der von den Schleppern ins Wasser geworfen wurde. Oder jemand, der von einer Welle über Bord gespült wurde. Man weiß, dass man ertrinken wird, und ruft laut seinen Namen.

»Weshalb?«, wollte ich wissen.

»Höchstwahrscheinlich, um nicht vergessen zu werden. Und außerdem, damit zu Hause die Eltern und die Dorfbewohner erfahren, dass derjenige, der da seinen Namen ruft, es nicht geschafft hat und auf dem Meer umgekommen ist. Damit sie nicht vergeblich nach ihm suchen.«

»Auf dem Schlauchboot befielen uns Halluzinationen. Wir wussten nicht mehr, was für ein Tag es war und wie viele von uns schon gestorben waren. Kein einziges Schiff kreuzte unseren Weg. Ich war von der Hüfte an abwärts wie gelähmt, spürte meine Beine nicht mehr. Die Sonne brannte wie verrückt. Ich hatte nicht mal mehr die Kraft, meine Hände ins Wasser zu tauchen und meinen Kopf zu benetzen. Ich kannte alle auf dem Boot und fühlte mich trotzdem mutterseelenallein. Die Toten waren noch an Bord. Schon begannen sich die Leichen aufzublähen. Sie verloren ihre Form. Die Haut platzte auf. Wir begriffen überhaupt nichts mehr. Wie viele Tote gab es? Wer war noch am Leben? Es mussten viele Tote sein, mehr als die Hälfte, weil wir plötzlich die Beine ausstrecken konnten. Wenn da Platz war, bedeutete das nicht, dass die Leichen weg waren? Hatte man sie über Bord geworfen?«

Er hatte zwei Träume. Im ersten lag er in einem Sarg, und um ihn herum standen als Geister und Priester verkleidet die Männer seines Dorfes, darunter auch sein Vater, die ihn ansahen; doch er, in dem engen Sarg, schaffte es nicht, die Augen zu öffnen. Immer wieder versuchte er, die Lider aufzuschlagen, mit aller Kraft, die ihm geblieben war. Jeder Versuch missglückte. Und doch, obwohl seine Augen geschlossen waren, wusste sein Vater, und nur er allein, auf eine dunkle, geheimnisvolle Weise, dass sein Sohn noch am Leben war.

Im zweiten Traum saßen er und seine Freunde in einem Boot, das an einem etwas oberhalb von ihnen gelegenen Dorf vorbeifuhr. Die Strömung war jedoch so stark, dass sie das Boot unaufhaltsam vorantrieb, sodass das Dorf sich für immer entfernte.

Dann tauchte tatsächlich ein Schiff auf.

»Es war ein maltesisches Schnellboot. Als sie dicht genug herangekommen waren, warfen sie uns Wasserflaschen, Schiffszwieback und einen Kanister mit Benzin zu – und verschwanden wieder. Niemand war an Bord gekommen. Jahrelang habe ich mir das Hirn zermartert, um herauszufinden, was diese plötzliche Flucht verursacht hatte, was für ein Motiv dahintergesteckt haben mochte. Schließlich kam ich zu der Überzeugung: Es muss der Gestank der verwesenden Leichen auf unserem Boot gewesen sein, der sie ferngehalten hat.«

Achtzehn Tage hatten sie auf hoher See verbracht.

Nachdem sie den ersten Schock überwunden hatten, aßen sie den Schiffszwieback und tranken Wasser, füllten den Tank, bestatteten die Toten im Meer und fuhren weiter.

Doch die Malteser waren gar nicht verschwunden. Sie folgten ihnen stets in Sichtweite. Sie gaben ihnen Geleit, bis sie in italienischen Gewässern waren, dann fuhren sie endgültig davon.

Wieder waren sie allein.

Wieder verstrich ein Tag um den anderen.

»Wieder hatten wir fast kein Trinkwasser mehr, sahen das Festland noch immer nicht, und unsere Kräfte drohten uns endgültig zu verlassen.«

Drei Tage vegetierten sie noch so dahin. Dann endlich tauchte die italienische Küstenwache auf. Sie kam ihnen zu Hilfe, holte sie an Bord, brachte sie in Lampedusa an Land.

»Am 20. August betrat ich wieder festen Boden. An diesem Tag wurde ich zum zweiten Mal geboren.«

21 Tage schiffbrüchig.
Als sie losfuhren, waren sie 80 Passagiere.
75 von ihnen starben.

»Ich weiß nicht, weshalb ich überlebt habe. Ich bin einer der letzten fünf, der diese Leute lebendig gesehen hat, und trotzdem wüsste ich nicht, wie ich ihren Familien, den Dorfbewohnern gegenüber ihren Tod schildern sollte. Ich war erst siebzehn Jahre alt.«

Bemnet deutete aufs Meer hinaus.
»Meine Freunde sind alle da draußen.«
Weiter sagte er nichts.

* * *

Es war noch nicht mal Mittagessenszeit. Sizilien lag direkt hinter dem Sofa, auf dem Beppe Platz genommen hatte, um mir zuzuhören. Vom Fenster eingerahmt, wirkte das Ganze wie ein kleiner Heiligenschrein. Eine segensreiche Gottheit, der man sich anvertrauen konnte.

»Ich lege mich mal für einen Moment hin«, sagte mein Onkel.

Silvia half ihm auf. Ich sah ihm nach, wie er den Flur entlangging. Er musste sich an der Wand abstützen. Bei jedem Schritt wurde er ein Stückchen kleiner, bis er an der Schlafzimmertür angekommen war. Er öffnete die Tür und ging hinein, ohne sie zuzumachen.

»Wie fühlst du dich?«, fragte Silvia und strich mir durchs Haar.

»Zio Beppe ist müde«, war das Einzige, was ich erwidern konnte.

Tante Silvana hatte noch einmal angerufen und uns gebeten, schon mit dem Essen zu beginnen; sie steckte noch in Soriano Calabro fest, wo eine weitere Ausstellungseröffnung bevorstand.

»Sie ist kaum mehr zu Hause wegen dieser Arbeit«, bemerkte Onkel Beppe.

Er aß ganz wenig, eine Gabel Salat, ein Häppchen Thunfisch, kein Brot. Er goss mit der rechten Hand Wasser in sein Glas, setzte die Flasche wieder genau dort ab, wo er sie aufgenommen hatte, als gäbe es für das Wasser bei Tisch nur einen Platz, hielt das Glas immer mit rechts und trank in kleinen Schlucken. Jede seiner Gesten verriet Erschöpfung.

»Möchtest du dich ein wenig hinlegen?«

Er hatte fast den ganzen Nachmittag geschlafen.

»Weißt du, Daviduzzo, wenn ich noch ein Karzinom von der Sorte meines ersten gehabt hätte, dann hättest du mich heute gar nicht mehr angetroffen.«

»Stattdessen sitzt du hier vor mir und kämpfst und hebst Gewichte – wer weiß, vielleicht nimmst du noch an der nächsten Olympiade teil!«

Er deutete ein Lächeln an, das jedoch sofort wieder auf seinen Lippen erstarb.

»Ich bin ein wenig müde.«

Er wollte allein aufstehen, ging in sein Zimmer und legte sich angezogen aufs Bett.

»Hast du begriffen, was er gerade zu dir gesagt hat?«, fragte Silvia.

»Er spürt, wie seine Kräfte schwinden, aber morgen nach der Chemo wird er sich besser fühlen.«

»Nein, das hat er nicht zu dir gesagt.«

Ich wusste, dass sie gleich die letzte, alles entscheidende Frage stellen würde. Jetzt galt es nur noch, nicht gleich zu Boden zu gehen.

»Was glaubst du, weshalb dein Onkel dir immer sagt, du sollst dich mit dem Buch beeilen?«

Ich atmete tief durch. Meine Schultern waren ganz schwer, mein Kopf war schwer, und auch meine Gedanken.

Ich stand auf.

»Verstehe«, sagte ich.

»Wohin gehst du?«

»Raus an die frische Luft, ich muss noch mal telefonieren.«

Sizilien lag vor mir, ein dunkler Schatten, der sich vor dem Nachthimmel abzeichnete. Funkelnde Lichter, wie kleine Feuer, ein Zeugnis seiner jahrhundertelangen Besiedelung. Sciascia hatte geschrieben, Siziliens Küsten und leicht zugängliche Naturhäfen seien das erste und bestimmende Element des sizilianischen Lebens und seiner Geschichte: die Unsicherheit.

»Ciao, Papà!«

Silvia hatte mir gesagt, wie sie Beppes Erzählung über seine Begegnung mit der Ärztin interpretierte, die ihm nicht richtig zugehört hatte. Es sei wie das angstvolle Betteln eines Kindes, das seine Eltern oder den großen Bruder bei sich haben wollte, meinte sie.

»Ich bin in Reggio, bei Zio Beppe.«

Mein Onkel war Arzt, wie mein Vater. Beide wussten, was ein Lymphom ist. Es muss schrecklich sein, genau zu wissen, was mit dem Körper während einer Krankheit geschieht. Die Symptome der Erschöpfung zu deuten. Die Geschwindigkeit des Verfalls vorauszuahnen. Zur Gänze die Dimensionen des Entgleitens zu erfassen.

»Er ist müde, Papà. Morgen hat er wieder eine Chemo. Er ist ziemlich niedergeschlagen.«

Obwohl ich es die ganze Zeit verdrängt hatte: Das Leben meines Onkels neigte sich seinem Ende zu. Und das wusste er. Auch mein Vater war auf dem Laufenden. Der aktuelle Forschungsstand verhinderte, dass sie sich etwas vormachten.

In dem Schweigen zwischen den Worten war der Tod wie ein konkreter Endpunkt aufgetaucht.

»Papà, du musst Beppe anrufen, du musst ihn öfter anrufen, er will deine Stimme hören, er braucht dich, braucht deine Anwesenheit!«

In der Ferne zitterten die Lichter Siziliens wie ein Hilferuf, der in den Falten der Nacht zu verschwinden droht.

Es war ein nervenaufreibender Winter.

Die Zweige bogen sich im Wind der Angst, nachdem die Worthülsen fortgeweht waren.

Sie rollten sich zusammen, zerbröselten, trieben fort.

Das Skelett meines Lebensbaumes hatte nicht mehr ihre Sprache.

Meine einzige Hoffnung waren die Wurzeln.

Hoffentlich reichten sie tiefer, als ich selbst glaubte.

Hoffentlich waren sie zäher, als ich vermutete.

Etwas anderes konnte ich nicht tun.

Unter der Erde war mein Rettungsanker vergraben.

Ich ging hinein und warf mich in Silvias Arme. Ich legte den Kopf in ihren Schoß und streckte mich auf dem Sofa aus. Ich schloss die Augen, während sie mit dem Finger meine Gesichtszüge nachzeichnete, immer vor und zurück, als wollte sie die Formen in sich aufnehmen und in der Fingerspitze memorieren.

Ein paar Minuten später tauchte Beppe im Wohnzimmer auf.

Er platzte beinahe vor Stolz.

»Mein Bruder hat angerufen!«

»Was, mein Vater?!«

»Ja!«

Ich sagte brav meinen Text auf.

»Ist das denn zu fassen?«

»Ich schwör's dir!«

Nicht nachlassen.

»Nein, Beppe, das glaube ich einfach nicht.«

»Doch, das war gerade Francesco am Telefon!«

Er strahlte. So glücklich war er, dass er im Geiste bereits ausrechnete, wie lange es bis zum nächsten Anruf noch dauern würde.

»Eins zu Null für mich«, sagte er und ging im Zimmer auf und ab, indem er sich an der Wand und auf den Stuhllehnen abstützte, während ich mit beleidigten Grimassen meine scheinbare Enttäuschung zur Schau trug.

Silvia, die alles verstanden hatte, lächelte mit Tränen in den Augen.

* * *

Am Tag nach der Begegnung mit dem Samurai stand ich auf, bevor es hell wurde, um Viertel vor fünf.

Die Brandung war schwach, man sah und hörte sie kaum in der Dunkelheit. Lampedusa schien sich in ein Anderswo zurückgezogen zu haben, weit weg von Medienrummel und Rampenlicht. Es herrschte eine schöne, machtvolle Stille.

Auf dem Tisch standen noch die Flaschen mit dem Digestif, Limoncello und wilder Fenchel.

Melo kam in die Küche. Er war wie gewöhnlich früh aufgestanden. Wortlos und mechanisch führte er seine morgendlichen Verrichtungen aus: Er öffnete den Küchenschrank, nahm die Espressokanne heraus, befüllte sie mit Kaffeepulver, setzte sie auf den Herd, lehnte den Kopf an den Türrahmen, döste ein wenig, wurde beim geräuschvollen Hervorsprudeln des fertig gekochten Kaffees wieder wach.

Er nahm zwei Espressotassen, goss den Kaffee ein und fragte mich mit schlaftrunkener Stimme, ob ich Zucker brauchte.

»Danke, danke – rabenschwarz muss er sein.«

Er gab Zucker in seine Tasse, dann brachte er Paola den Kaffee ins Schlafzimmer. Als er wenige Sekunden später zurückkam, war er hellwach. Sein Körper schien das Koffein in Rekordzeit aufzunehmen. Er sprang in der Küche hin und her, spülte das Geschirr unter fließendem Wasser ab, pfiff schräg ein Lied von Domenico Modugno. Seine Stimme war klar und präsent.

»Dein Vater war Oberarzt, richtig?«

»Ja, in der Kardiologie.«

Er begann, das Geschirr abzutrocknen.

»Und wie war sein Umgang mit den anderen Ärzten und dem Pflegepersonal?«

»Er hat sie immer verteidigt. Soweit ich mich erinnern kann, war das eins der wenigen Themen, über das Papà und Mama bei Tisch jemals gestritten haben. Okay, es war kein echter Streit, beide waren sich ja von der Sache her einig. Wenn ich mich recht besinne, hat mein Vater in meiner Anwesenheit nie länger am Stück über etwas gesprochen als darüber. Er sprach von der Erschöpfung, die sich in seiner Abteilung ausgebreitet hatte, sowohl bei den Ärzten als auch bei den Pflegern. Je größer die Arbeitsbelastung – was beinah automatisch geschah, da die Abteilung chronisch unterbesetzt war –, desto größer war laut ihm die Gefahr, Fehler zu machen. Das gesamte System, das von unfähigen und korrupten Bürokraten verantwortet wurde, drohte seiner Meinung nach, sowohl die Patienten als auch das medizinische Personal in hochriskante Situationen zu bringen.«

Melo hatte die Milch zum Kochen auf den Herd gesetzt und begann, die zum Trocknen aufgehängten Handtücher einzusammeln. Sie waren nicht mehr nass, aber immer noch feucht. Meerluft kennt eben kein Erbarmen.

»Ich habe dich danach gefragt, weil ich wissen wollte, ob …«

»Ob was?«

»… ob du die Antworten, nach denen du hier auf Lampedusa suchst, im Grunde nicht schon zu Hause hättest finden können.«

»Inwiefern?«

Erst hatte er die Handtücher eingesammelt, nun legte er sie zusammen.

»So wie ich das sehe, unterscheidet sich die Arbeit deines Vaters gar nicht so sehr von … sagen wir mal: der Arbeit des Hafenmeisters. Das scheint mir auch einer der Gründe zu sein, warum du dich so sehr für diese Angelegenheit interessierst. Es gibt, glaube ich, eine gewisse Parallele zwischen dem, was die Küstenwache macht, und dem, was Patientenfürsorge beinhaltet.«

Paola war aufgestanden. Sie gab Melo einen Kuss, begrüßte mich mit einem Kopfnicken, setzte sich an den Frühstückstisch und begann, den Apfelkuchen zu vertilgen, den sie am Vortag gebacken hatte.

»Du musst nicht mit zum Flughafen kommen, Paola.«

»Melo wird dich jedenfalls schon mal nicht fahren«, nuschelte Paola zwischen zwei Bissen Apfelkuchen.

»Ach, nein?«, entgegnete ich.

»Nee, so früh rauszufahren ist nicht mein Ding«, lautete Melos Antwort.

Er war soeben mit dem Falten der Handtücher fertig geworden.

»Ich gehe mal raus und fotografiere die Morgendämmerung«, fügte er hinzu und verschwand.

Paola hatte sich heiße Milch in eine Tasse gegossen. Sie trank sie in kleinen Schlucken, indem sie die Tasse, die eigentlich eher eine kleine Schüssel war, mit beiden Händen vors Gesicht hielt, als gäbe es keine andere Wärmequelle auf Erden. Dann zündete sie sich die erste Zigarette des Tages an.

Sie sprach leise.

»Das, was hier auf Lampedusa geschieht – und zwar seit nunmehr 25 Jahren –, ist wie ein Verkehrsunfall, der sich permanent wiederholt. Es gibt Überlebende, Tote und Verwundete, und ich wohne direkt an der Straße, an der dieser Unfall stattgefunden hat, und ständig stehen Journalisten vor meiner Haustür und bombardieren mich mit Fragen. Doch man sollte lieber die Leute interviewen, die den Unfall hatten: Es sind ihre Geschichten, während ich hier nur zufällig wohne. Sie haben echte Abenteuer bestanden, um hierher zu gelangen. Wir können ihnen Erste Hilfe anbieten, einen Bissen zu essen, Wasser, Tee, und uns die Haare raufen, um herauszufinden, wie wir ihnen bei der Weiterreise behilflich sein können. Sie aber, die eigentlichen Protagonisten dieser Erzählung, diejenigen, denen man zuhören sollte, um die tausend Gründe für den Massenexodus zu begreifen – was machen wir mit ihnen? Wir sperren sie in Aufnahmelager und versagen ihnen ihre Rechte und ihre Beweggründe.«

Sie goss sich einen Limoncello ein, drückte die Zigarette aus und füllte dann auch mein Glas mit dem süßen Zitronenlikör.

»Im Grunde ist es noch Nacht«, sagte sie.

Wir hoben unsere Gläser und prosteten einander stumm zu, im Gedenken an etwas, das viel größer war als wir alle zusammen.

Eine große Geschichtensammlung wird einst von Lampedusa ausgehen. Für hunderttausende Menschen ist die Insel Transitstation. Es fehlt noch ein Steinchen im gegenwärtigen Mosaik, und das ist die Geschichte derjenigen, die auf der Flucht sind. Unsere Worte erfassen ihre Wirklichkeit nur unzureichend. Wir können von den Grenzen reden, können in Dokumentarfilmen die Körper der Lebenden und der Toten zeigen. Unsere Worte können von Händen erzählen, die heilen, und von Händen, die Stacheldrähte anheben. Doch die Geschichte der Migration, die werden sie selbst erzählen, jene, die aufgebrochen und – indem sie einen ungeheuren Preis bezahlt haben – hier angelandet sind. Es wird Jahre dafür brauchen. Es ist nur eine Frage der Zeit, und sie werden uns von ihren Routen und Hoffnungen berichten, uns sagen, wie die Leute hießen, die in der Wüste von den Menschenhändlern niedergemetzelt wurden, und wie oft eine junge Frau innerhalb von 24 Stunden vergewaltigt werden kann. Sie werden uns den genauen Preis eines Menschenlebens in jenen Breitengraden nennen. Sie werden uns – und sich selbst – vom Gefängnis in Libyen erzählen und von den Schlägen, die sie zu jeder Tages- und Nachtzeit bekamen, von der Wirkung, die der Anblick des Meeres auf sie gehabt hat, wenn sie es nach tagelangen Gewaltmärschen auf einmal erblickten, von dem Schweigen, das eintritt, wenn der Scirocco sich erhebt und fünfhundert Mann auf einem 20-Meter-Kutter sitzen, der seit Stunden mit Wasser vollläuft. Sie werden die richtigen Worte finden, um zu beschreiben, was es bedeutet, getrieben vom Traum eines besseren Lebens das Festland zu betreten, nachdem man Krieg und Elend entkommen ist. Und sie werden uns auch erklären, was aus Europa geworden ist und was aus uns selbst.

Von dort, wo Krieg herrscht, entkommt man nicht mit dem Flugzeug. Man flieht zu Fuß und ohne Visum, aus dem einfachen Grund, dass keine Visa erteilt werden. Wenn das Land endet, steigt man in ein Boot um. Ich gehe zurück zu den Ursprüngen, denn dort entspringt die Quelle, an der wir uns alle laben. Im Grunde ist es ein und dieselbe Geschichte, die sich ständig wiederholt. Ein phönizisches Mädchen flieht aus der phönizischen Stadt Tyros, durchquert die Wüste bis an ihr Ende, bis die Füße sie nicht mehr weitertragen – denn vor ihr liegt das Meer. Da trifft sie auf einen weißen Stier, der sich herabneigt und sie aufsitzen lässt, wie ein Schiff durchpflügt er das Meer und bringt sie nach Kreta. Das Mädchen heißt Europa. Dies ist unser Ursprung. Wir sind die Söhne und Töchter einer Fahrt übers Meer.

Der Schiffbruch vom 3. Oktober geschah vor dem Morgengrauen, weniger als eine halbe Meile vor der Küste Lampedusas entfernt, in Höhe der Tabaccara-Bucht. Wie es dazu kam, war erschreckend einfach: Beim Anblick des Festlands steckte einer der Geflüchteten, um auf sich aufmerksam zu machen, etwas in Brand, vermutlich eine Decke. Auf dem Schiff befand sich überall Dieselöl. Eine Stichflamme züngelte hoch zur überfüllten Kommandobrücke. Die Menschen, die sich dort aufhielten, wichen instinktiv zurück, um nicht Opfer der Flammen zu werden. Diese ruckartige Bewegung führte dazu, dass das ohnehin fragile Gleichgewicht des Schiffes vollends kippte. Der Kutter kenterte und sank binnen kürzester Zeit.

Zwischen Kommandobrücke und Unterdeck befanden sich fünfhundert Menschen.

Es gab hundertfünfzig Überlebende.

368 Leichen wurden aus dem Meer geborgen.

Die Tragödie des 3. Oktober stellte eine Kehrtwende dar. Zum ersten Mal waren an Europas Küsten Leichen zu sehen, zu bergen und zu zählen. Die Bilder der leblosen Körper, die auf der Wasseroberfläche trieben, fanden ihren Weg in die Redaktionsstuben der TV-Sender und Zeitungen auf der ganzen Welt. Ein soeben geborener Säugling war auch dabei, er war noch durch die Nabelschnur mit der Mutter verbunden. Nirgendwo waren Wrackteile zu sehen, nur Leichen, überall. Kaum waren die ersten Fernsehbilder gesendet, überfielen Politiker aus Italien und anderswo die Insel und paradierten vor den Kameras auf und ab.

Ein sizilianisches Sprichwort lautet: »Der Tod lehrt das Weinen.«

* * *

»An dem Tag war ich schon auf See, ich hatte auf dem Schiff geschlafen, wie ich es im Sommer oft tat, sowohl in jenem Jahr als auch in denen davor. In den Jahren danach habe ich es nicht mehr getan. Ich bin nachts nicht mehr rausgefahren. Weder mit Freunden noch mit anderen Leuten oder allein. Seit dem Tag hat sich mein Verhältnis zum Meer total geändert.«

Ich hatte mich mit Vito bei ihm zu Hause getroffen. Er stellte zwei Gläser und eine Flasche Wasser, die er gerade aus dem Kühlschrank genommen hatte, auf den Tisch. Er schraubte die Flasche auf und schenkte Wasser ein, um sie dann wieder an ihren Platz in der Mitte des Tisches zu stellen, zwischen sich und mich.

»Ich habe immer viel gearbeitet, einfach, weil ich gerne arbeite. Schon als kleiner Junge fing ich damit an, ich half meinem Vater in der Tischlerei. Dann wurde ich Programmierer, zu einer Zeit, als Computer ungefähr zwanzig Quadratmeter groß waren. Wenn ich meine üblichen acht Stunden als Programmierer hinter mich gebracht hatte, ging ich zu meinem Vater und half ihm in der Tischlerei, bis sie mich 1973 im Rechenzentrum kündigten. Da stieg ich ganz in der Tischlerei ein. Wir waren auf Innenausstattungen und Messebau spezialisiert, was mich einmal rund um die Welt brachte. 2000 kam ich zum ersten Mal nach Lampedusa, um mich zu erholen, um die Stadt und die Arbeit hinter mir zu lassen. Ich war wirklich am Ende mit meinen Kräften. Es genügten zwei Wochen Ferien, und ich hatte mich in die Insel verliebt. Wieder zu Hause, beschloss ich, meinen Job an den Nagel zu hängen. Ich hatte das dringende Bedürfnis, hierher zurückzukehren.«

Gläubige Menschen wie mein Vater behaupten, die Wege des Herrn seien zwar unergründlich, doch sei die freie Willensentscheidung das Zünglein an der Waage. Und wenn Ereignisse – trotz einer unleugbaren Mechanik der Materie – durch die Verkettung von Aktionen und Reaktionen bestimmt werden, so hilft einem der Glaube, die Existenz von etwas Überirdischem wahrzunehmen. Wir können es »Intuition« nennen oder »Erleuchtung« oder, um im eschatologischen Rahmen zu bleiben, »Berufung«. Es lässt sich nicht erklären, aber zuweilen hat man tatsächlich das Gefühl, eine Stimme zu hören, die aus einer anderen Dimension zu einem spricht und einem dabei hilft, wenn nicht sogar dazu antreibt, gewisse Entscheidungen, auch ganz weitreichende, zu fällen – als bewegten sich in einer Art virtuellen Schachpartie alle Figuren gleichzeitig und folgten einem unsichtbaren Drehbuch, das jede Figur freiwillig ihren Schachzug ausführen lässt, bis sich eine vorbestimmte Konstellation erfüllt und es dazu kommt, dass ein bestimmter Mensch zu einem bestimmten Zeitpunkt an einem bestimmten Ort ist.

Zum Beispiel, um Menschen zu retten, die gerade im Meer ertrinken.

»Erst als alle meine Angestellten einen neuen Job gefunden hatten – ich wollte niemanden einfach so auf die Straße setzen –, machte ich die Tischlerei zu und begann mein Leben in Lampedusa. Ich war 52 Jahre alt.«

Ich betrachtete ihn durch die Flasche hindurch. Der untere Teil seines Oberkörpers war durch das Wasser verzerrt. Schultern, Hals und Kopf waren hingegen klar erkennbar. Vito sah mich an und verharrte in dieser Haltung, bis ich das Wasser trank, das er mir eingeschenkt hatte.

»2007 wurde mir ein altes Boot zum Kauf angeboten, zehn Meter lang, es hatte einem Fischer gehört. Ich beschloss, die Herausforderung anzunehmen und den Kutter wieder instandzusetzen. Im Jahr darauf machte ich meinen Bootsführerschein. Ich taufte das Boot auf den Namen *Gamar*, nach den Initialen meiner Neffen, sie sind mein Ein und Alles. Vorher hieß es ganz anders, aber ich habe es umbenannt, eben weil ich es völlig verändert hatte, sodass es quasi neu war. Nach der Tragödie vom 3. Oktober hielt mich auf der Straße ein Freund an. Er sagte zu mir: ›Mensch, Vì, weißt du noch, wie das Boot vorher hieß?‹ Natürlich wusste ich das noch. Das Boot hieß *Nuova Speranza*. Es war tatsächlich so: Das Boot hatte all denen, die gerettet worden waren, eine ›neue Hoffnung‹ gegeben.«

Er streckte die Hand aus, nahm das Glas und trank. Dann setzte er das Glas zurück auf den Tisch und wandte den Blick von mir ab. Seine Augen waren starr auf die Wand vor ihm geheftet, die weiß und schmucklos war. Eine ideale Oberfläche, um die unsichtbaren Fäden zu erkennen, aus denen unser Leben gewebt ist.

»Ich erzähle dir jetzt eine wahre Geschichte. Ich komme aus Bari, also nicht weit vom Meer. Als kleiner Junge, ich muss ungefähr dreizehn Jahre alt gewesen sein, habe ich wie so oft eines Tages einen Ausflug zum Strand gemacht. Ich wollte mit dem Schlauchboot aufs Wasser raus, einem dieser runden, hässlichen Gummiteile, ohne Motor. Toni, ein Freund, der schon volljährig war, daran erinnere ich mich genau, denn er hatte schon einen Führerschein, schloss sich mir an. Als wir lospaddelten, riefen uns ein paar Leute am Strand warnend zu: ›Achtung, ihr müsst aufpassen, der Wind bläst vom Land her.‹ Der Wind, der vom Land kommt, ist gefährlich. Er treibt dich aufs offene Meer hinaus. Ich war völlig unerfahren, aber Toni meinte zu mir: ›Mach dir keine Sorgen wegen dem Wind, wir setzen ja den Anker.‹ Also fuhren wir mit unserem Schlauchboot los. Der ›Anker‹ bestand aus einem Seil, an dessen Ende ein großer Stein befestigt war. Als wir draußen auf dem Meer waren, stellte ich irgendwann fest, dass wir uns vom Land entfernten, obwohl ich schon vor einer ganzen Weile den Anker fallen lassen hatte. ›Toni, wir treiben aufs Meer hinaus!‹, rief ich. ›Ach, mach dir keine Sorgen‹, sagte er wieder. Na, er wird's wohl wissen, er ist ja schon groß, dachte ich mir. Und beruhigte mich wieder. Als es Zeit wurde zurückzukehren, zog ich am Seil, doch der sogenannte Anker war nicht mehr da: Das Seil musste sich gelöst haben und der Stein wer weiß wo am Meeresgrund liegen. Wir waren sehr, sehr weit draußen. Erst versuchten wir zu paddeln, doch das brachte Null, wir kamen dem Strand keinen Fingerbreit näher. Toni fasste einen Entschluss: ›Pass auf, ich springe ins Wasser und ziehe uns an Land.‹ Gesagt, getan. Ich sah ihm schweigend zu und dachte: Wie will er denn schwimmend ein Schlauchboot fortbewegen? Ich versuchte zusätzlich zu paddeln, doch unser gemeinsames Manöver blieb ohne jeden Erfolg. Im Gegenteil, wir trieben immer weiter nach draußen. Toni war wieder ins Boot geklettert. Es ging ihm auf einmal fürchterlich schlecht, er übergab sich, hatte Magenkrämpfe, vor Erschöpfung und Aufregung. Ich sagte mir immer wieder, es gebe keinen Grund, sich aufzuregen, okay, der Wind blies, aber das Meer war ruhig, und das half uns ein wenig. Ich schwenkte unablässig mein Handtuch hin und her, um den Leuten am Strand zu signalisieren, dass wir Hilfe brauchten. Ich war überzeugt, dass uns früher oder später jemand bemerken würde. Inzwischen trieben wir immer weiter ab. Die Autos am Ufer waren winzig. Irgendwann sah ich, wie sich von der anderen Seite her, vom Horizont, ein kleiner Punkt näherte, der immer größer wurde. Lieber Gott, mach, dass sie uns sehen, dachte ich. Und tatsächlich, sie sahen uns! Es war ein Fischkutter. Er fuhr zum Hafen von Palese zurück. Als sie nah genug herangekommen waren, rief uns einer der Fischer zu: ›Menschenskinder, wie seid ihr denn so weit rausgekommen?‹ Sie holten uns an Bord, das Schlauchboot auch. Dann fuhren wir zurück an Land. Ungefähr eindreiviertel Stunden dauerte es, bis wir endlich da waren.«

Vito schaute mich wieder durchdringend an.

Er schenkte sich noch ein Glas Wasser ein und sprach dann weiter.

Nahm den Faden wieder auf.

Nun wollte lediglich der Anknüpfungspunkt gefunden sein.

»Die Fischer sagten, wir sollten zum Hafenmeister gehen und den Vorfall melden. Doch Toni wollte nicht, er ging direkt das Auto holen und meinte, ich sollte am Hafen auf ihn warten. Ich war jung und unerfahren und tat, was er wollte. Heute wäre ich auf jeden Fall zum Hafenmeister gegangen und hätte gesagt: ›Diese Männer haben uns das Leben gerettet.‹ Denn genau das haben sie getan, indem sie uns sicher zurück an Land brachten. An dieses lange zurückliegende Ereignis musste ich ein paar Tage nach dem 3. Oktober urplötzlich denken. Es war, als hätte jemand in meinem Kopf eine Glühbirne angeknipst. Ich sagte zu mir selbst: Das also ist meine Geschichte – vom Schiffbrüchigen zum Seenotretter. Ein Kreislauf.«

Er nahm das Glas und trank einen Schluck Wasser. Er trank es betont langsam, als wäre es Wein, als müsste er Jahrzehnte später auf das Wohl jener Retter aus seiner Kindheit anstoßen. Er setzte das Glas ab, dann rückte er die Flasche an den Rand des Tisches.

Es gab keine Hindernisse mehr zwischen ihm und mir.

»In dieser Nacht war das Meer ruhig, fast ohne Dünung. Wir fuhren mit Freunden hinaus und gingen in Cala Tabaccara vor Anker, um dort etwas zu essen und eine Runde zu schwimmen. Wir fuhren immer dorthin. Normalerweise kehrten wir spät nach Hause zurück, so gegen zwei oder drei oder erst am frühen Morgen. Wir beschlossen, in der Tabaccara-Bucht zu bleiben und am nächsten Tag schleppfischen zu gehen. Wir aßen zu Abend und legten uns dann schlafen. Alles war still, dunkel, wie immer. Ich schlief unter Deck, die anderen Freunde oben in der Steuerkajüte. Ich wachte auf vom Geräusch des Ankers, der an der Seilwinde hochgezogen wurde, und des Motors, der angesprungen war. Es wird wohl schon früher Morgen sein, dachte ich, Zeit zum Fischen. Das Schiff hatte sich gerade erst in Bewegung gesetzt, als es bereits nach wenigen Metern wieder stehen blieb. Ich hörte, wie sie sich oben unterhielten. Hatten wir etwa einen Motorschaden, fragte ich mich. Ich sprang aus dem Bett und lief nach oben. ›Was ist los? Funktioniert der Motor nicht mehr?‹, fragte ich. ›Nein, nein‹, erwiderte Alessandro. Er stand am Steuer. ›Ich habe Stimmen gehört, Jammern und Schreie.‹ Doch weder ich noch die anderen hörten etwas. Auf dem Meer waren viele Möwen, viele Sturmtaucher unterwegs. Ihr Kreischen erinnert an menschliches Stöhnen. ›Alessandro, das sind die Vögel‹, sagte ich. ›Nein, nein, nein, ganz bestimmt nicht, das sind Menschen!‹ Er war so überzeugt davon, dass ich ihm nicht weiter widersprechen wollte. ›Alessandro, hier kann man nichts sehen, lass den Motor an, wir fahren raus aus der Bucht.‹ Wir ließen die Tabaccara-Bucht hinter uns. Immer noch flatterten überall Möwen und Sturmtaucher herum. ›Siehst du? Alles nur Vögel.‹ Ich ging zum Bug, um selbst Ausschau zu halten und ihm erneut zu sagen, dass da nichts war. Doch stattdessen sah ich auf einmal unzählige Menschen vor mir im Wasser, Unmengen, die alle durcheinander brüllten: ›Help, help!‹ Lauter schwarze Silhouetten. Arme, die sich hektisch bewegten. Schlagartig wurde mir klar: Hier spielt sich eine Tragödie ab. Es waren mindestens zweihundert Menschen. Ich rief Alessandro zu, sofort die Küstenwache zu informieren – es war ausgeschlossen, dass wir alle diese Leute retten könnten, wir brauchten dringend Hilfe. Um ehrlich zu sein, ich hatte plötzlich panische Angst. Wie sollten wir sie alle retten? Wir waren schon zu acht auf dem Boot. Wie viele konnten wir noch an

Bord nehmen? Zwei? Drei? Mehr jedenfalls nicht. Wo sollten wir sie unterbringen? Dieser Schreckensmoment dauerte ungefähr zehn Sekunden an, nicht mehr. Ich ging zum Heck und schnappte mir einen Rettungsring und ein Seil. ›Alessandro, fahr so nah ran wie möglich!‹ Wir begannen, die Schiffbrüchigen an Bord zu nehmen. Sie waren völlig verzweifelt, fast nackt, von Kopf bis Fuß mit Dieselöl verschmiert. Ich wollte sie an Bord hieven, doch sie entglitten mir immer wieder. Endlich hatten wir drei in unserem Boot. Meine Freunde sprachen sie auf Englisch an – ich spreche leider kein Wort in irgendeiner Fremdsprache. ›Fragt sie, wie viele sie sind.‹ Einer der jungen Männer, die wir ins Boot gezogen hatten, sagte: ›560.‹ Doch auf dem Wasser waren keine 560 Leute zu sehen. In dem Moment wurde mir das ganze Ausmaß des Unglücks bewusst. Wir zogen weiter Menschen aus dem Wasser. Ohne sie zu zählen. Ohne an irgendetwas anderes zu denken. Ohne zu überlegen, wo wir sie unterbringen sollten. Einen nach dem anderen zogen wir heraus. Herausziehen, weitermachen. Herausziehen, weitermachen. Inzwischen war ein zweites Boot hinzugekommen, klein, keine fünf Meter lang, flacher als meines. Es war die *Nica*, das Boot von Costantino. Aus den Augenwinkeln sah ich, wie Costantino die Schiffbrüchigen aus dem Meer fischte, ohne ihnen auch nur die Hand zu reichen, er packte sie bei den Klamotten und hievte sie unsanft an Bord. Elf Menschen rettete er auf diese Weise. Ein Fischkutter näherte sich ebenfalls. Gut, dachte ich, noch mehr Hilfe. Doch als die Besatzung die vielen Leute bei uns an Bord sah, rief einer der Fischer seinem Kollegen zu: ›Verdammt, die Arschlöcher werfen Menschen über Bord!‹ Sie hielten uns für Schlepper, begriffen nicht, was hier in

Wirklichkeit vor sich ging. Doch wenig später, als sie die Halbinsel umrundet hatten, sahen auch sie all die Menschen im Meer. Sie begannen sofort, so viele wie möglich aus dem Wasser zu ziehen. Der Kahn hatte jedoch eine so hohe Bordwand, dass sie Leinen auswerfen mussten, in der Hoffnung, dass die Leute sich daran festklammern würden und hochziehen ließen. Einigen gelang es, anderen nicht. Sie retteten 18 Menschen. Gegen Viertel nach sieben kam die Küstenwache. Auch sie fingen sofort an, die verzweifelt Schreienden und Weinenden an Bord zu hieven. Immerhin hatten die Schiffbrüchigen Glück im Unglück: In jener Nacht blies der Scirocco. Er kommt aus dem Südosten und weht auf die Insel zu. Beim Maestrale hätten sie keine Chance gehabt. Der Scirocco hatte ihnen als Erster die Hand gereicht, wir als Zweite. Mit meinem Boot haben wir 47 Menschen aus dem Meer geholt, lebendig.«

Er goss sich Wasser nach. Erst im letzten Moment bemerkte er, dass das Glas randvoll war und das Wasser drohte, über den Rand zu laufen. Er stellte die Flasche zurück auf den Tisch und stieß einen tiefen Seufzer aus.

»Wenn ich zum Hafen gehe, um nach dem Boot zu schauen, und hier und da im Dunklen die Bojen sehe, zucke ich jedes Mal zusammen. Sofort denke ich, da sind Leute, die Hilfe brauchen. Wieder aufs Meer rauszufahren war scheußlich. Wirklich scheußlich. Wir mussten es uns richtiggehend vornehmen, meine Freunde und ich. Wir sagten uns: Heute müssen wir rausfahren. Eine Woche war vergangen. Unser erster Trip war eine Tortur.«

Sein Blick, der sonst so geradeaus war, wirkte mit einem Mal unstet. Ein Blick, der darauf konzentriert war, jemanden in den Wogen des Meeres ausfindig zu machen.

»Mit der Zeit normalisierten sich die Dinge wieder, aber nur ansatzweise, nicht komplett. Hinter einer Welle vermute ich bis heute gleich einen Menschen.«

Er griff nach dem Glas. Als er es zum Mund führte, schwappte das Wasser unweigerlich über, obwohl er sehr vorsichtig war. Die Tropfen blieben auf dem Tisch zurück, kleine Pfützen, die die Hitze verdunsten lassen würde.

»Stell dir vor, ich habe sie wiedergesehen! Sie nennen mich ›Father Vito‹. Weil ich sie gerettet habe. ›You are my father‹, haben sie zu mir gesagt. Jeden Tag denke ich an sie. Früher hatte ich manchmal klaustrophobische Anfälle; wenn ich beispielsweise in ein Flugzeug eingestiegen bin und die Maschine vor dem Start noch eine Weile mit geschlossenen Türen dastand, habe ich sofort Panik bekommen. Heute hingegen denke ich immer an sie. Und spüre nichts mehr.«

Wir blieben noch ein wenig sitzen, während das Zirpen der Zikaden ins Zimmer drang und die nachmittägliche Sonne ihren Herrschaftsbereich auf die ganze Insel ausdehnte.

* * *

Costantinos Stimme war sanft und bildete einen richtigen Kontrast zu seinen mächtigen Händen. Sein ganzes Bauarbeiterleben manifestierte sich in diesen robusten

Fingern, die Steine zerteilen konnten. Ineinander verschlungen ruhten sie auf dem Tisch, wie Werkzeuge, die während einer Pause abgelegt worden waren.

»An dem besagten 3. Oktober bin ich mit der *Nica* rausgefahren, meinem kleinen Fischerboot, zusammen mit meinem Freund Onder. Wir hatten beschlossen, gleich beim Morgengrauen rauszufahren, um den anderen Fischern zuvorzukommen. Wir steuerten die Isola dei Conigli an. Auf einmal sahen wir ein Boot, das sich nicht von der Stelle bewegte. Es war Vitos Boot. An Bord wimmelte es von Leuten. Und dann sahen wir plötzlich die Massen an Menschen im Wasser. Sie waren fast alle nackt. Onder und ich versuchten, sie an Bord zu hieven, doch sie glitten uns immer wieder aus den Händen, weil sie komplett mit Öl verschmiert waren. Wir taten unser Bestes, aber es war unmöglich, sie bei den Armen, den Händen oder an der Brust zu packen, das Öl hatte ihre Körper zu glitschig werden lassen. Alle unsere Versuche scheiterten. Den Ersten, den wir endlich an Bord ziehen konnten, bekamen wir an seinem Gürtel zu fassen, sodass wir ihn hochziehen konnten. Von den anderen Booten, die zur Hilfe geeilt waren, hieß es: ›Lasst die Toten, kümmert euch um die Lebenden!‹ Wir konzentrierten uns also auf die Menschen, die etwas anhatten, und zogen sie an der Hose, am T-Shirt, am Gürtel hoch. Einen Körper nach dem anderen. An der Hose hochziehen, am Stoff packen – es gab keine andere Möglichkeit. Zehn Menschen haben wir auf diese Weise gerettet. Wir fuhren ganz vorsichtig, da die ganze Zeit die Gefahr bestand, dass Überlebende gegen den Schiffsrumpf prallten. Doch da draußen auf dem Meer schienen nur noch Tote zu sein.

Aber dann, bei der letzten Kontrollrunde, bevor wir die Geretteten an Bord der Küstenwache brachten, sah ich aus den Augenwinkeln ein Mädchen, das im Wasser trieb und dessen Hand sich bewegte. Es war extrem schwierig, sie an Bord zu kriegen, sie war komplett ölverschmiert. Immer wieder entglitt sie uns. Irgendwann gelang es uns endlich, sie hochzuhieven. Ich zog mir das Unterhemd aus, um sie zu säubern, ihr das Öl vom Körper zu reiben und sie zuzudecken. Das Mädchen spuckte Öl aus, hustete, spuckte wieder. Doch sie war am Leben.«

Costantino entknotete seine Finger. Schweigend betrachtete er seine ausgebreiteten Handflächen, als wären sie ein Buch, die Seiten einer Vergangenheit, die ihn nicht losließ.

* * *

Simones Haut war wie die von jemandem, der immerzu auf dem Meer ist, tiefdunkel, gegerbt von Sonne, Wind und salziger Luft. Seine langen Haare waren ausgeblichen wie Schiffstaue, sein Bart schlohweiß.

Paolas und Melos bester Freund erwartete mich an der Mole in Cala Pisana. Er ging fünf Meter in die eine Richtung und fünf Meter in die Gegenrichtung auf und ab, wie ein Pendel. Sein schwankender Gang schien das Schlingern der Barken zu imitieren. Simone musste sich beim Sprechen bewegen. Alle Menschen, die überwiegend auf See leben, haben diese Eigenart, das starre Festland bereitet ihnen Unbehagen. Sie müssen sich bewegen, um ihr Gleichgewicht wiederzufinden.

»Wir Bewohner von Lampedusa haben gar nichts Besonderes getan, Davidù. Ist doch normal: Du siehst jemanden in höchster Not auf dem Meer treiben, springst ins Wasser und versuchst ihn zu retten. Jeder, der es mit einem Ertrinkenden zu tun hat, handelt so. Wir sind keine Helden!«

Irgendwann wurde ich bei ihm, wenn er mich ansprach, von Davide zu »A Dà«.

Die Silbe »A« steht für den Vokativ, die direkte Anrede, die Aufmerksamkeit für sich beansprucht. Darauf folgt der apokopierte Vorname, von dem nur die erste Silbe bleibt, ein Zeichen des Vertrauens und der Notwendigkeit, denn das, was man dem anderen mitzuteilen hat, ist dringend.

»A Dà, verstehst du, an diesem Morgen wollte ich eigentlich gar nicht rausfahren. Doch da ich früh aufgewacht war, machte ich mich um Viertel vor acht auf den Weg. An der Hafenausfahrt denke ich: Nach rechts oder nach links? Fahren wir mal nach rechts. Schon kurze Zeit später stoße ich auf Vitos Boot. Es wimmelt von Menschen darauf. Was ist denn da los? Ich drücke voll auf die Tube, vielleicht schaffe ich es noch rechtzeitig und kann Hilfe leisten. Ich fahre an der Küstenwache vorbei, die mir signalisiert, vorsichtig zu fahren, äußerst vorsichtig. Da muss etwas im Wasser sein. Ich schalte den Motor ganz runter und fahre auf Sicht.

Auf der Wasseroberfläche sehe ich ein kleines T-Shirt schwimmen.

Eine Plastiktüte.

Ausweispapiere treiben da.

Ein Toter.

Eine Kinderhose.

Ein Paar Schuhe.

Ein Toter.

Zwei Pantoffeln.

Ein Armband.

Drei Tote.

Mein Magen ballt sich zusammen … Ich sammle die ersten Körper auf – es sind Leichen, denn sie atmen nicht. Ich hieve weitere an Bord. Auch sie sind tot. Jedes Mal, wenn ich hoffe, sie leben noch, sind sie tot. Dann sehe ich etwas Winziges auf dem Meer treiben. Ein Kleinkind. Wie alt mag es sein? Ein Jahr? Zwei Jahre? Auch das Kind atmet nicht mehr. Meine Kehle ist wie zugeschnürt. Ich bin zu spät gekommen. Dieser Gedanke, niemanden gerettet zu haben – er verfolgt mich bis heute.

Am Nachmittag bittet mich die Küstenwache, dabei zu helfen, das Boot zu orten, sie haben eine Stelle ins Auge gefasst, an der der Kutter gesunken sein muss. Ich fahre zu der Stelle und tauche runter. Das Meer ist dort etwa fünfzig Meter tief. Ich schwimme also zu der angegebenen Stelle, und plötzlich, wie abgesprochen, erscheint da dieser helle Fleck auf dem Meeresgrund. Sand. Und genau dort liegt der gesunkene Kutter. Ein etwa 25 Meter langer Kahn, völlig reglos. Und ringsherum, als wären sie dort im Sand abgelegt worden, die Leichen. A Dà, stell dir vor, ich schwimme und weine dabei. Weine und schwimme. Am Spiegel, hinten am Heck, liegen zwei Personen. Sie halten einander im Arm. Beide haben den Kopf nach oben gewandt, als schauten sie zum Himmel empor. Ich schwimme und weine. Ich muss ins Bootsinnere gelangen, um zu sehen, was sich unter Deck verbirgt. Ich zwänge mich also hinein – und sehe lauter Ertrunkene. Einer auf dem anderen, an jedem Fleck, in jedem Winkel. Überall Tote. Leichen über Leichen. In dem Fischkutter sind 250 Tote. A Dà, ich schwör's dir, ich wollte nie wieder tauchen, nie wieder unter Wasser sein. Hätte ich nicht ein paar Kunden gehabt, die schon alles arrangiert hatten und ein paar Tage später ankommen sollten – ich wäre nie wieder tauchen gegangen.«

Simone biss sich auf die Lippen.

Seine Stirn war übersät mit Schweißtropfen. Wie Blut, das von einer Dornenkrone tropft.

* * *

Die Leichen wurden geborgen und in dem Hangar des alten Flughafens aufgebahrt. Es gab keine andere Halle, um sie alle aufzunehmen. Sie bedeckten Hunderte von Quadratmetern, eine Reihe nach der anderen, lauter schwarze Säcke.

Ein finsteres Zusammentreffen auf Europas südlichstem Kirchplatz.

»Da standen die Särge aufgereiht, und daneben lagen zwei kleine Kinder aus Eritrea, nebeneinander, wunderschön, direkt auf der Erde, nur eine Thermofolie zwischen sich und dem blanken Boden. Wie kann man so etwas machen? Klar, es gab keine Särge mehr, aber deswegen legt man doch keine toten Kleinkinder auf die Erde! Ich ging zu dem Polizisten und sagte zu ihm: ›Hör mal, so geht das doch nicht!‹ Dann machte ich mich auf die Suche nach einem Brett, auf das man sie legen konnte. Sie waren wirklich wunderschön, die beiden Kleinen, sie waren bestimmt noch keine vier Jahre alt. Ich dachte an meine Töchter. Mein Magen krampfte sich zusammen, als ich sie auf das Holzbrett legte.«

»Viele Leichen waren unkenntlich, verformt von der langen Zeit unter Wasser, ausgehöhlt vom Salz, angefressen von den Fischen. Das Meer war in Organe und Gewebe eingedrungen, Knochen waren zermalmt worden, die Körper grotesk angeschwollen. In vielen Fällen war die Haut geplatzt, und die Gliedmaßen hatten sich vom Körper gelöst. Die Totenstarre war noch nicht eingetreten, weder bei den Erwachsenen noch bei den Kindern.«

»Es waren Menschen, doch sie sahen aus wie Schwämme.«

»Der Bürgermeister hatte uns Anwohner um Hilfe gebeten, damit die Angehörigen der Opfer alle untergebracht werden konnten. Die Nachricht von dem Schiffbruch hatte sofort weltweit für großes Aufsehen gesorgt, und nun kamen die Verwandten der dabei ums Leben Gekommenen nach Lampedusa. Die meisten waren aus Nordeuropa angereist. Einen Monat lang kamen immer wieder neue Verwandte. Viele von ihnen brachen gleich, nachdem sie aus dem Flugzeug gestiegen waren, in Tränen aus. Was konnten wir da tun? Wir schlossen sie in die Arme.«

»Die ersten Verwandten, die auf die Insel kamen, gingen die Reihen im Hangar entlang und hielten Ausschau nach etwas, das ein Erkennen möglich machte – ein besonderes Kennzeichen, ein Ring, ein Armband, eine Halskette. Doch die Körper, die es zu identifizieren galt, ähnelten in keiner Weise den Erinnerungen oder den mitgebrachten Fotos. Kleine Mädchen hatten nun grotesk überdimensionierte Ausmaße. Außerdem fehlte den zu identifizierenden Leichen oft irgendetwas: ein Stück Bein,

Finger, die Augen, die Füße, eine Hand, die Ohren, ein Arm, die Unterlippe. Überall waren Bissspuren.«

»Konnte jemand identifiziert werden, war der Schmerz unermesslich. Blieb die Identifizierung aus, ebenfalls.«

»Eine Woche nach der Tragödie legte ein Containerschiff am Hafen an, um die Bahren nach Sizilien zu bringen, wo die Leichen bestattet werden sollten, auf verschiedenen Friedhöfen, ohne eine bestimmte Ordnung. Am Porto Nuovo drängten sich die Verwandten der Opfer. Die Bahren waren in Kühltransportern vom Hangar zur Mole gebracht worden, als handelte es sich um Fische. Während der Fahrt kletterten die Verwandten seitlich am Fahrzeug hoch und versuchten, Blumen auf die Bahren zu legen, die alle schwarz waren, bis auf die der beiden Kleinkinder, die waren weiß. Die Bahren wurden mit einem Kran auf das Schiff gehoben. Alle an der Mole schluchzten.«

* * *

Als das Schiff kenterte, war ich gerade in Amsterdam, wo ich eine Writer's Residency innehatte. Im August war mein enger Freund Totò gestorben. Ein Tumor am Dickdarm hatte ihn in weniger als sieben Wochen weggerafft. Ich sah meinen Freund förmlich dahinschwinden. Bei jedem Besuch wog er ein paar Kilo weniger.

»Was hattest du für einen Eindruck von ihm?«, hatte Silvia gefragt, als ich ganz aufgelöst von einem meiner letzten Besuche im Krankenhaus zurückkehrte.

»Er sieht aus wie eine Rosine.«

Totò erinnerte tatsächlich an verschrumpeltes Obst oder an ein vertrocknetes Blütenblatt. Dass er nun zusehends verwelkte, schien mir nicht nur ungerecht, nein, es kam zu schnell, war zu unabwendbar. Ich konnte mir keinen Reim darauf machen. »Viel zu« war alles, was mir in den Sinn kam, stets in negativem Sinn gebraucht. Viel zu nah am Tod. Viel zu weit weg von seinem normalen Leben. Viel zu krank, um genesen zu können.

Ich redete nicht mehr über Totò. Mit niemandem. Ich vermied das Thema. Das Leben stahl sich davon und ließ nur ein Skelett zurück – und ich konnte nichts dagegen tun.

Totò war Besitzer und guter Geist vom *Altroquando*, einem Comic-Laden, aber weit mehr als das. Das Geschäft am Corso Vittorio Emanuele II in Palermo war eine Kulturschmiede, es fanden Ausstellungen und Veranstaltungen mit Comic-Künstlern statt, und außerdem war es ein Schwulen- und Lesbenzentrum. Als ich noch in Palermo lebte, machte ich jahrelang jeden Morgen als Erstes einen Sprung ins *Altroquando*. Totò kam mit raus auf die Straße, und wir gingen irgendwo Kaffee trinken, dann kehrten wir in den Laden zurück, ich nahm mir einen Stapel Comic-Hefte, ging nach Hause, um sie zu lesen, und brachte sie um die Mittagszeit wieder zurück, mit Ausnahme meiner Favoriten. Dann fuhren wir gemeinsam nach Ballarò oder ans Kap. Herrliche Zeiten! Ende Juni 2013 wurde der Tumor bei ihm entdeckt, im August war es vorbei. In meiner Brust tat sich ein Abgrund auf. Ich kapselte mich vollkommen ab. Ich kam nicht darüber hinweg, weil ich beim bloßen Gedanken daran, dass Totò nicht mehr lebte, losheulen wollte, es aber nicht konnte, Tränen schossen mir in die Augen, doch ich hielt sie zurück, um mich herum wurde ein Sicherheitsnetz ausgebreitet, das mich auffangen sollte, aber ich verharrte in meinem Leid, weil es mir nicht gelang, etwas anderes als meinen Schmerz und diesen Todesfall zu sehen.

Als ich ihn das letzte Mal im Krankenhaus besuchte, zwei Tage vor seinem Tod, war Totò mit Morphium vollgepumpt. Er lächelte und bewegte sich langsam, es war offensichtlich, dass er die Realität nicht mehr wahrnahm. Beim vorletzten Mal, eine Woche bevor sein Herz stehenblieb, erzählte mir Totò eine Geschichte.

»Buddha und einer seiner Schüler sind unterwegs zum Tempel. An einer Kreuzung treffen sie auf eine Frau. ›Guten Tag‹, grüßt Buddha. Die Frau erwidert den Gruß. Buddha und der Schüler gehen weiter, und bei Sonnenuntergang gelangen sie zum Tempel. Als Buddha sich anschickt zu beten, spricht der Schüler ihn an. ›Meister‹, sagt er, ›predigt ihr nicht immer Distanz zu allen Dingen?‹ Worauf Buddha erwidert: ›Weißt du, ich habe die Frau dort zurückgelassen – du bist derjenige, der sie mit hierhergebracht hat.‹«

Das waren die letzten Worte, die mein Freund an mich richtete.

Ich hatte mein inneres Unwohlsein nach Amsterdam mitgenommen. Es gelang mir nicht, etwas zu schreiben, und die Welt lieferte mir die perfekten Ausreden, um mich bemitleiden zu können.

Dann geschah die Tragödie vor der Küste Lampedusas. Sie löste etwas in mir aus. Ich hatte mich bereit erklärt, während meines Aufenthalts ein Online-Tagebuch für den Blog des Nederlands Letterenfonds / Dutch Foundation for Literature zu veröffentlichen. Am 3. Oktober 2013 schrieb ich, ohne groß zu überlegen, Folgendes:

Ich gehe am Kanal entlang, von Amsterdams Häusern mit den tausend Augen beobachtet.

Gerade drang das Echo der Tragödie von Lampedusa hierher, die Anzahl der Toten, die immer noch aus dem Meer geborgen werden, ist immens, und die endgültige Anzahl scheint nie kommen zu wollen. Eine gnadenlose Abrechnung.

Der Himmel im Spiegel des Wassers bewegt sich unablässig. Die Brücke, die den Kanal durchschneidet, gestattet eine Betrachtung dieses paradoxen Zustands: Die Dinge des Himmels zittern, und die Dinge der Menschen bleiben fest. Die Kanalmauern, die Fensterscheiben, die unregelmäßige Geometrie der Häuser, aneinandergedrängt wie Geschwister, die gerade gemeinsam eine Herausforderung bestanden haben.

Zwei Verliebte umarmen einander vor einem Boot in der milden Oktoberluft. Der Himmel strahlt in klarem Blau, und im Widerschein des Wassers blitzen Lichtreflexe auf, die zu rasch von etwas zu Heiterem und zu weit Entferntem verschluckt werden, als dass sie Lust und Leid derjenigen erfassen könnten, die auf dieser Seite des Lebens wohnen.

Hier, im Herzen Europas, ist die Erinnerung an die Härte des Meeres sehr präsent. Sie ist in die Stadt eintätowiert, deren Gesicht von salzigen Furchen durchzogen ist.

Wer einmal Seeleute zu seinen Mitbewohnern gezählt hat, kennt die Regeln.

Das Meer atmet, im Unterschied zum Himmel.

Das Meer schenkt Leben und nimmt es wieder, wann es ihm beliebt, ganz wie der Himmel.

Jetzt ist das Meer, dasselbe Meer, an dem ich, geleitet von Kanälen, soeben angelangt bin und das alle Küsten Europas umspült, voller Leichen, lauter Schiffbrüchige auf einer Odyssee der Verzweifelten.

Auch die Fische werden sich wieder von Menschenfleisch ernähren.

Eine Katze beobachtet mich, während zwei radfahrende Jungen einander an den Händen halten.

Ich muss an ein Gedicht Ungarettis denken, der Zusammenhang ist ein völlig anderer, und doch wird für mich darin genau die Seelenlage der Ertrinkenden beschrieben, nachdem sie dem Elend zu entkommen versucht und sich durch den Tod im Wasser vom Leben abgesondert haben.

Es ist die windstille Stunde,
die meeresstille;
kein Laut; doch ich, ich bin die den Schrei
Schreiende, den Herz-,
den Liebes-, den Schamschrei,
das Herz brennt mir,
seit ich dich ansah, seit du mich ansahst
und ich nur mehr ein Etwas bin ohne Kraft.

Ich schrei und es brennt mein friedloses Herz
seit ich nur dies bin:
ein Trümmerding, allein mit sich selbst.[2]

2 Giuseppe Ungaretti, *Das verheißene Land / Das Merkbuch des Alten*. Zweisprachige Ausgabe. Deutsch von Paul Celan. Frankfurt a.M., 1968, S. 17.

Letztendlich ließ sich alles auf diese beiden schlichten Wahrheiten herunterbrechen: Ich würde Totò nie wiedersehen, und die gemeinsam verbrachte Zeit war ein Segen. Auf der letzten Seite des Online-Tagebuchs stellte ich mich jenem persönlichen Trauerfall.

Ein Hoffnungsschimmer durchdrang das Dunkel meiner Angst.

Silvia hielt meinen Kopf, und ich drückte mich an sie.

Es waren weniger als drei Wochen seit jenem 3. Oktober vergangen.

Lieber Totò,
es ist schon so lange her, dass du mir von deiner Zeit in Amsterdam erzählt hast. »Es war 1971«, sagtest Du, während Du Dir die x-te Zigarette anzündetest, »Italien erhitzte das Blei, entdeckte das Heroin, und ich war ein Zwanzigjähriger, den sein Land anekelte und der darauf brannte, die Welt zu entdecken.« Doch Amsterdam – das Amsterdam, das ich in Deinen Schilderungen zu finden hoffte –, war in Deiner Erzählung nicht vorhanden: kein windschiefes Haus, kein Kanal voller gleichmäßiger Formen, kein Bild von Vermeer. Deine Berichte sprachen stolzerfüllt von der Anstrengung zu überleben, enthielten lange Listen von Gelegenheitsjobs und abgenutzten Sofas, auf denen Du nächtigtest, riefen den Geschmack nach frischgezapftem Bier in Erinnerung und den Frieden eines im Warmen gerauchten Joints, sie ließen die Augen Deiner Liebhaber aufscheinen, Habenichtse wie Du, außer einem, ein fünfzigjähriger unvorstellbar reicher Kanadier, der auch noch großzügig war und Dir selbst nach deiner Rückkehr nach Italien ab und zu noch einen Umschlag mit Geld schickte. Weißt Du noch, Totò? Wenn Du an

diesem Punkt der Geschichte angelangt warst, mimtest Du Deine Überraschung beim Öffnen des ersten Briefs mit ausländischer Währung, den Du von ihm bekamst, und brachst dann in Gelächter aus, Deine Augen wurden wieder zu Kinderaugen, Edelsteine, die von den Falten Deines Gesichts mit den Zügen eines Shakespeare'schen Königs eingefasst waren. Allerdings war ich, das muss ich Dir gestehen, ein wenig enttäuscht, als ich Dir voller Begeisterung erzählte, dass auch ich dank eines Stipendiums eine Weile nach Amsterdam ziehen würde, und Du lediglich erwidertest: »Dann wirst Du mir berichten, wie die Blätter aussehen, Davidù.« Damals konnte ich es noch nicht begreifen, Totò, ich konnte den Ernst gewisser Dinge nicht richtig einschätzen, Du warst noch am Leben, man hatte den Tumor eben erst entdeckt, und schon damals wollte ich mich nicht damit abfinden, dass Du tatsächlich sterben würdest. Ich will es übrigens bis heute nicht. Jedes Mal, wenn ich an Dich denke, kommen mir die Tränen. Ich begann, Dich mit Fragen zu bombardieren, denn ich hatte einen unfehlbaren Plan ausgearbeitet: »Wo hast Du gewohnt? Gibt es eine Straße, einen Platz, einen Kanal, einen Coffee Shop, wo Du Dich besonders wohlgefühlt hast? Vielleicht schaue ich dort mal vorbei, und nach meiner Rückkehr sprechen wir darüber.« Ich wollte Deine persönliche Mind-Map kennenlernen, Totò, Orte, die ich fotografieren wollte, um sie Dir anschließend zu zeigen. Ich hielt das für einen guten Plan und war überzeugt, dass er funktionieren würde: »Schau mal, hier hat sich alles verändert! Aber hier ist noch alles so wie damals« – vielleicht hätte das Dein Leiden gelindert. Doch das Leben richtet sich nicht nach genialen Plänen und bestimmt seinen Lauf in absoluter Autonomie und auf unergründliche Weise. Etwas war schneller als der Kalender, ich habe es nicht geschafft, Dir die Fotos zu zeigen, und Du bist gegangen, ehe ich zurückgekehrt war. Deshalb bin ich jetzt im Westerpark, Totò. Ich wette, Du warst auch dort – erinnerst Du Dich noch an diesen langgestreckten Park? Heute sind dort viele Fahrradfahrer, junge Menschen, die sich auf der Wiese sonnen, während die Älteren spazieren gehen, einige machen Yoga, Kinder spielen, und ein Seiltänzer sucht auf einem Seil balancierend seine Mitte. Überall stehen vereinzelte Bäume. Sie haben einen mächtigen, doch nicht zu dicken Stamm, ich kann ihn noch mit beiden Armen umfassen. Die Rinde ist braun und grün, denn sie ist mit Moos bewachsen, und an den vorwitzigen jungen Zweigen wechseln die Blätter die Farbe. Erst jetzt fällt es mir auf, Totò: Ich habe mich immer geirrt, als ich glaubte, der Herbst sei eine graue Jahreszeit, nein, er ist eine Sinfonie der Farben, die harmonisch ineinander übergehen. Grün, Blau, Gelb, Braun, Rot in allen Schattierungen, das Wechselspiel von Weiß und Blau am Himmel und die tausend Lichter der Stadt, die sich auf dem Wasser und in den Fensterscheiben spiegeln. Keine Jahreszeit hat so viele Farben wie der Herbst. Und die Blätter, Totò, all diese Blätter in Amsterdam, sie sind gelb, grün, rot, und sie zittern im Wind und tanzen für alle, für den Seiltänzer und die Kinder, die Hunde, die dort herumstrolchen, und für mich, für die alten Menschen und für Deine Augen in jenem Jahr 1971, als Du zwanzig warst und Dein Bart noch nicht weiß. Es wäre schön, dorthin zurückzukehren, nur um Dir ein Blatt mitzubringen, wir würden gemeinsam lachen, weil Du den Krebs besiegt hättest und ich mich besser fühlen würde, doch nein, dieser Herbst voller Farben wird zu Ende gehen, und der Winter wird kommen und mit ihm Regen und Kälte, und ich habe einfach nur so große Angst, weil die einzige Zeitform, die ich benutzen kann, wenn ich mich auf Dich beziehe, die Vergangenheit ist, doch hier vor mir zittern die Blätter im Wind, und jetzt kenne ich die Antwort, und weißt Du, mein Freund, es ist ein herrlicher Oktobertag hier in Amsterdam, die jungen Leute sind immer noch ineinander verliebt, die Häuser immer noch schief, das Bier frisch gezapft – und die Blätter, Totò, die Blätter sind gelb und grün und rot, und sie sind wunderschön.

* * *

In den letzten Monaten war viel passiert.

Onkel Beppe in Reggio bekam oft Besuch von meinem Vater, der meist ein paar Tage bei ihm blieb. Sie nahmen die archäologischen Ausgrabungen von Tante Silvana in Augenschein, machten Fotos von sich und schickten sie mir per WhatsApp, mit Kommentaren Beppes à la: »Schau mal, wer bei mir zu Besuch ist!« Er war so stolz, dass mein Vater die Reise zu ihm unternommen hatte, dass ich ihn mir lebhaft vorstellen konnte, wie er von einem Ohr zum anderen grinste, während er mir die Nachrichten schickte. Er schrieb auch: »Eins zu Null für mich.« Oder: »Schau mal, mein Bruder sitzt auf meinem Sofa.« Oder auch: »Nur du fehlst!«

Onkel Beppe besaß inzwischen kaum mehr weiße Blutkörperchen. Einmal wurde er mit 39 Grad Fieber als Notfall ins Krankenhaus eingeliefert und über Nacht zur Beobachtung behalten. Als er sich dank der Medikamente erholt hatte, wurde er wieder entlassen. Nachts schlief er schlecht, daher nickte er sowohl vormittags als auch nachmittags immer wieder ein. Er nahm Gitarrenunterricht, dreißig Jahre hatte er nicht mehr gespielt, und versuchte sich an »Sei nell'anima« von Gianna Nannini. Er hatte mich gefragt, welche italienischen Romane ich besonders schätzte, und hatte sich die besorgt, die er noch nicht kannte. Vor allem »Das saure Leben« von Luciano Bianciardi und »Eine Privatsache« von Beppe Fenoglio hatten ihm gut gefallen. Außerdem hatte er erklärt, er würde nun seinen absoluten Lieblingsroman noch einmal lesen, »Das ägyptische Konzil« von Leonardo Sciascia.

Papà hatte sich aufs Fotografieren von Menschen verlegt. Eigentlich ein natürlicher Übergang vom unbelebten Objekt zum Sujet aus Fleisch und Blut. Es war, als hätte er sich erst ausgiebig dem Stillleben widmen müssen, bevor er den Menschen in Angriff nahm. Die Beschäftigung mit dem Objekt hatte ihn dazu gebracht, sich mit der Intimität des eigenen Körpers und dem Geheimnis des Lebens an sich auseinanderzusetzen.

»Rost wirkt auf den ersten Blick vielleicht wie ein Symbol für Abnutzung, etwas, wofür es keine Verwendung mehr gibt«, hatte er zu mir gesagt. »In Wirklichkeit kann auch etwas Unnützes wie Rost faszinierende Formen erschaffen, die, wenn sie sich im Raum ausbreiten, neue Perspektiven ermöglichen.«

Bei seinem neuen Projekt untersuchte mein Vater die Beziehung zwischen der menschlichen Existenz und der Unendlichkeit des Seins. In den Gesichtern auf den Fotos lagen Unschuld, Angst, Abgespanntheit. Papà hatte eine Serie sehr starker Bilder im Krankenhaus geschossen.

Hier, an diesem Ort, war er zu Hause, wie im Schlaf fand er sich zurecht, kannte Wege und Ruhezonen. Er hatte sich mit den Kollegen abgesprochen und machte sich bei seinen Aufnahmen unsichtbar, wusste, wie mit der nüchternen Umgebung umzugehen war, behinderte nie das Personal bei der Arbeit und respektierte stets die Intimsphäre der Patienten.

»Im Vergleich zu den Fotos von unbelebten Gegenständen muss man bei Porträts den richtigen Augenblick erwischen – und dazu muss man ihn vorausahnen. Wie alles im Leben ist auch dies einfacher, wenn man es mit etwas versucht, das man kennt.«

Inzwischen rief er mich alle drei Wochen an. Das war ziemlich oft im Vergleich zu dem Schweigen der 42 vorausgegangenen Jahre. Er erzählte mir vor allem von den Besuchen in Kalabrien bei Onkel Beppe.

»Seine Mattigkeit macht ihm sehr zu schaffen. Er hat mir ein Dorf im Hinterland gezeigt, das bei dem Erdbeben völlig zerstört wurde. Ich habe ein paar interessante Aufnahmen gemacht, vor allem von den Hilfskräften dort. Sie haben Gesichter, die wie erstarrt wirken, bemerkenswert. Wie Steine.«

In der Porträtfotografie spürte mein Vater dem Zerfall des Lebens nach. Sein Bruder war nur dank seiner Therapie am Leben. Und so war die Fotografie Mittel und Zweck zugleich geworden, zur Frage nach dem Sinn des Lebens und zu deren Antwort. Letztlich war es die Art und Weise, wie mein Vater den Dialog mit Gott suchte, worin der Versuch zu begreifen und die bewusste Abkehr vom Geheimnis des Lebens koexistierten.

* * *

Ich rief Papà auf dem Handy an.

Nach wie vor konnte ich mich nicht daran gewöhnen, dass er das Gespräch auch dann annahm, wenn er unterwegs war.

Bevor das Handy erfunden wurde, dachte ich, dass die ständige Erreichbarkeit eine unglückliche Begleiterscheinung des Arztberufs war. Die er mit nach Hause brachte. »Heute habe ich Bereitschaftsdienst«, sagten Mama oder Papà beim Mittagessen. Bis zum Folgetag hätte sich das Krankenhaus jeden Augenblick bei ihnen melden können. Das Telefon konnte zu jeder Tages- und Nachtzeit klingeln. Das Warten auf einen Anruf, der vielleicht nie kam, führte zu einem anhaltenden Gefühl der Beklemmung. Die Arbeit war meinen Eltern bis zu uns nach Hause gefolgt, sie saß mit uns am Esstisch, drang sogar ins Schlafzimmer ein. Es waren besondere Tage, die Tage des Bereitschaftsdienstes, die Telefonleitung musste immer freibleiben, und die Aktivitäten meiner Eltern waren eher oberflächlicher Natur: Bücher wurden mehr durchblättert als gelesen, und Musik diente bloß als Hintergrundgeräusch für die Gedanken. Ich glaube, sie fuhren im Geiste mehrmals die kürzeste Strecke zum Krankenhaus ab. Manchmal wurde die Bereitschaft tatsächlich in Anspruch genommen, manchmal nicht.

»Ciao, Papà.«

»Ciao, Davide.«

Das Handy hat alles verändert. Die Rettung in Seenot zum Beispiel. Wer in See sticht, dem wird eingeschärft: »Ruf nach ein paar Stunden diese Nummer an, die ist von der Küstenwache.« Man teilt die Koordinaten des Handys mit und wartet auf Hilfe. Ein Mechanismus, der funktioniert, wenn die Strömung nicht zu stark ist, die

Wellen nicht zu hoch schlagen und die Schlauchboote nicht zu sehr mit Wasser volllaufen.

»Bist du zu Hause?«

»Nein, ich bin in Poggioreale, ich fotografiere die Trümmer nach dem Erdbeben im Belice-Tal.«

Wenn ich früher unterwegs oder auf Reisen war, bestand die einzige Möglichkeit, Kontakt zur Familie aufzunehmen darin, eine Telefonzelle zu benutzen, oder allenfalls ein Münztelefon in einer Kaffeebar irgendwo in den Bergen.

»Wie fotografiert es sich zwischen den Ruinen?«

»Großartig. Obwohl der Ort nur wenige Kilometer von der Autobahn entfernt liegt, ist er seit 1968 völlig verlassen. Leider überhören wir die lauten Stimmen gerne, die aus diesen Stätten des Schweigens dringen. Dabei sollte man auf sie achten und sie ernstnehmen, da sie auf Probleme aufmerksam machen, die uns alle bis heute betreffen, und zwar seit Jahrzehnten.«

Um miteinander telefonieren zu können, musste man sich verabreden, in der Regel wurde eine Zeit kurz vor dem Abendessen vereinbart, man musste Münzen einwerfen und teilte der Familie, also der Mutter, nur das Allerwichtigste mit: »Ich lebe noch, ich esse, ich wasche mich, ich habe neue Freunde gefunden.«

»Papà, fährst du noch mal mit mir nach Lampedusa?«

»Klar. Wann denn?«

Anrufer und Angerufener mussten einen genauen Rahmen abstecken und sich beiderseitig der Anwesenheit an den für die Kommunikation bestimmten Stellen vergewissern.

»Zum Jahrestag des 3. Oktober.«

»Eine sehr gute Idee.«

Das Festnetztelefon schuf Kathedralen der Gefühle. An den Hörer zu Hause geklammert, erfuhr ich von der Geburt meiner beiden Brüder und vom Tod meines Großvaters. In einer Telefonzelle, die es heute nicht mehr gibt, hauchte ich: »Ich liebe dich«, in einer anderen weinte ich, in einer dritten rauschten die Münzen durch, bevor ich »Es tut mir leid, entschuldige!« sagen konnte. Es gab Telefonzellen, die zu Recht beliebter waren als andere.

»Wir können wieder bei Paola und Melo in Cala Pisana übernachten.«

»Perfekt. Gib mir Bescheid, wann wir fahren, dann kann ich vorher noch mal Zio Beppe besuchen.«

Es gab eine genaue Kartografie der Gefühle, eine Landkarte, die ein Beziehungsgeflecht zwischen dem Menschen und dem urbanen Gebilde enthüllte. Manchmal bildete sich vor einer Telefonzelle eine Schlange. Das war oft bei den gut funktionierenden der Fall. Es kam vor, dass man mit vollkommen Fremden über die eigenen Probleme diskutierte. Sich diesen Unbekannten gegenüber zu öffnen war einfacher. Man setzte sich mit der Sache auseinander und bekam einen klaren Kopf, bevor man dann am Telefon »Du fehlst mir«, »Mach's gut« oder »Ich möchte dich so gerne anfassen« sagte. Manchmal kam es zu zwanzigminütigen Flirts: »Beim nächsten Mal bist du dran« – »Es war schön, deine Stimme zu hören« – »Fand ich auch« – »Na dann, auf bald und alles Liebe!« Einen Ort zu bewohnen bedeutete auch, ihn mit den eigenen Gefühlen zu durchdringen und den Austausch mit anderen der genau bestimmten, einmaligen Verbindung zwischen Raum und Zeit anzuvertrauen.

* * *

An klaren Tagen kann man Sizilien auf dem Flug von Palermo nach Lampedusa von oben bewundern. Im Hinterland wechseln sich ausgedörrte, kahle Gebiete mit üppig bewachsenen Tälern ab. Die über das ganze Land verteilten Quellen – und damit die Wasserzuteilung – waren eines der ersten Machtinstrumente, mit deren Hilfe die Mafia die Kontrolle über die Region übernahm. Nach ein paar Minuten Flugzeit, erst in Richtung Norden und dann nach Süden, zeichnet sich weit hinten mein Palermo ab, eingerahmt von Bergen und Wasser, dem Besucher, der vom Meer kommt, zugewandt, eine schon dank ihres Namens, *Pan Ormus*, »ganz Hafen«, gastfreundliche Stadt, ein Ort des Anlandens und In-See-Stechens. Dann folgen Weinberge und landwirtschaftliche Nutzflächen, die von Ruinen und Burgen durchsetzt sind, bis plötzlich, weiß wie ein Gebet, über den Überresten Gibellinas, das beim Erdbeben am Belice zerstört wurde, »Der große Cretto« von Alberto Burri auftaucht. Aus dieser Höhe betrachtet, erinnert das gigantische Betonrelief an aneinandergereihte Leichentücher. Ein Filter, das weiße Tuch über dem toten Körper, in dem Respekt und Mitleid untrennbar sind. Das letzte Stück der Insel, das man sieht, ist der schier endlose Küstenstreifen, an dem sich Macchia und weiße Kalkfelsen abwechseln und der von dem vorgelagerten kilometerlangen Sandstreifen dominiert wird. Dann kommt nur noch das Meer, Meer, so weit das Auge reicht. Ab und zu ein Fischerkahn, ein Öltanker, ein Tragflächenboot.

Der erloschene Vulkan mit einem kleinen Hafen zu seinen Füßen ist Linosa, dann folgt wieder Meer bis zum kahlen, flachen, schwarzen Lampedusa. Das Flugzeug geht immer mehr in den Sinkflug, man meint, gleich auf der Wasseroberfläche zu landen. Sobald man aus der Maschine aussteigt, stürmt Lampedusa auf einen ein. Das Licht, die salzige Luft, der Wind überwältigen einen, während man gleichzeitig das Bedürfnis verspürt, ins Meer zu springen und so rasch wie möglich frischen Fisch zu essen.

* * *

»Also, ich streike zurzeit, ich will nicht darüber reden, ich rede mit niemandem, kommt ruhig zu mir, aber es ist dann so, als wäre ich nicht da. Trotzdem – gut, dass ihr noch mal kommt, dann seht ihr mit eigenen Augen, was hier passiert.«

Paola hatte am Telefon keinen Widerspruch geduldet.

»Sie hat den 3. Oktober immer noch nicht verarbeitet«, gab Melo ohne Umschweife zu, als wir bei ihm im Auto saßen. »Sie hat es damals einfach nicht verkraftet, und jedes Jahr hofft sie erneut, dass der Tag so schnell wie möglich vorübergeht.«

Wir kamen in Cala Pisana an, bezogen unsere Zimmer, und da am nächsten Tag der Gedenktag war, brachen wir anschließend zu einer kleinen Exkursion auf.

»Gehen wir auf die Piazza, Papà?«

»Ja, komm.«

Wir ließen das von Sonnenglut gepeinigte Dorf hinter uns. In Begleitung von drei streunenden Hunden gingen wir die Anhöhe hinauf.

»Ist das Loch noch da?«, fragte mein Vater.

»Ja, irgendwo da hinten.«

Doch er hörte mir schon nicht mehr zu. Er stand da, die Hände in den Taschen und die Kamera um den Hals, ohne das geringste Bedürfnis zu fotografieren, ganz in

Gedanken. Die Architektur des Aufnahmezentrums, rechtwinklig und quadratisch, erinnerte ihn zwar nicht an ein Gefängnis, wohl aber an ein Krankenhaus mit all seinen Fluren. Bestimmt dachte er an seinen Bruder.

Als Tante Nunzia gestorben war, bat Papà mich, ihn zur Totenwache in das Haus in Carpaci zu begleiten, wo die Tante ihr ganzes Leben verbracht hatte. Ich war neun Jahre alt. Tante Nunzia hatte ich kaum gekannt, sie war eine Schwester meiner Großmutter, und darin erschöpfte sich für mich ihre gesamte Existenz. Sie ruhte auf dem Totenbett, ganz winzig unter dem weißen Schleier. Man hatte ihr die Arme auf die Brust gelegt, die Hände auf Herzhöhe, zwischen ihren knochigen Fingern steckte ein Rosenkranz. Sie war als Jungfrau gestorben. Neben dem Bett saßen Großmutter und ihre Schwestern und weinten um sie. »Arme kleine Nunziata«, sagten sie stockend und seufzten dabei immer wieder. Großvater war in der Küche, die anderen Männer und er saßen um den weißen Marmortisch herum. Keiner gab einen Laut von sich. Sie tranken Kaffee. Man hörte lediglich das Klimpern der Löffel gegen das Porzellan, während sie alle ihren Kaffee umrührten – bis auf meinen Großvater, der seinen Espresso nie mit Zucker trank. Das schien auf meinen Vater übergegangen zu sein.

»Papà«, hatte ich ihn irgendwann einmal gefragt, als ich noch ziemlich klein war, vielleicht vier Jahre alt, »warum trinken alle Kaffee mit Zucker, nur du nicht?«

»Ich mag den reinen Espressogeschmack.«

Während jener Totenwache in der Küche bekam auch ich einen Kaffee angeboten. Ich war inzwischen ein kleiner Mann, neun Jahre alt und damit schon eine Respektsperson. Auch dieses Angebot erfolgte völlig stumm, es genügten der Blick eines der Anwesenden zu einer leeren Tasse und ein Nicken meinerseits. Großvater goss mir aus der Espressokanne ein, die auf dem Tisch stand. Ein Herr – ich hatte keine Ahnung, wer es war – schob mir die Zuckerdose hin. Ich schüttelte heftig den Kopf, ich wich sogar ein wenig zurück. Mein Großvater reagierte auf meine Ablehnung mit einem höchst zufriedenen Nicken. An den Mundwinkeln ließ sich sogar ein sanftes Kräuseln erkennen. Er musste sehr stolz auf mich sein, wenn er sich dieses heimliche Lächeln im strengen Rahmen des Trauerfalls gestattete. Nachdem ich den Kaffee getrunken hatte, wurde die strikte Trennung zwischen den »stummen Männern in der Küche« und den »klagenden Frauen an der Bahre« ausgerechnet von mir und meinem Vater aufgehoben. Wir betraten das Zimmer, in dem Totenwache gehalten wurde, und verharrten eine Weile in andächtigem Schweigen. Vielleicht rezitierte ich im Geiste ein Ave Maria oder ein Salve Regina, ich weiß es nicht mehr. Wir verabschiedeten uns von Großmutter mit zwei Wangenküssen, und ich schüttelte jeder der alten Frauen im Zimmer die Hand. Dann gingen wir wieder in die Küche, verabschiedeten uns von den Anwesenden mit einem angedeuteten Kopfnicken, und mein Großvater legte mir die Hand an die Wange und streichelte sie ganz lange.

Auf der Rückfahrt fing Papà plötzlich zu reden an.

»Hast du Tante Nunzia gesehen? Wie klein sie da auf dem Bett lag. Sie war wirklich ein lieber Mensch, immer freundlich.«

Er hatte die Hände aufs Lenkrad gelegt und blickte starr geradeaus, ganz auf die Straße konzentriert.

»Sie hat nichts gelernt, ist nicht zur Schule gegangen, konnte kaum lesen und war trotzdem auf ihre Weise klug, nie sagte sie etwas Unangebrachtes, ihre Urteile waren immer sehr ausgewogen.«

Mit wem sprach Papà auf jener Autobahnfahrt? Denn an mich, da war ich sicher, waren seine Worte nicht gerichtet.

»Man könnte meinen, Tante Nunzias Leben sei eher einfach gewesen, und doch hatte sie einen wahren Schatz in sich. So klein und unscheinbar sie war, ein so wertvoller Mensch war sie auf der anderen Seite.«

Vielleicht war das Auto der einzige Ort, an dem Papà laut zu sich selbst sprach. Zuhause war wohl immer zu viel Lärm, ständig schrien mein Bruder und ich herum. Im Krankenhaus war es vermutlich unmöglich, sich irgendwohin zurückzuziehen und einmal Zeit für sich selbst zu nehmen. Aber im Auto, den Arm auf das heruntergelassene Seitenfenster gestützt, hatte er den idealen Ort gefunden, um Dinge zu werten, zu analysieren, abzuwägen. Das Auto war seine geheime Einsiedelei.

Dass ich dort sein durfte, machte mich glücklich.

»Es gibt ein paar existentielle Fragen, die alle miteinander zu tun haben und auch den Sinn des Lebens betreffen. Wo liegt dieser? In der Arbeit, im Studium, in einer manuellen Tätigkeit, im Glauben? Tante Nunzia war nicht verheiratet, hatte keine Kinder, und dennoch schien sie mir nie unglücklich zu sein. Sie strahlte eine unglaubliche Ruhe aus, eine heitere Gelassenheit wie kaum jemand sonst.«

Für ihn erwies sich an diesem Tag die Unausweichlichkeit des Sterbens als das, was es tatsächlich ist: der schlüssigste Beweis der menschlichen Existenz.

»In einem einzigen menschlichen Leben liegt ein größerer Reichtum als in sämtlichen Büchern der Welt«, stellte er nach langem Schweigen fest.

Den Rest des Tages über sagte Papà nichts mehr. Ich glaube, er hatte beschlossen, jeglichen Stolz fahren zu lassen und angesichts des undurchdringlichen Geheimnisses des Lebens und des Todes, seiner Dienerin, demütig niederzuknien. Er blickte stur geradeaus und klammerte sich an das Lenkrad, als wäre es sein einziger Halt auf dem Weg in den Abgrund.

* * *

Am 2. Oktober verließ ich vor dem Abendessen die Küche, in der Papà und Melo diskutierten, und rief Onkel Beppe an.

»Das war vielleicht ein Scheißtag gestern!«

So fing er an, mit diesem Schimpfwort, das er sonst nie verwendete und das sein ganzes Entsetzen verriet.

»Jetzt geht's mir wieder gut, Daviduzzo, aber gestern haben sie mich ins Krankenhaus eingeliefert, weil ich über 39 Grad Fieber hatte. Schon zum zweiten Mal innerhalb von drei Wochen. Heute geht's mir aber wieder viel besser, und der Tag gestern kann mich mal am Arsch lecken.«

Wie ein kleiner Junge, dachte ich, benutzte mein Onkel Kraftausdrücke, um sich Mut zu machen.

»Pass auf, ich erzähle dir was Lustiges, es hat mit sich schließenden Kreisen zu tun. Wusstest du, dass die 31 und die 47 im neapolitanischen Zahlenlotto einander entsprechen? Meine Großmutter Giovanna – das gehört zu meinen wenigen Erinnerungen an sie – schickte mich bei ihren seltenen Besuchen in Palermo jedes Mal zum

Lottospielen. Sie träumte immer von dem Toten, der redet, der 47, und spielte ständig diese Zahl zusammen mit der 31. Ich kann mich genau daran erinnern, dass ich ein paar Mal Lotto mit dieser Zahlenkombination für sie spielte. Und gestern im Krankenhaus, was passiert mir da? Ich kriege die Zeitung ans Bett gebracht. Ziemlich unwahrscheinlich, dass einer die Lottoergebnisse liest, nicht wahr? Doch gestern habe ich sie tatsächlich mal studiert. Zuerst hielt ich es für eine Halluzination. Ich habe heute sicherheitshalber noch mal kontrolliert: Bei der Ziehung der Lottozahlen in Palermo sind als Erstes die 47 und die 31 herausgekommen. Meine Großmutter hatte also vorausgesehen, dass ich ins Krankenhaus komme! Und niemand glaubt mir …«

Er brach in Gelächter aus. Ich lauschte seiner Lachsalve. Sie war volltönend und ließ die ihr zugrundeliegende tiefe Verzweiflung durchscheinen.

Erst als sein Lachen verklungen war, ergriff ich das Wort.

»Hast du Papà erzählt, dass du im Krankenhaus warst?«

»Nein, nein, sag ihm nichts, sonst macht er sich bloß Sorgen. Habt ihr lieber eine schöne Zeit auf Lampedusa! Das verdammte Lymphom kann mir mal den Buckel runterrutschen! Ich drück dich!«

Vielleicht war er müde geworden. Vielleicht hatte ihm die Vorstellung, dass mein Vater sich Sorgen machte, einen Schreck versetzt. Zwischen den Worten war die Angst wieder aufgetaucht. Wenn es einen Menschen gab, von dem getrennt zu werden mein Onkel sich wirklich fürchtete, dann war es mein Vater. Ihre Zuneigung bestand aus einem steten Austausch von Blicken aus der

Distanz, so wie zwischen Weinbauer und Weinstock, sie verstehen sich gegenseitig und haben ein enges Verhältnis, doch erst zur Zeit der Weinlese berühren sie einander. Es war ein kostbares Gefühl, bei dem sich jeder in seinem eigenen Zimmer aufhielt, die Tür aber immer einen Spalt offen blieb, sodass ein Blick hinüber die Anwesenheit des anderen bestätigte und einem das Herz erfüllte.

»Also, mach's gut, Beppuzzo!«

»Daviduzzo, warte, eins muss ich dir noch erzählen, es hat auch mit sich schließenden Kreisen zu tun.«

Ich hörte ihm zu, schluckte schwer, während mir ein Schauder nach dem anderen über den Rücken lief und mein rechter Fuß wie verrückt auf den Sand von Cala Pisana trommelte.

Am nächsten Tag verließen Papà und ich das Bed & Breakfast in aller Herrgottsfrühe.

»Paola, kannst du mir den Termin später bestätigen?«

Sie musste noch vor dem Morgengrauen aufgestanden sein. Wahrscheinlich hatte sie überhaupt nicht geschlafen. Sie antwortete mit einem Nicken, das alles und nichts bedeuten konnte. Sie rauchte und schaute aufs Meer, wie jemand, der einen lieben Freund verloren hat, und da sie dem Jahrestag nicht entgehen konnte, überließ sie sich ganz der qualvollen Erinnerung und wartete, dass der Kalender wieder Distanz zwischen sie und die Toten brachte.

Es war ein heißer Tag, fast dreißig Grad warm.

»Vielleicht gehen wir ja nachher schwimmen«, hatte mein Vater gesagt.

»Ja, vielleicht«, hatte ich erwidert.

Es gab viele Gedenkfeiern an jenem 3. Oktober, die alle

nichts miteinander zu tun hatten. Jeder Verein, um nicht zu sagen: jeder Privatmensch, gedachte des Ereignisses für sich, als hätte eine mächtige Parzellierung der Erinnerung stattgefunden, ein Spiegelbild der Zersplitterung, die auf der Insel überall spürbar war. Der eine Verein organisierte einen Gedenkmarsch, die eine Kirche eine interreligiöse Gedenkfeier, die Vertreter der Regierung und der europäischen Militärbehörden einen Trauerzug. Es wimmelte von Fernsehkameras und von Journalisten, die am nächsten Tag wieder abreisen würden, wenn die Sommersaison zu Ende ging und Lampedusa sich allmählich entvölkerte, bis zum nächsten Sommer. Papà brachte eine gute halbe Stunde damit zu, die Hunde zu fotografieren, die sich zum Schutz vor der Morgensonne unter die Stände gelegt hatten und schliefen. Er kraulte sie am Rücken. Elf Monate waren vergangen, doch er war wie versprochen wiedergekommen.

Uns fielen die zahlreichen Fischerboote auf, die in den Hafen zurückkehrten.

»Wo waren die denn alle?«, fragten wir an der Mole.

»In der Tabaccara-Bucht, bei einer Gedenkfeier.«

Es war eine regelrechte kleine Flotte. Sie hatten sich für einen intimeren Rahmen entschieden, weit weg vom Medienrummel. Nachdem sie vor Anker gegangen waren, bekreuzigten sich die Fischer, küssten ihren rechten Zeigefinger, streckten ihn mit einer raschen Geste in Richtung Tabaccara-Bucht und verabschiedeten sich voneinander.

In den Straßen des Ortes waren auch einige Überlebende anzutreffen, die eigens für die Gedenkfeierlichkeiten angereist waren. Verunsichert von den vielen Fernsehkameras, bildeten sie kleine Grüppchen, marschierten Seite an Seite, wie eine Phalanx.

»Arme Kerle«, murmelte ein alter Mann, als er diese eng aneinander gedrückten Menschen sah. »Alles, was sie wollen, ist ein Grab, an dem sie weinen, ein Grabstein, an dem sie für die Verwandten und Freunde beten können, die vor ihren Augen gestorben sind. Bis heute gibt es keine Grabsteine, die ihre Namen tragen. Etwas anderes verlangen sie gar nicht. Und wir, was geben wir ihnen stattdessen? Keine Antwort, und zur besten Sendezeit sind die Kameras der Nachrichtensendungen direkt auf ihre Gesichter gerichtet.«

Wir machten an der Kaserne der Küstenwache Halt. Es war ein äußerst kurzer Besuch, nicht einmal Zeit für einen Kaffee mit dem Kommandanten blieb.

»Was machen Sie beruflich?«, fragte der Kommandant meinen Vater, als sie sich die Hände schüttelten.

»Ich bin Kardiologe, aber inzwischen in Rente.«

»Dann kennen Sie sich ja mit Notfällen aus.«

»Ich weiß genau, wie es Ihnen ergeht.«

Ich sah ein kurzes Aufleuchten in ihrer beider Blicke, eine Art stillschweigende Übereinkunft, dass sie nichts weiter sagen würden in Anwesenheit eines Dritten wie mir, der nicht zu ihrer eingeschworenen Gemeinde gehörte und Tag für Tag aufs Engste mit dem Tod zu tun hatte.

Kurz darauf klingelte das Telefon des Kommandanten.

»Würden Sie mich bitte kurz entschuldigen?«

Der Anruf kam von einem Boot, das vor der Küste unterwegs war. Ein paar Stunden zuvor waren fünfhundert Menschen auf See aufgegriffen worden, und während ihrer Bergung durch die Küstenwache tauchte plötzlich ein motorisiertes Schlauchboot mit hundertfünfzig Insassen auf.

»Wie ist ihr Zustand? Sind sie sehr mitgenommen? Na, schauen wir mal.«

Die Stimme des Kommandanten verriet keinerlei Beunruhigung. Vielleicht seine Art, Besorgnis zu kaschieren.

»Ist bei euch alles gut? Alle wohlauf? Okay, fangt mit der Bergung an – wir sprechen uns später, wenn ihr fertig seid.«

Er schaute uns an, den Telefonhörer zwischen Hals und Schulter geklemmt, und breitete wie zur Entschuldigung die Arme aus. Wir verabschiedeten uns mit einem Kopfnicken.

»Es hört nie auf«, brummte Papà, als wir die Stufen der Kaserne hinuntergingen.

Er sagte es als Arzt, als hätte er erneut seinen weißen Kittel übergestreift und die Welt wäre sein Patient. Er blieb stehen und schaute aufs Meer, wie um dessen Weite auf sich wirken zu lassen. Hätten wir im Auto gesessen, hätte er wahrscheinlich die ihn aufwühlenden Gedanken laut ausgesprochen.

Er schien fest auf beiden Beinen zu stehen, doch der Schein trog.

»Ich möchte dir etwas zeigen, Papà. Hoffentlich lassen sie uns dort rein.«

Er folgte mir, ohne Fragen zu stellen, bemüht, mit mir Schritt zu halten.

Als ich klein war, fuhren Papà, mein jüngerer Bruder und ich im Sommer oft zu *La Natura*. Das war ein Wanderweg in der Nähe des Hauses meiner Großeltern mütterlicherseits in San Martino delle Scale, der bis zum Dorfplatz führte. Wenn man nach oben schaute, sah man ein dichtes Flechtwerk aus Ästen, auf dem Boden lag ein

Teppich aus modrigen Blättern und nebenan plätscherte ein Bach. Die ganze Wanderung war erfüllt von dem glücklichen Rauschen des Wassers. Das Licht, das durch die Zweige drang, schuf einen dramatischen Chiaroscuro-Effekt. Ich hüpfte von einem hellen Fleck zum anderen, als wäre dies die einzige Möglichkeit, sich fortzubewegen. Hatte ich zu viel Vorsprung vor den anderen, drehte ich mich abrupt um. Papà hielt meinen kleinen Bruder an der Hand und schaute zu mir herüber. Auf der Piazza angelangt kaufte er die Zeitung und las sie an der Theke einer Kaffeebar, wo er seinen Espresso schlürfte, mein Bruder ein Waffeleis aß und ich an der Videostation »Frogger« spielte. Nach Hause kehrten wir in umgekehrter Richtung zurück. Bei einem der ersten Ausflüge nach *La Natura* hatte Papà einen Stock gefunden, der so lang war wie er selbst. »Kommandierstab« nannte er ihn. Er hatte ihn immer dabei und stützte sich darauf, wenn wir Rast machten, um so der Welt die Zeit zu diktieren, die unsere Wanderung in Anspruch nahm. Für mich bedeutete »Kommandieren«, in der Lage zu sein, diese Gesten auszuführen: jemanden einen Weg entlang zu führen, auf diejenigen aufzupassen, die mitmarschierten, die Zeiten fürs Rasten und Weitergehen vorzugeben. Nur um diesen Stab zu erben, wollte ich groß werden. Um die Kraft zu haben, ihn mit einer Hand zu halten, genau wie er. Mein Vater kam mir damals wie ein gestandener Mann vor, dabei war er selbst noch ein halber Junge.

Wir gingen die Stufen einer sehr schmalen Gasse hinunter, in der die pubertierenden Jungen und Mädchen aus Lampedusa Händchen hielten und sich ewige Liebe schworen.

»Wir gehen zum *Porto M.*, einem Versuch, zu dokumentieren, was hier passiert ist. Die Leute vom Kollektiv Askavusa haben im Lauf der Jahre lauter Gegenstände angesammelt, die auf den Flüchtlingsbooten gefunden wurden. Die ersten kamen schon in den Neunzigern. Da man nicht wusste, was man mit ihnen machen sollte, wurden sie erst mal auf dem Platz am Neuen Hafen gelagert, eins über das andere gestapelt. Innerhalb von kurzer Zeit ist der Platz zu einer Art Friedhof für Flüchtlingsboote geworden. Als es zu viele wurden, schaffte man sie weg. Heute sind nur noch vier übrig. Da drüben, siehst du? Sie sehen aus, als hätte man sie vergessen. Nicht wie die Überbleibsel einer unvollendeten Aufräumaktion.«

Ich erzählte ihm von Franco, dem Tischler der Insel, der 2009 Zeuge einer unsichtbaren Tragödie wurde.

»Ein Flüchtlingsboot, das die Küstenwache auf hoher See gerettet hatte, war vor Anker gegangen. Als die Schiffbrüchigen das Boot verließen, blieben sie zur Überraschung aller Umstehenden wie angewurzelt am Molo Favaloro stehen und starrten zum Horizont hinüber. Es stellte sich heraus, dass sie auf ein weiteres Flüchtlingsboot warteten. Sie waren mit zwei Booten gleichzeitig aufgebrochen. Auf dem anderen befanden sich ihre Brüder und Schwestern, Kinder und Eltern, die Freunde und die Kameraden aus der Gefangenschaft. Das zweite Schiff kam nie an. Es musste über vierhundert Menschen an Bord gehabt haben. Das Ganze geschah zwei Tage nach dem Erdbeben in L'Aquila. Man hörte kaum etwas darüber. Wo keine Leichen sind, gibt es auch keine Berichterstattung. Doch für alle an der Mole war es ein verdammt harter Schlag. Franco, der Tischler, war noch nie in seinem Leben so ergriffen gewesen. Im Gehen fielen ihm unter den Wrackteilen eines Bootes zwei quer übereinander liegende Planken auf. Sie sahen aus wie ein Kreuz. Franco ist gläubiger Christ und das Kreuz für ihn ein Symbol, in dem er sich wiedererkennt. Also beschloss er, aus dem Holz der in Lampedusa gestrandeten Boote Kreuze zu zimmern und diese an so viele Leute wie möglich zu verteilen. Das war seine Art, seine Umwelt zu sensibilisieren.«

Papà betrachtete den Platz, der jahrelang als Friedhof der Flüchtlingsboote gedient hatte.

»Wer weiß, was diese Planken alles gesehen haben«, murmelte er. Seine Stimme klang hohl, ein Seufzer, der sich seinem Gedankenfluss entrungen hatte.

»Eins von Francos Kreuzen hat das British Museum gekauft. Die Wahrzeichen von Lampedusa haben sich vervielfältigt und überallhin verbreitet. Nach diesem geisterhaften, tragischen Ereignis hat Franco zusammen mit ein paar Freunden ein kleines Lager instandgesetzt, eine Dusche eingebaut und so klammheimlich eine karitative Einrichtung erschaffen. Alle, die durch das Loch im Zaun des Aufnahmezentrums geschlüpft waren, konnten sich hier waschen und mit sauberen Klamotten eindecken, mit Socken, T-Shirts, Unterwäsche und Pullovern. Nach und nach begannen auch diejenigen, die anfangs Vorbehalte gegen die Migranten hatten, Plastiktüten mit Shampoo, Seife, Schuhen oder Hosen vor dem Lager abzustellen. Auf den Straßen sahen sie unterernährte barfüßige Menschen in Lumpen, und so versuchten sie, ihnen mit dem Nötigsten auszuhelfen.«

Wir waren vor dem *Porto M.* angelangt.

»Es ist offen, lass uns reingehen.«

Die Objekte an den Wänden und auf den Regalen nahmen sofort unsere ganze Aufmerksamkeit in Beschlag.

»Sieht aus wie ein Museum«, flüsterte Papà.

Er betrachtete die Gegenstände und erfasste sofort ihre ganze Tragweite. Ungeschönt erzählen sie von dem alles entscheidenden Moment im Leben desjenigen, der diese Reise ins Ungewisse auf sich genommen hat. Die Art, sich fortzubewegen. Die Gegenstände, die man mit sich führt. Die Dinge, die man für unabdingbar hält und zu seinen Reisegefährten erklärt.

Er begann zu fotografieren. Das Kameraobjektiv war die Verlängerung seines diagnostischen Blickes. Mein Vater, der ewige Mediziner.

Und das hatte man auf den Booten gefunden: Turnschuhe, Pantoffeln, Plastikflaschen, Jutebeutel, Keramiktassen, Einmachgläser, Trinkgläser, eine Flasche Mandelmilch, eine Packung Kuhmilch, Pakete mit Zucker, Tetrapacks mit Fruchtsäften, Tupperware, Getränkedosen, in Portionen abgepackte Marmelade, Zigarettenpäckchen, Tabakbeutel, Feuerzeuge, Zigarettenpapier, Medikamente, Tabletten, Zäpfchen, Salben, Umschläge, Sprays, Flacons, Zahnbürsten, Zahnpastatuben, Kämme, Kulturbeutel, Haarspangen, Cremes, Lippenstifte, Lipgloss, Rasierklingen, Mückengel, Kosmetiktäschchen, Gläser mit scharfen Gewürzen, Flaschen mit Olivenöl, Konservendosen mit Tomaten, eine Flasche Ketchup, eine Dose Coca-Cola, eine Dose Bitter-Soda, eine Dose Thunfisch, ein Päckchen Feuchttücher für Babys, Nudelpackungen, Teebeutel, Töpfe, Topfdeckel, Glasteller, Nudelsiebe, Pfannen, Teekessel, Kaffeemaschinen, Campingkocher, Zangen, Messer, Vorhängeschlösser, Schraubenzieher, Schlüssel, Blechscheren, Handys, schwarze Kleider, blaue Kleider, geblümte Kleider, Jeans, Schals, ein Pareo,

T-Shirts, Brieftaschen, Ringe, Musikkassetten, CDs, die Bibel, den Koran, Gebetbücher, Angelutensilien.

Ich ging voraus, er zehn Meter hinter mir. Wenn ich ihn nicht mehr sah, blieb ich stehen. Ich wusste, gerade betrachtet er etwas eingehend durch sein Objektiv. Eine Silhouette, eine abblätternde Mauer, ein seit Jahren verschlossenes Tor. Die Sonne stand bereits hoch am Himmel. Es war zehn Uhr morgens, schon herrschte eine ziemliche Hitze, und das Meer war einfach fantastisch. Papà hatte bestimmt etliche schöne Fotos gemacht, und tatsächlich, er beschleunigte seine Schritte und fragte mich:

»Wohin gehen wir?«

»Zum Friedhof.«

Er befindet sich in Cala Pisana, an der höchsten Erhebung oberhalb der Bucht.

Wir waren wieder an unserem Ausgangspunkt angelangt.

Vor dem Eingangstor stand Paola.

Der Friedhof liegt weniger als zweihundert Meter Luftlinie von ihrem Haus entfernt.

»Wusstest du, dass sie sich der Grabinschriften der Ertrunkenen angenommen hat?«

»Tatsächlich?«

Paola nickte, doch mein Vater musste so erstaunt dreingeblickt haben, dass sie ihr selbstauferlegtes Schweigen brach und ihm antwortete.

»Zuerst stand gar nichts drauf, nur die Daten. Im Namen eines Vereins, dem ich damals angehörte, schrieb ich dem Bürgermeister, dass wir die Inschriften auf den Grabsteinen ändern und zumindest an ihren Tod erinnern wollten. Der Bürgermeister riet uns zuerst von der Aktion ab, nahm das Ganze dann aber selbst in die Hand. Es wurden Schilder angebracht, auf denen stand: ›Nicht identifizierter Immigrant männlichen Geschlechts, afrikanischer Ethnie, schwarzer Hautfarbe‹.«

»Das stand tatsächlich auf den Gräbern?«

Paola zündete sich eine Zigarette an.

»Ja, das stand auf den Schildern, und es hat auch gleich einen Sturm der Entrüstung gegeben. Zu seiner Verteidigung hat der Bürgermeister gesagt, er hätte lediglich die Informationen von den Totenscheinen übernommen. Sein Nachfolger schließlich hat mich damit beauftragt, die Inschriften durch angemessenere zu ersetzen. Tagelang saß ich vor einem leeren Blatt Papier, und nur wer schon mal was über einen Toten schreiben musste, den er nicht kannte, weiß, wovon ich spreche. Irgendwann wurde mir klar, dass die einzigen Angaben, auf die ich mich stützen konnte, die zur Todesursache und zu den Umständen waren, unter denen die Leichen gefunden wurden. Die Erste war Ester Ada; die junge Frau war während der Bergung auf dem Meer unter nie genau geklärten Umständen umgekommen. Die *Pinar*, ein türkisches Handelsschiff, hatte über einhundert Menschen gerettet. Unsere Regierung weigerte sich zunächst, sie italienische Hoheitsgewässer befahren zu lassen, daher blieb die *Pinar* fünf Tage mit Esters Leiche an Bord auf See. Nach fünf Tagen wurde die Genehmigung erteilt, und das Handelsschiff ging in Lampedusa vor Anker.«

Paola hatte den Friedhof betreten.

»Es wurde eine religiöse Zeremonie abgehalten, an der viele Inselbewohner teilnahmen, vor allem Frauen aus Lampedusa.«

Sie hatte ihre Schritte beschleunigt. Wir bogen in einen Seitenweg ein, und nach wenigen Metern blieb Paola stehen.

»Und hier ist Ester.«

Die Inschrift lautete:

»Am 16. April 2009 kam das türkische Handelsschiff *Pinar* einem in Seenot geratenen Boot zu Hilfe. Trotz widrigster Wetterbedingungen gelang es der Besatzung, 155 Migranten, alle aus Schwarzafrika, an Bord zu holen. Auch die Leiche der achtzehnjährigen Nigerianerin Ester Ada wurde geborgen. Vier Tage lang war die *Pinar* wegen eines absurden politischen Kräftemessens zwischen den Regierungen Maltas und Italiens, die sich weigerten, das Handelsschiff anlegen zu lassen, zu untätigem Warten verdammt. Erst am 20. April gestatteten die Behörden das Befahren des italienischen Hoheitsgebiets und die Migranten konnten auf Lampedusa in Empfang genommen werden.«

An jenem Morgen war es windstill, doch Paola zitterte. Sie schniefte und sagte schließlich, ohne mich anzusehen und wie mit letzter Kraft:

»Sprecht mit ihm.«

Sie deutete auf einen älteren Herrn, der mit einer Gießkanne in der Hand auf ein Grab zusteuerte. Dann ging sie auf den Ausgang zu, blieb aber nach kaum zehn Schritten wieder stehen.

»Kommt ihr zum Mittagessen?«

Sie war aus dem Tritt gekommen und versuchte, es zu überspielen.

»Na klar!«

Noch immer rührte sie sich nicht vom Fleck.

Ich sagte zu ihr:

»Warum machst du nicht Pasta mit Schwertfisch und frittierten Auberginen? Ich liebe es, wenn du das kochst!«

Paola deutete so etwas wie ein Nicken an.

»Mit wilder Minze!«

Paola hob die rechte Hand, als wollte sie »Ja, ja« sagen, dann nickte sie noch einmal und ging schweren Schrittes aufs Haus zu.

Die Grabinschriften waren noch nicht endgültig. Sie konnten es auch gar nicht sein. Sie gaben nur das wieder, was bekannt war: das Geschlecht desjenigen, der dort begraben lag. Dann folgten lauter vage Angaben.

»Vermutlich aus Schwarzafrika.«

»Vermutlich zwischen dreißig und vierzig Jahre alt.«

Darauf folgte das Datum, an dem die Leiche gefunden worden war und das oft genug nicht mit dem Todeszeitpunkt übereinstimmte.

Der Name, das Herkunftsland, das genaue Alter blieben unbekannt.

Der Herr, auf den Paola uns aufmerksam gemacht hatte, wartete bereits auf uns. Sie hatten miteinander telefoniert. Er hieß Vincenzo und war von 1978 bis 2007 in Personalunion Friedhofsaufseher, Bearbeiter von Sterbefällen, Angestellter im Leichenschauhaus, Schweißer für das Löten der Särge, Totengräber, Messdiener, Maurer und Gärtner des Friedhofs von Lampedusa.

Er erzählte uns von dem ersten Boot, das angespült worden war und um das er sich persönlich gekümmert hatte.

»Sie waren alle tot. Die Strömung hatte sie in die Nähe des Hafens getrieben. Das war 1996.«

Die Militärbehörden hatten sich an ihn gewandt, weil der Gestank der verwesenden Leichen so stark war, dass es niemand fertiggebracht hatte, sich dem Boot zu nähern. Um die Leichen bergen zu können, hatte Vincenzo einen Abstecher nach Hause gemacht, um eine Minzepflanze von seinem Balkon zu holen. Zurück am Hafen riss er ein paar Blätter von der Minze ab und stopfte sie sich in die Nasenlöcher. Das genügte aber nicht. Der Gestank war noch immer zu stark. Daraufhin legte er auch den Mundschutz, den er extra noch in der Apotheke gekauft hatte, mit Minze aus. Erst dann konnte er sich den Leichen nähern. Es waren zwölf. Vincenzo schaffte sie ins Leichenschauhaus, wo er sie eine nach der anderen wusch.

»In all den Jahren habe ich über achtzig Menschen, die während der Überfahrt ums Leben kamen, beigesetzt.«

Der Friedhof wuchs buchstäblich unter seinen Händen. Vincenzo hatte die Bäume gepflanzt, die Mauern errichtet, die Wege gebahnt, den Platz für diejenigen gefunden, die übers Meer gekommen waren. Jeden Tag ging er zu Fuß zum Friedhof, es sei denn, er war krank. Er fegte die Blätter zusammen, säuberte die Wege, brachte Blumen, goss die Pflanzen. Durch das Wasser, das er mit der Gießkanne holte, vollführte er einen Totenkult, auch unter Menschen, die sich gar nicht gekannt hatten. Doch seit er in Rente war, war niemand mehr für diese Aufgabe offiziell zuständig.

Die ersten zwölf Leichen wurden in einer Ecke des Friedhofs begraben, die Vincenzo eigens dafür geschaffen hatte. Es waren elf Männer und eine Frau. Die Männer legte er nebeneinander in einer Reihe ab. Dann kam der Leichnam der jungen Frau an die Reihe. Es gab keinen anderen Platz für sie, und um ihr die Privatsphäre zu gewähren, die sie verdiente, pflanzte er einen Oleanderbusch und bestattete sie dahinter, denn die Blätter und der Schatten beschützten sie, vor der Sonne und vor dem Winter, vor dem Maestrale und vor bösen Blicken. Für jedes Grab baute er ein Kreuz aus Holz.

In den Jahren danach kam prompt die Diskussion auf, ob es rechtens sei, Muslime unter dem Zeichen des Kreuzes zu bestatten.

»Für mich sind alle Menschen gleich, hier gehen wir mit den Toten eben so um: Wir bestatten sie in der Erde im Schatten des Kreuzes, egal, um wen es sich handelt. Wir können schwarz, grün oder rot sein, aber innendrin haben wir alle weiße Knochen.«

Vincenzo setzte seinen Weg fort, ein kleiner Schritt nach dem anderen. Vor einer Reihe von Kreuzen angekommen, goss er die Pflanzen, klaubte trockene Blätter auf, fegte die Grabplatte sauber, erneuerte die Blumen. Als er fertig war, schlurfte er auf den Ausgang zu, drehte sich noch einmal um und winkte zum Abschied.

* * *

Als ich vier Jahre alt war, fuhren wir einmal nach Marina di Tusa. Es gab dort keinen Sandstrand, nur Kiesel, über die man mit ausgebreiteten Armen ging, um das Gleichgewicht zu halten. Sobald man die Wasserlinie erreicht hatte, stürzte man sich ins Meer, das an dieser Stelle steil abfiel. Papà hatte mich ans Wasser herangeführt, mir die Hände unter die Achseln geschoben und mich ernst angesehen.

»Bereit?«

Ich hatte keine Ahnung, worauf er sich bezog.

»Ja«, antwortete ich.

Das war immer die richtige Antwort, um ihn für sich einzunehmen, wenn er etwas vorschlug.

»Schauen wir uns einen Actionfilm an?«

»Gehen wir zu *La Natura*?«

»Kommst du mit zum Bahnhof, um Zio Beppe abzuholen?«

Ja, Papà.

Alles, was du willst.

Das Wasser reichte ihm bis zur Brust. Das goldene Halskettchen mit dem Jesus-Anhänger sah aus wie ein kleiner Fisch, der ihm um den Hals schwamm. Ich hatte keinen Boden mehr unter den Füßen und spürte seine warmen Hände unter meinen Achseln. Dann lächelte er mir zu.

»Also, bereit?«

»Ja.«

Daraufhin warf er mich ins Wasser, weit nach draußen, wo das Meer dunkelblau war und auch er nicht mehr stehen konnte.

Ich schlug wie wild um mich. Doch dann sah ich, dass Papà ganz ruhig war. Heute weiß ich, dass er einen schrecklichen Konflikt ausgetragen haben musste, zerrissen zwischen dem Drang, mir zu Hilfe zu kommen, und der Erwartung, dass ich alleine zurechtkam, auch wenn ich womöglich unterging und dabei viel Wasser schluckte. Aber er rührte sich nicht und schaute mir einfach zu. Das bedeutete nur eines: Mein Vater hatte Vertrauen zu mir. Meine Hysterie ließ allmählich nach, und die Bewegungen der Arme wechselten sich mit denen der Beine ab. Es war so weit. Ich schwamm auf der Wasseroberfläche, genau wie er. Ich spürte, wie mich ein wohliger Schauder durchlief und meine Brust vor Stolz anschwoll. Ich konnte schwimmen. Mein Vater hatte auf mich gesetzt, und ich hatte ihn nicht enttäuscht.

Den Rest des Sommers verbrachte ich im Wasser. Ich lernte Kraulen und Tauchen mit angehaltenem Atem.

Als ich klein war, war es einfach, mit meinem Vater zu reden.

»Wie soll ich meine Beine bewegen?«

»So.«

»Und wenn ich müde werde?«

»Dann spielst du Toter Mann und atmest ruhig weiter.«

»Und wenn da eine Strömung ist?«

»Dann gehst du erst gar nicht ins Wasser.«

»Und wenn ein Tintenfisch vorbeischwimmt?«

»Dann verhältst du dich still, schaust ihm zu, wie er näherkommt, und dann schnappst du ihn dir.«

Wir entdeckten das Leben – ich, indem ich die Dinge zum ersten Mal beim Namen nannte, und er, indem er sie mir erklärte.

»Warum ist die Sonne heiß?«

»Kann das Meer denken?«

»Träumt man eigentlich auch noch, wenn man tot ist?«

Wir schwammen nebeneinander her, Kraulzug um Kraulzug, man atmet mal links ein, mal rechts, die Füße bewegen sich im gleichmäßigen Rhythmus, der Beckenboden ist gespannt, der Bauch eingezogen. Ich schwamm hinter ihm her und folgte seinen Bahnen, er war viel schneller als ich, doch die vorgegebene Spur war deutlich zu erkennen, und ich war glücklich, dass ich ihm hinterherschwimmen durfte, da mir eine klare Richtung vorgegeben war, während ich lernte, mich in das Meer wie in eine warme Decke zu hüllen, die das Herz auch im Winter des Lebens erwärmen würde.

* * *

Paola saß am Tisch. Sie hatte sich eine neue Zigarette angezündet, obwohl die alte noch im Aschenbecher glomm.

Ihre Erinnerungen quälten sie.

Melo, der auf dem Sofa saß, war ein einziges Nervenbündel. Wie unter Zwang schaute er ständig zu dem Monitor der Videokamera hinüber, die auf die Eingangstür gerichtet war. Er blätterte in einem Buch, das er nach wenigen Sekunden zuklappte, stand auf, nahm ein anderes Buch zur Hand, warf wieder einen Blick auf den Monitor, setzte sich aufs Sofa, blätterte kurz in dem Buch, klappte es zu, schaute zum Monitor hinüber, erhob sich vom Sofa, tigerte im Zimmer auf und ab. So verging eine gute Viertelstunde. Papà, der draußen auf der Terrasse saß, betrachtete die Fotos auf dem Display seiner Kamera. Plötzlich sprang Melo auf. Auf dem Monitor hatte er einen kleinen Punkt entdeckt, der immer näherkam. Barfuß lief er durch den Innenhof und riss die Eingangstür auf.

»Paola, Simone ist da!«

Der Name ihres gemeinsamen Freundes weckte sie aus ihrer Erstarrung.

»Was machst du denn hier?«

Es war halb zwölf, 32 Grad im Schatten.

»Melo hat mich zum Essen eingeladen, außerdem wollte ich Davide und seinem Vater Hallo sagen.«

Paola setzte zu einer Antwort an, gestikulierte mit den Händen, brachte jedoch keinen Ton hervor.

Simone setzte sich an den Tisch.

Melo tat, als interessierte ihn das alles nicht, doch er war sichtlich gespannt.

»Ach, Paola!«, stieß Simone hervor.

Dann verstummte er. Erst als Paola sich zu ihm umwandte, redete er weiter.

»Heute war es soweit. Ich habe es geschafft!«

»Wann?«, fragte Paola mit zusammengezogenen Augenbrauen.

»Gerade eben. Vor knapp zehn Minuten. Ich habe noch nicht mal geduscht.«

Paola öffnete ihr Zigarettenpäckchen. Dieser Moment verdiente den bewussten Genuss einer Zigarette.

»Erzähl«, sagte sie.

Ein Lächeln huschte über Melos Gesicht, dann legte er sich aufs Sofa, nahm ein Buch zur Hand und tat, als läse er.

Simone erzählte, er sei von einem Fernsehjournalisten angesprochen worden.

»Sie planen eine Sendung zum 3. Oktober. Stell dir vor, Paola, ich sollte gemeinsam mit einem Taucher Aufnahmen unter Wasser machen. Und rate mal wo: in der Tabaccara-Bucht.«

In Extremsituationen verhalten sich Menschen oft ganz anders, als man meint.

»Ich war seit damals nie wieder tauchen.«

Es war nicht ganz klar, ob seine Aktion nun eine kleine Apokalypse verursacht hatte oder der Beginn von etwas Neuem war.

»Ich habe ohne nachzudenken zugesagt. Vor zwei Stunden war ich wieder unter Wasser, Paola!«

Simone hatte mir erzählt, was er am Meer so liebte.

»Die Stille. Und die Musik, die man in sich selbst hört, wenn man die Welt unter Wasser betrachtet.«

Ich hatte ihn gefragt, was sein schönstes Erlebnis beim Tauchen war.

Sein Gesicht hellte sich auf, und wie aus der Pistole geschossen sagte er:

»Der Hai.«

»Hattest du keine Angst?«

»Nein, er war einfach wunderschön. Mein Adrenalin war am Anschlag, aber einen Hai aus nächster Nähe zu sehen, ist schlicht großartig. Diese feierliche Langsamkeit, mit der er sich bewegt! Ein Herrscher der Meere. Spektakulär.«

Sein ganzer Körper zitterte vor Freude.

»Paola, weißt du, dass ich immer noch die Toten sehe? Wenn in den Nachrichten von den im Meer Geretteten berichtet wird, muss ich jedes Mal weinen. Und wenn ich alleine bin, weil meine Frau und meine Töchter gerade nicht da sind, dann weine ich ganz von selbst. Ich bin ein Fall für den Psychologen, scheint mir, wahrscheinlich müsste ich wirklich mal mit jemandem reden. Die Toten aus dem Kielraum im Schiff trage ich immer noch mit mir herum. Und trotzdem bin ich heute rausgefahren, um zu tauchen. Einfach so, platsch!, ohne groß zu überlegen. Und weißt du, was? Auf dem Wrack am Meeresboden haben sich Korallen gebildet und Algen, und dazwischen schwimmen Fische herum. Beim ersten Mal waren es nichts als Leichen, aber jetzt hat das Meer alles verwandelt. Ich habe gesehen, wie der Tod überwunden wurde. Die Rückkehr des Lebens, genau! Tut mir leid, besser kann ich mich nicht ausdrücken, aber du verstehst, was ich meine, oder, Paola? Ja, bestimmt verstehst du, was ich sagen will.«

Paola nahm zwei letzte Züge, dann drückte sie die Zigarette sorgfältig aus. Der Rauch war schon fast verflogen.

Sie lächelte Simone zu, der ihr Lächeln erwiderte.

Plötzlich stand sie auf.

»Melo, los, mach das Fenster auf, ich muss die Auberginen fürs Mittagessen braten.«

Melos Augen leuchteten.

»Kannst du es nicht selbst aufmachen?«

»Nein, du.«

»Warum ich?«

»Du kannst es besser«, sagte sie und trat an den Herd.

Melo, der den ganzen Tag über kaum etwas gesagt hatte, fing wieder mit seinem Gejammer an.

»Es ist so heiß, ich muss mich gleich wieder hinlegen. Was gibt's eigentlich zu essen?«

»Pasta mit Schwertfisch und frittierten Auberginen.«

»Und wilder Minze?«

»Na klar!«

»Okay, dann will ich mich mal zusammenreißen und bis zum Mittagessen ausharren. Aber danach lege ich mich sofort ins Bett.«

Simone war nach Hause gegangen, um zu duschen und eine Flasche Wein zu holen. Um eins, halb zwei, spätestens aber um zwei wollte er wieder da sein.

»Also dann, ciao, Beppuzzo.«

An jenem Abend des 2. Oktober musste Onkel Beppe mir noch etwas sagen.

Er war müde, wollte aber noch nicht auflegen.

»Daviduzzo, warte mal, ich möchte dir noch was erzählen, wegen der Kreise, die sich schließen. Es hat auch mit deiner Arbeit zu tun. In dem Bett neben meinem liegt ein Junge aus Libyen, er ist zusammen mit seinem Vater auf einem Flüchtlingsboot gekommen und in Lampedusa an Land gegangen. Dieser Junge ist an einer sehr schweren Form von Leukämie erkrankt. Sein Vater ist immer bei ihm. Ein ganz feiner Mensch. Er betet oft neben seinem Sohn, ganz leise. Dieser Mann versteht Italienisch, und wir haben uns ein wenig unterhalten. ›Vielleicht gibt es nur einen einzigen Gott, der eben unterschiedliche Namen hat‹, habe ich zu ihm gesagt. ›Würden Sie für mich beten?‹ Da hat er meine Hand genommen und auf Arabisch zu beten begonnen, und die Klänge seiner Litanei waren so süß, ganz anders als das Geschrei, das wir immer im Fernsehen hören. Es hat mich sehr bewegt. Er hat mir die Hand auf die Stirn gelegt und darauf gepustet, seine Finger lösten sich wieder, und das Gebet war beendet. Ich musste sofort an die sich schließenden Kreise denken, Daviduzzo: Du schreibst gerade über Lampedusa und auch über mich, und hier bei mir im Krankenhaus sind zwei Menschen, die in einem Flüchtlingsboot nach Lampedusa gekommen sind. Insgeheim danke ich auch unserem Gesundheitssystem, das mir, der ich jahrelang in diesen Strukturen gearbeitet habe, und diesem Jungen, der übers Meer geflohen ist, dieselbe Fürsorge und Zuwendung zukommen lässt – was ja auch vollkommen richtig ist. Und so kämpfen wir nun beide Seite an Seite für die Schönheit des Lebens.«

Dann verabschiedeten wir uns, und in dem Moment schien tatsächlich das vorletzte Kapitel einer Geschichte begonnen zu haben, die auf ihr Ende zuging.

Zu Hause bei meinen Großeltern, in Onkel Beppes Kinderzimmer, gab es einen ausgestopften Kaiman. Den hatte Onkel Rocco mitgebracht, derjenige, der ihm auch die Frangipani geschenkt hatte. Er hatte sich ein paar Jahre in Mittelamerika herumgetrieben. Wieder zurück in Sizilien, hatte er das Schiff mit dem ausgestopften Kaiman unterm Arm verlassen, ein Geschenk für seine Schwester, meine Großmutter. Ihr gefiel er überhaupt nicht, Onkel Beppe hingegen schon. Großvater enthielt sich, und so gab das Urteil meines Vaters Ausschlag, der gehörigen Einfluss auf seine Mutter hatte. Papà behauptete, er finde ihn wunderschön, und so wanderte dieser groteske ausgestopfte Kaiman ins Zimmer von Onkel Beppe und blieb dort auf dem Schrank, als müsste er Beppe bewachen. Wenn ich bei meinen Großeltern übernachtete, schlief ich immer im Zimmer von Beppe, der schon seit Jahren nicht mehr in Palermo wohnte. Ich grüßte den Kaiman mit einem respektvollen Nicken, dann setzte ich mich an den massigen Schreibtisch mit der gläsernen Schreibtischplatte und den zwei Schubladen zu beiden Seiten. In einer befanden sich Münzen aus all den Ländern, die mein Onkel bereist hatte. In einer anderen die Skelette zahlreicher Füllfederhalter. In diesen Gegenständen sah ich die Spuren seines Lebens und malte mir die abenteuerlichsten Länder aus, aus denen sie stammen könnten. Ich durchwühlte seinen Schrank und stieß auf seine T-Shirts. Sie standen mir ausgezeichnet. Mit den Jahren hatte ich sie alle mal getragen. Auf die Weise fühlte ich mich ihm nahe. Diese T-Shirts hatten etwas Amerikanisches oder Nordeuropäisches an sich, und wann immer ich eines anhatte, fühlte ich mich den Mädchen gegenüber weniger unsicher. In der Ecke neben dem militärgrünen Schlafsofa stand eine uralte Gitarre. Als ich klein war, hatte Onkel Beppe mir immer »Rock'n'Roll Suicide« vorgespielt, das ganze Lied, und dazu laut gesungen.

Während seiner Studienzeit in Amerika war er auch in Coney Island gewesen.

»Ich bin dort sogar schwimmen gegangen! Es war Mai, das Meer war noch eiskalt.«

Kopfüber ins Reich seiner Helden.

»Und wie war das Meer?«, fragte ich.

»Wie soll es schon gewesen sein? Einfach grässlich.«

Und dann lachte er das wunderschöne Lachen eines kleinen Jungen, der etwas Verwegenes getan hat, ein Symbol purer Lebensfreude in dieser für ihn so typischen untrennbaren Mischung aus Unschuld und Boshaftigkeit.

Papà und ich traten auf die Veranda.

Die Luft war von dem intensiven Geruch nach frittierten Auberginen erfüllt.

»Papà, Beppe geht es wirklich schlecht.«

»Ich weiß. Ich habe ihn heute Morgen angerufen.«

Das Meer, mal grün, mal strahlend blau, mal dunkelblau, war glatt wie ein Tischtuch. Kein Windhauch kräuselte seine Oberfläche.

»Was hat er denn gesagt?«

»Er hat Probleme mit der Gallenblase. Vielleicht hat er Gallensteine, die sich gelöst haben. Das hat nun gerade noch gefehlt!«

Mein Vater starrte auf den Horizont. Er hatte die Arme vor der Brust verschränkt, um besser nachdenken zu können, um die Last auf seinen Schultern, die sein medizinisches Wissen für ihn bedeutete, besser zu verteilen.

»Aber ich habe doch gestern Abend erst mit ihm gesprochen; er sagte, nur das Fieber sei etwas gestiegen. Außerdem hat er mir von seinem Zimmernachbarn erzählt.«

»Er wollte dich nicht beunruhigen.«

Das Rauschen der Brandung kam mir auf einmal irrsinnig laut vor.

»Was hat er?«

»Unwohlsein, Schmerzen, Übelkeit. Normalerweise würde man die Gallensteine entfernen und auch eine Endoskopie machen. An sich keine große Sache, nur ist sein Immunsystem derart angeschlagen, dass schon eine Kleinigkeit zur Tragödie werden kann. Beppe meinte: ›Hätte diese verdammte Gallenblase nicht noch ein Jahr Ruhe geben können, bis der Tumor besiegt wäre?‹«

Ich spürte einen Stich in der Magengrube.

»Wie ist er so drauf?«

»Ziemlich niedergeschlagen. Heute Morgen hat er wieder von der Frangipani erzählt, wie viel Freude es ihm bereitet, dass sie so spät noch blüht. Er identifiziert sich damit. Die Vorstellung hilft ihm, den Tag durchzustehen: Solange diese Pflanze blüht, kann mir nichts passieren.«

Ich habe mich immer gefragt, weshalb mein Vater seinen Bruder nie fotografiert hatte.

Nun wusste ich es.

Kein Foto kann es an Genauigkeit mit dem Gefühl für einen geliebten Menschen aufnehmen. Sie waren mehr als Brüder. Sie waren eine Einheit, seit sie denken konnten.

Mir stockte der Atem.

Würde jetzt alles verloren gehen? Oder würde es von etwas Größerem aufgenommen werden?

»Papà, liegt Beppe im Sterben?«

Ich wollte nicht den Fehler wiederholen, den ich bei Totò begangen hatte.

Diesmal wollte ich offen aussprechen, was mich bedrückte.

Mein Vater legte mir die Hand auf die Schulter. Ich sah zu ihm hin.

In seinen tiefen Falten, im Weiß seiner Haare, den Zeichen, die die Zeit in sein Gesicht gemeißelt hatte, konnte ich meine eigenen 42 Lebensjahre lesen.

Mein Vater sah mich mit seinen blauen Augen an, breitete mit zum Himmel geöffneten Handflächen die Arme aus. Langsam schüttelte er den Kopf.

Er wusste es nicht.

Er konnte es nicht wissen.

Niemand kennt die Zukunft.

Dann deutete er mit dem Kinn aufs Meer vor uns.

Es war von bewegender Schönheit.

Er hatte Recht.

Man konnte nichts weiter tun.

Die Frangipani gießen, ihre Triebe bewundern, ihren Duft genießen, in der Gegenwart leben und sich mit dem abfinden, was unausweichlich war.

Die Angst fiel von mir ab und machte Platz für schöne Erinnerungen: der Sommer, in dem mein Vater mir das Schwimmen beibrachte, die Ausflüge mit Onkel Beppe, die Umarmungen Silvias, der Duft nach Minze und frittierten Auberginen. Meine Atmung hatte sich wieder beruhigt, und Papà und ich zogen T-Shirt, Schuhe und Hosen aus, um uns nur mit Badehose bekleidet in die Fluten zu stürzen. In der prallen Mittagshitze schwammen wir einträchtig auf die Spitze der Landzunge zu, Zug um Zug, die Hände geöffnet wie um zu empfangen, den Tag hinter uns lassend, den Horizont immer vor Augen, unerreichbar und grenzenlos.

Es waren keine Gallensteine.

Es war das Lymphom, das sich überall ausbreitete.

Beppes Körper zerstörte sich von innen her.

»Er muss eine zweite Chemo machen.«

Papàs Stimme am Telefon klang beherrscht.

»Das hat ihm gerade noch gefehlt.«

Das Unbehagen nistete sich in den Pausen zwischen seinen Worten ein.

Er verbrachte inzwischen mehr Zeit in Reggio als in Palermo.

Onkel Beppe war häufiger in der Hämatologie anzutreffen als zu Hause.

Als ich ihn im Krankenhaus besuchte, fiel mir sofort sein eingefallenes Gesicht auf. Die Wangen ganz schmal, die Jochbeine stark ausgeprägt, genau wie bei Totò: Der Tod trocknet einen aus, entzieht die Lebenssäfte, legt die Gebeine frei. Bestimmt zitterten ihm auch die Knochen. Aber seine Augen, Onkel Beppes Augen hatten sich nicht verändert. Der Blick war derselbe wie immer: ironisch, voller Staunen. Der Blick eines guten Menschen. Kinderaugen in einem erwachsenen Körper, der dem Verfall preisgegeben war.

»Es geht ihm wirklich beschissen«, sagte ich zu Silvia und klammerte mich an sie.

Sein Zustand verschlechterte sich von Tag zu Tag.

Das eindringende Wasser brachte das Schiff immer mehr zum Sinken.

Mein Vater aß nicht, er verschlang das Essen. Mit

übertriebener Kraft säbelte er sein Fleisch in Stücke, das Besteck klapperte laut auf seinem Teller, er schluckte gewaltige Bissen hinunter und zermalmte sie mit seinen Zähnen – als wollte er den ganzen Tisch aufessen. Er saß, aber seine Beine gaben keinen Augenblick Ruhe.

»Ich gehe schwimmen«, sagte er zu meiner Mutter, als er schon halb zur Tür hinaus war.

Doch das stimmte nicht: Er ging nicht ins Schwimmbad, um zu schwimmen. Papà ging dorthin, um gegen das Wasser anzukämpfen.

Drei Tage vor Weihnachten kam eine weitere Komplikation hinzu: Die Ärzte hatten Flüssigkeit in Beppes Bauchhöhle entdeckt.

»Ist es schlimm, Papà?«

»Ja.«

Er sah mich an, so wie ich ihn vor vielen, vielen Jahren angesehen haben muss, als wir uns im Herzen von *La Natura* befunden hatten.

»Fahren wir zusammen hin?«

»Klar, Papà!«

»Morgen?«

»Ja, um sechs. Ich fahre.«

»Danke.«

»Nichts zu danken, ich bin froh, dass wir zusammen zu Beppe fahren.«

Während der Fahrt sprachen wir über die Porträts von Richard Avedon, Robert Capas Fotos aus Sizilien, Josef Koudelkas Hunde im Schnee. Wir wollten den Tod nicht ins Wageninnere lassen.

Auf der Fähre zum Festland gingen wir nach oben an Deck.

»Die Überfahrt ist immer wieder schön.«

Der Wind zerzauste mir die Haare.

»Ja, sehr schön.«

Die ganze Zeit starrte Papà auf Sizilien, das hinter uns zurückblieb.

Es war die Vorausahnung eines Abschieds.

Bei meinem letzten Besuch in Reggio hatte ich meinem Onkel einen Ausdruck von meinem Manuskript mitgebracht. Es endete am 3. Oktober, mit der Episode, in der Papà und ich in Cala Pisana schwimmen gehen.

»Siehst du, Beppuzzo, ich habe mich beeilt: Das ist mein Buch.«

»Wie heißt es?«

»›Schiffbruch vor Lampedusa‹.«

»Stimmt es, dass ich auch drin vorkomme?«

»Ja.«

»Und mein Bruder auch?«

»Ja.«

»Darf ich es lesen?«

»Deshalb habe ich es dir ja mitgebracht.«

Er fing sofort an zu lesen, obwohl er sehr erschöpft war, denn nachts fand er keinen Schlaf mehr. Er brauchte zwei Tage. Selbst das Umblättern fiel ihm schwer. Schließlich sagte er zu mir:

»Eins habe ich nicht verstanden. Es ist so oft vom Schiffbruch die Rede. Doch was ist mit mir? Habe ich keine Möglichkeit, vor Anker zu gehen?«

Die ganze Zeit hielt er meine Hand und streichelte sie mit seinen schlanken Fingern.

Ich verharrte schweigend, gab keine Antwort, sah ihn einfach nur an. Ich hatte noch nicht begriffen, dass die

Antwort bereits in jener zärtlichen Berührung unserer Hände lag.

Im Krankenhaus trafen wir Silvana.

»Sie haben ihn gerade in den OP gebracht.«

Die Flüssigkeit im Bauchfell rührte von einem Lymphom her.

Er hatte Lymphome im ganzen Körper.

Inzwischen drückten sie auch auf die Nieren.

»Sie setzen ihm jetzt einen Stent in den Harnleiter.«

Seine einzige Chance war eine dritte Chemotherapie.

»Die Chemo der Verzweiflung«, sagte Papà.

Es fiel ihm sicher nicht leicht, das auszusprechen.

»Jedenfalls ist Beppe völlig klar im Kopf. Es ist vermutlich seine letzte Entscheidung.«

Onkel Beppes Knöchel waren geschwollen. Seine Beine, sein Bauch, sein Magen. Sein Gesicht war eingefallen. Ich sah ihn im Flur, als er gerade auf einer Bahre aus dem OP geschoben wurde. Sie brachten ihn zurück in die hämatologische Abteilung.

»Wir sehen uns heute Nachmittag«, sagte ich zu ihm.

Onkel Beppe erkannte mich, begriff den Sinn meiner Worte und lächelte mir zu.

Er würde auf mich warten.

Wir würden noch einen Moment für uns alleine haben.

Meine erste Erinnerung an Onkel Beppe reicht bis in meine früheste Kindheit zurück. Ich war noch keine drei Jahre alt, und Onkel Beppe sollte zwei Stunden auf mich aufpassen. Er machte mit mir einen Gang über einen der Märkte von Palermo. Bis dahin durfte ich nur bestimmte Dinge essen. Doch Onkel Beppe ließ mich *pane e panelle* kosten, Brot mit einem frittierten Fladen aus Kichererbsenpüree. Zwei Stunden mit ihm, und die ganze Ernährungsstrategie meiner Eltern war dahin. Mama und Papà waren so überrascht von seiner Antwort – »Na ja, *pane e panelle* hat noch nie jemandem geschadet!« –, dass sie beschlossen, sich in Zukunft nach diesem Evangelium zu richten.

Von dem Tag an aß ich alles. Und bis heute vertrage ich alles. Ich bin felsenfest davon überzeugt, das rührt von jener »Taufe« mit Street Food her, bei der mein Onkel als Pate fungiert hat.

Onkel Beppe, so könnte man es auf den Punkt bringen, war für mich der Geschmack von *pane e panelle*.

Der Erste, der um vier Uhr nachmittags zu meinem Onkel ging, war Papà. Er zog den Schutzkittel und die Überschuhe an und betrat das Zimmer, in dem sein Bruder lag. Beppe wollte ihn ständig sehen, vor allem nachts, wenn Fieber und Dunkelheit ihm Angst machten. Die beiden Brüder waren sich sehr nahe, sie beobachteten einander und ergänzten sich perfekt in ihrem Denken und Fühlen.

Als Papà wieder herauskam, band er mir den grünen Kittel am Rücken zu.

»Er erwartet dich, er ist bei vollem Bewusstsein.«

Er wirkte beinahe heiter nach jener letzten Begegnung, und das Wissen, dass ich zu seinem Bruder ging, schien seine heitere Gelassenheit fast noch zu verstärken.

Als ich an das Bett trat, erkannte Onkel Beppe mich sofort.

»Daviduzzo.«

Seine Stimme war nur ein Flüstern.

Er nahm meine Hand und tat etwas, womit ich überhaupt nicht gerechnet hätte.

Er begann zu schluchzen.

»Nein, Beppuzzo, wein doch nicht!«

Er hörte sofort auf. Die Tränen verharrten zitternd an den Augenrändern, und er hielt den Atem an. Selbst in jenem Augenblick überwog seine außergewöhnliche Fähigkeit zuzuhören und siegte über den Gefühlsausbruch, dämmte die Angst ein. Mein Onkel wollte wirklich wissen, was ich ihm zu sagen hatte.

Ich, der ich ihn ruhig anschaute, dessen Atem ebenso ruhig ging wie der Herzschlag.

»Wenn du allein wärst, Zio Beppe, und dich keiner im Krankenhaus besuchen käme, dann wäre dein Weinen gerechtfertigt. Aber du hast so viel Besuch bekommen! Ich habe lauter Kollegen und Patienten von dir hier im Wartezimmer kennengelernt, Pfleger, Schüler. Außerdem fragen ständig deine Freunde nach dir, zu Hause oder am Telefon. Das sind echte Freundschaften, Zio. Solche Beziehungen sind für die Ewigkeit.«

Beppe nickte bedächtig.

»Außerdem gibt es ja noch uns beide, Beppuzzo. Unsere Beziehung existiert schon, seit ich auf der Welt bin, und sie wird mein ganzes Leben lang andauern. Sie ist wunderschön. Denn unterm Strich bleibt bei uns beiden ja nur Gutes übrig, oder?«

Er nickte wieder und schaute mich mit seinen großen Augen an. Eine unendliche Liebe war darin zu lesen. Kein Augenpaar der Welt war tief genug, sie aufzunehmen.

»Du wirst niemals nur eine Erinnerung für mich sein, Zio. Die Zeit, die findet in der Gegenwart statt. Und in meiner Gegenwart existiert unsere Beziehung weiterhin.

Du bist immer bei mir. In meinem Himmel bist du einer der hellsten Sterne. Und was machen die Sterne? Sie überwinden die Zeit, um uns den Kurs anzuzeigen.«

Er streichelte mir den Handrücken mit dem Daumen, mit den Fingerkuppen berührte er sanft meine Handfläche.

Was für feingliedrige Hände du hast, Onkel Beppe.

»Daviduzzo, ich würde gerne noch ein paar Jahre leben.«

»Jeder will das, jeder von uns. Aber ein, zwei, zehn Jahre mehr würden doch das, was wir zusammen erreicht haben, nicht um ein Jota verändern.«

Onkel Beppe nickte lächelnd.

»Dann brauchen wir also nicht zu weinen«, flüsterte er.

»Es gibt zu viel Schönheit, als dass wir weinen müssten«, erwiderte ich.

Und da breitete sich sein Kinderlächeln auf seinem Gesicht aus. Ich gab ihm einen Kuss auf die Stirn und ging hinaus.

»Wie geht es ihm?«, fragte mich Papà. Er zitterte innerlich.

»Wir haben uns unterhalten. Haben mit allem unseren Frieden gemacht.«

Ich erzählte ihm von unserem Gespräch und sah, wie seine Anspannung nachließ, wie sich die Falten auf seinem Gesicht glätteten, der Atem sich normalisierte. Papàs Fuß hatte innegehalten, und sein Blick ruhte auf mir.

»Unglaublich, wie ähnlich die unterschiedlichen Phasen immer ablaufen«, bemerkte er. »Erst ist da das Erstaunen: ›Mir kann so etwas nicht passieren.‹ Dann erfolgt die Leugnung: ›Die müssen sich geirrt haben, es ist kein Tumor.‹ Dann die Wut, die Niedergeschlagenheit. ›Warum ausgerechnet ich?‹, dann eine Art innerer Ruhe und schließlich das, was ich gerade in diesem Zimmer erlebt habe, die Phase, in der Beppe uns, die wir zurückbleiben, tröstet. Als würde man in der Nähe des Todes etwas wahrnehmen, das einem zu Lebzeiten gar nicht auffallen kann und das denjenigen, der im Sterben liegt, den Überlebenden gegenüber barmherzig werden lässt.«

Papà streifte den Kittel wieder über und ging zurück zu seinem Bruder.

Sein Gang war auf einmal ein anderer.

Es war nicht mehr der Gang eines Arztes.

Sondern der eines älteren Bruders.

Die dritte Chemotherapie wurde gar nicht mehr durchgeführt, es hätte sich lediglich um eine lebensverlängernde Maßnahme gehandelt. Beppe wurde entlassen und nach Hause gebracht. Aus ganz Italien kamen Kollegen und Ärzte, die er ausgebildet hatte, Freunde und Verwandte. Mein Onkel bat jedes Mal darum, ihm in den Sessel zu helfen, damit er seinen Besucher sitzend empfangen konnte.

Eines bedauere ich: dass ich nie mit meinem Onkel im Meer von Lampedusa gebadet habe.

Ich las ihm einen Gedanken vor, den ich mir notiert hatte.

Lampedusa, von *lepas*, der abgeschürfte, von der Wucht der Elemente angegriffene Fels, der standhält und sich als Solitär in der unendlichen Weite des offenen Meeres behauptet. Oder Lampedusa von *lampas*, der Fackel, die im Dunkeln leuchtet, Licht, das die Finsternis besiegt.

»Was meinst du, soll ich das in den Roman einbauen, Onkel Beppe?«

»Ja, tu's an den Schluss. Ein Ende voller Licht und Widerstand, das hat was.«

Er starb Ende Dezember in seinem eigenen Bett.

Wir sollten nicht um ihn trauern, hatte er uns gebeten.

»Erst jetzt, wo er tot ist, wird mir klar, was für schöne Hände mein Bruder hatte«, gestand mir Papà.

Die erste Nacht ohne meinen Onkel verlief ruhig.

Die Sonne war noch nicht aufgegangen, als ich auf den Balkon trat.

Sizilien dort vor mir war soeben aus dem nächtlichen Dämmer aufgetaucht, wie am Tag zuvor, wie am Tag darauf, bis ans Ende aller Tage.

Der Morgen graute allmählich.

Er zögerte noch, das Meer hielt ihn zurück.

Ich stützte mich auf das Geländer, in Erwartung der Sonnenstrahlen auf meinem Körper.

Am Ende Licht

Ein Nachwort von Albert Ostermaier

Davide Enia hat dieses Buch auf die Bühne gebracht, er hat den Geschichten, die er erzählt, eine Bühne geschaffen, hat sie ins Scheinwerferlicht gestellt, die Schatten erhellt, das Unsichtbare sichtbar gemacht, das Unerhörte für alle hörbar. Er hat sich auf die Bretter, die die Welt bedeuten, gestellt und erzählt, erzählt, wie auch ein Homer diese Geschichte erzählt hätte, als eine Geschichte über die Insel und das Meer, und vor allem über jene, die darin ums Leben kamen, die ertranken oder, das rettende Ufer vor Augen, starben, starben aus Erschöpfung oder an ihren Verletzungen.

Davide Enia ist der Homer der Flucht und der Flüchtlinge. Er hat ein Auge für sie, aber vor allem ein Herz. Er übersetzt den Herzschlag in Zeilen, Worte, die ausschlagen, er öffnet seine Brust und zieht sie zusammen beim Schreiben. Sein Brustkorb ist ein Fluchtort, sein Körper ein Schiffskörper für die Schiffbrüchigen. Ein Schiff, das bricht, ist wie ein Herz, das bricht. Für den, der ein Herz hat. Davide Enia hat ein Herz, und er fasst es sich und das Unfassbare. Das Unfassbare, das auch deshalb so unfassbar ist, weil wir es geschehen lassen, weil diese unzähligen Toten auch unsere Toten sind, weil wir sie ertrinken haben lassen, weil wir sie nicht gerettet haben, weil wir unsere Hilfestellung unterlassen haben und uns abgedreht haben, hinter Worten, Statistiken, hinter fadenscheinigen Argumenten versteckt haben. Weil wir, während die Hilflosen ertranken und ihre Schiffe an den Wellen brachen, von einer »Flüchtlingswelle« sprachen, als seien die Geflüchteten eine Naturkatastrophe und nicht wir jene, die sie katastrophal sterben haben lassen vor unseren Augen, die wir lieber abwendeten und die Lider schlossen oder Mauern hochzogen, dass wir nicht sehen müssen, was wir übersehen wollten.

Jeder, der dieses Buch liest und gelesen hat, wird diese widerlichen, menschenverachtenden, obszönen Worte wie »Flüchtlingswelle« nicht mehr widerstandslos ertragen können und ertragen, er wird und muss widersprechen. Davide Enia hat die ganzen falschen Worte entblößt und wie eine Welle zurückgeworfen gegen unsere versteinerten Herzwände und die Küsten unseres Bewusstseins. Dieses Buch sollte nicht nur Schullektüre sein, sondern für jeden Politiker Pflichtlektüre. Wer dieses Buch liest und dann die Menschen in Seenot nicht rettet, ist selbst unrettbar verloren.

Schon zu Anfang seines Buches lässt Davide Enia einen Taucher zu Wort kommen, der alles sagt, was es zu sagen und denken gilt: »Hier retten wir Leben. Auf See ist jedes Leben heilig. Wenn jemand Hilfe braucht, retten wir ihn. Hautfarbe, Rasse, Religion – völlig egal. Das ist das Gesetz des Meeres.« Doch wir treten dieses Gesetz mit Füßen, treten auf die Hände, die an Bord des rettenden Schiffs kommen wollen mit letzten Kräften. Wir sagen »das Boot ist voll«, als wären nicht sie auf den vollen Booten auf dem offenen Meer, die kentern, während wir an Land davon reden, dass uns das Wasser bis zum Hals stünde und die Wehrlosen als Bedrohung sehen.

Aber Davide Enia erwähnt all diese Politiker, all diese zynischen Begriffe und Paragraphen nicht. Und es wäre ein Fehler, sein Buch mit diesen Namen, die vergessen werden, zu beschmutzen. Sie sind es nicht wert, in diesem Buch zu stehen, denn sie haben alle Werte verraten, der Würde, des Menschseins und Europas, ja Europas, die selbst eine Geflüchtete war im Mythos, wie die meisten von uns Erzählungen und Spuren der Flucht in ihren Familien finden werden.

Davide Enias Buch ist deshalb so eminent politisch, weil es die direkte politische Anklage scheinbar ausspart. Dieses Buch ist kein Pamphlet, keine zornige Streitschrift. Auf den ersten Blick. Denn, Davide ist subtiler, ein Dramatiker, er überlässt es uns, politisch zu werden, zornig zu werden, zu handeln, aufzustehen, die Notwendigkeit zu spüren, dass wir etwas tun müssen, dass das Ertrinken von Kindern, Frauen und Männern im Meer aufhören muss, die Vergewaltigungen, die Misshandlungen, die Ausbeutung. Davide fragt nicht nach den Fluchtgründen, aber wir fragen uns nach den Gründen der Flucht, wenn wir seinen Erzählungen der Geretteten nachhören ins uns, wir kommen irgendwann zu dem Punkt, was das alles auch mit uns zu tun hat und unserer Mitschuld an dem Tod der Ertrunkenen wie an dem Grund, dass sie alles verließen, durch Wüsten zogen, hungerten, fast verdursteten, fast ertranken und alle nur erdenkbare Gewalt erduldeten, nur um zu uns zu kommen. Warum mussten sie denn fliehen? Warum gilt der Grund, für sich und seine Familie ein besseres Leben oder Überleben zu suchen, nicht als legitimer Fluchtgrund? Ist die Politik, die wir trieben und treiben, der Handel mit Leben und Lebensgrundlagen kein Grund? Ist nicht unsere Politik, die sie bis in den hintersten Winkel Afrikas verfolgt hat, ein Fluchtgrund? Wenn dein Kind zu verhungern droht, nur noch aus Rippen besteht und du verzweifelt in der Dürre nach Nahrung für es suchst, bist du dann »nur«

ein Wirtschaftsflüchtling? Auch so ein perverses Wort, vor dem man ausspucken möchte. Aber all meine Wut, die Wut der Leser, ist nicht in diesem Buch und das ist gut so, denn sie staut sich zwischen den Zeilen auf und wird so wirkungsvoll, das Buch entlässt uns nicht aus der Verantwortung: Wenn wir es gelesen haben, müssen wir die Gegenwart anders lesen, müssen wir in uns lesen. Klingt das pathetisch? Wir brauchen Pathos, Empathie, Solidarität. Aber wir wollen uns nicht von Davide Enia und diesem einzigartigen Text entfernen. Wie gelingt es ihm, dass wir das Buch zu Ende lesen können, trotz all der Toten, all dem Elend, der Trauer, der Verzweiflung, der Hoffnungslosigkeit? Zum einen wegen seiner Sprache, die die Schönheit eines Requiems hat, die von den Lippen und aus den Augen abgelesen ist, die nachspürt, die flüstert, stammelt, schreit, die aus dem Leben ist und voller Leben, die beschreibt, tastet, poetisch wie ein Gedicht sein kann und dann wieder heilig nüchtern, die persönlich ist, adressiert, aber dann auch herrlich abschweifen kann, sentimental wird, fast wehmütig, verzweifelt, verstockt, fast zusammenbricht, schweigen möchte, aber nicht schweigen kann, will, die den Wind sammelt wie ein Sturm, aufbraust, und dann auch wieder philosophisch sein kann, klug und lebensklug, zärtlich. Die Sprache ist Davide Enias Bühne und er weiß sie zu bespielen, als wäre es Shakespeares *Sturm*, mit all den Rollen, die sich in ihm allein verdichten. Davide ist ein Geschichtensammler, denn er weiß, jeder Mensch, und erst recht jeder Geflüchtete, jeder Ertrunkene, jeder Gerettete, jeder Retter, hat eine Geschichte, die es nicht nur wert ist, erzählt zu werden, sondern die erzählt werden muss. Und dieses Buch ist voller Menschen, die darüber nicht reden können und wollen, über das, was sie erlebt, durchlitten haben, Gerettete wie Retter, und denen er die Zunge, das Herz löst, mit unglaublicher Behutsamkeit und Vorsicht. Auch Davide Enia ist ein Retter, er rettet die Menschen, indem er sie dazu ermutigt und bewegt, ihre Geschichten zu erzählen. Und Davide ist selbst eben auch ein begnadeter Erzähler, denn er weiß, wie er eine Geschichte erzählen muss, weiß, welche Geschichte auf welche folgen muss, er weiß, was er uns zumuten kann und was er uns zumuten muss. Vielleicht können wir dieses Buch voller Ertrunkener und Gefolterter nur ertragen, weil er es in zwei andere Geschichten und Erzählungen einbettet. In die Geschichte seines geliebten, krebskranken und Seite für Seite dem Tod näher kommenden Onkels, und die unbeschreiblich berührende Geschichte seines Verhältnisses zu seinem Vater, dem Schweiger, dem Kardiologen, der sein Herz nicht öffnen kann, aber immer mehr die Augen durch die Photographie, die er für sich entdeckt hat, weil Bilder sprechen können, ohne reden zu müssen.

Sein Vater hat Davide Enia begleitet und wir erleben und lesen eine der zärtlichsten, schönsten, seelenseismographischsten und berührendsten Vater-Sohn-Geschichten, die ich je gelesen habe. Davide Enia integriert die Geschichten der Geflüchteten in die Geschichte seiner Familie, seine Familiengeschichte nimmt sie in ihre Arme, sie werden Teil der Familie, sie werden aufgenommen. Jedes Leben ist gleich viel wert, jedes Leben ist es wert, erzählt zu werden. Wie selbstverständlich strömen diese Erzählflüsse ineinander dem gleichen Meer zu. Und in diesem Meer liegt diese Insel Lampedusa. Auch sie gehört jetzt zur Familie. Davide Enia macht sie zu seiner Erzählinsel, einer Insel aus Sprache und Stimmen und vor allem einzigartiger, unvergleichbarer Menschen, die seit Jahrzehnten Menschenleben retten, wie es schon der Taucher am Anfang sagte: »Hier retten wir Leben.« Davide Enia setzt diesen Menschen ein Denkmal, einen Felsen in der Brandung. Diese bewundernswerte Menschlichkeit, die wir so gut wie verloren haben, diese Selbstverständlichkeit, zu helfen, zu retten oder ein Grab auszuheben und ein Kreuz auf es zu setzen, einen Namen zu finden für das namenlose Grab.

Und wie alle große Literatur ist auch dieses Buch ein Buch über den Tod, den Tod, den wir alle sterben müssen. Und die Würde, die wir den Toten und den Sterbenden schulden. Aber es ist auch ein Buch über das Leben und die Lebensfreude. Wenn die Geretteten eines Schiffbruchs singen und tanzen mit den Rettern auf dem Schiff, das sich der Küste nähert, dann ist es eine Feier des Lebens, und wir müssen und dürfen begreifen: Es sind nicht nur Geflüchtete, fast Ertrunkene, Gefolterte, es sind Menschen, die auch tanzen, sich freuen, feiern, lachen können, es sind Menschen wie wir. Menschen wie wir, nicht andere. Nein, wie wir. Wie wir das immer wieder vergessen können …

Ernst Toller, selbst ein Geflüchteter, vor der Nazidiktatur geflüchteter Dichter und unritterlicher Kämpfer gegen das Unrecht, hat einmal gesagt: »Wer keine Kraft zum Traum hat, hat keine Kraft zum Leben.« Wenn wir keine Kraft zum Traum des Menschseins und des Miteinanders haben, wenn wir diesen Traum des Lebens und des Lebenrettens verlieren, dann werden wir alle nicht überleben, nicht wie Davide am Ende seines Buches die Sonnenstrahlen dort auf der Brust spüren, wo das Herz schlägt.

Die Übersetzung dieses Buches ist dank einer Förderung des italienischen Ministeriums für auswärtige Angelegenheiten und internationale Kooperation entstanden.

Questo libro è stato tradotto grazie ad un contributo del Ministero degli Affari Esteri e della Cooperazione Internazionale Italiano.

Bibliografische Information der Deutschen Nationalbibliothek

Die Deutsche Nationalbibliothek verzeichnet diese Publikation in der Deutschen Nationalbibliografie; detaillierte bibliografische Daten sind im Internet über http://dnb.d-nb.de abrufbar.

www.wallstein-verlag.de
Vom Verlag gesetzt aus der Stempel Garamond
Umschlaggestaltung: Stine Wiemann
Druck und Verarbeitung: Pustet, Regensburg
ISBN 978-3-8353-3438-0